JN011944

しかし**語**らねばならない

しかし語らねばならない

母

しんみりした秋の夜の空に
冷たい星の光のまたゝく
うら　さむき
風あしはひそやかにしのびより
燈火の下に
丹念な針を運ぶ
老ひたる母の側に
私は静かな銀のあみ棒をうごかす

かそかなる衣ずれの音と

かそかなるふたりの吐息
ただ………
倦怠なセカンドのひゞきが
座敷の四隅に
うすぐらくうづくまつて
たまらない寂寞と
たよりないすゝりなきにむせぶ

重くるしい暗を通して
きびのわるい　さびたねいろ………
一ツ……二ツ………
「母よ　もう十二時です」

寂寞と睡魔のおそひかゝつた
まぶたのはれた瞳に
貧しいほゝゑみを浮べて
無言でうなづいた

ふし合せな母よ………
風あしのひそやかなしのびよる
秋の夜の燈の下に
丹念に針を運ぶ
老ひたる母の側に
私はひとり銀のあみ棒をうごかす

〔『さゝやき』第四号、一九二五年十二月〕

1980年7月70日、郡山さんを励ます会。於三鷹婦人会館。

しかし語らねばならない　目次

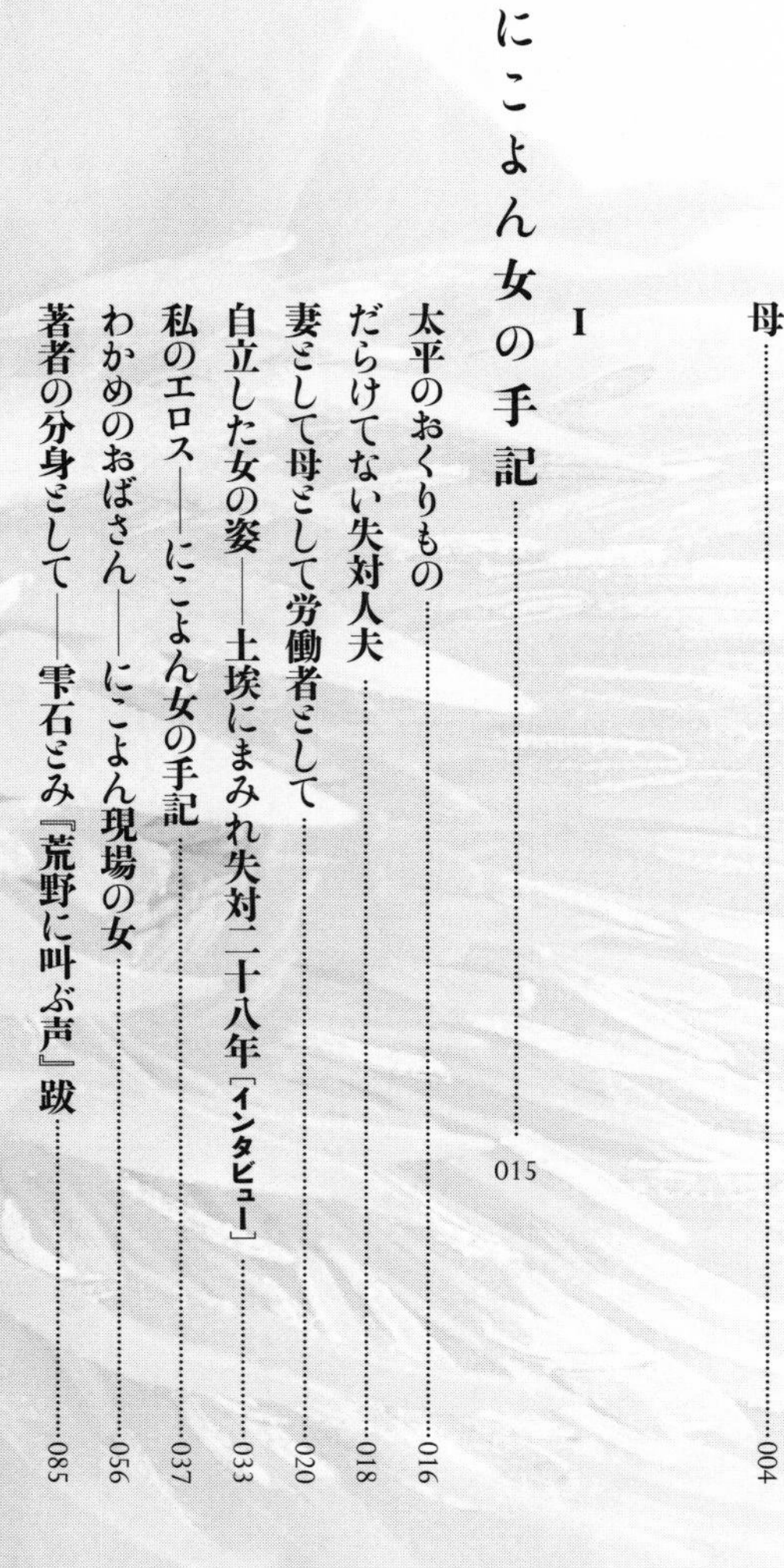

詩のほうへ……227

IV

本書は、さまざまな紙誌に掲載された筆者の文章を、編者が独自に編集したものです。出典は各文末に記しました。敗戦直後の新聞や運動の現場で発行されたミニコミなどに掲載された文章も少なくないため、収録にあたっては、以下のようなルールを設けました。

一、原則として新漢字新かな遣いを採用していますが、ごく一部の作品については新漢字旧かな遣いを採っています。

一、てにをはの混乱や、同じ文章内での表記の不統一（女たち／女達）などがみられますが、文意に影響がない限り原文を生かしました。現在では使用を避ける表現が用いられている場合についても、とくに修正していません。ただし、形式名詞「〜する事」「〜する為」などについては、読みやすさを優先してひらがなに開いた部分があります。

一、句読点は、紙誌面の都合で脱落していたり、表記を統一したりする場合にかぎって整理しました。

一、著者の生前に刊行された単行本に収録された文章については、単行本版を校訂の参考とし、原則として初出紙誌のタイトルや表記を生かしています。

一、雑誌や単行本は『』、個別の作品や引用は「」で統一しました。

一、年齢や年月日などは、底本によって算用数字と漢数字が混在しているため、本書では漢数字に統一しました。例、14歳→十四歳

一、固有名詞などの明らかな誤字脱字は訂しました。

例、日本浪漫派、→日本浪曼派、佐野獄→佐野嶽夫

一、引用文については、可能な限り出典を確認しましたが、明白な間違いは〔〕で訂し、それ以外は原文ママとしています。

一、その他の〔〕については、すべて編者による補足です。

I

にこよん女の手記

太平のおくりもの

「五月十三日、ははの日に、おかあさんありがとう。たいへい」。まくらもとにおかれた小さな紙包みに、幼い筆跡〔ママ〕でかいてある。赤いノートにチョコレート飴七ツ。一日二四〇円の生活の中からお小遣いとしてもらいためた、三年になる次男太平からの母の日のおくりものなのだ。私は、クレヨンや、アフリカ探検の本など、たくさん約束していて、まだはたしていないことを思った。

職安に働きはじめてから、一年六カ月になる。太平は、冬中火の気のない室で、冷たいお弁当をたべて、ひとりるす番をしてまっていた。真夏、カンカン照りつける陽ざかりを、現場までの一里近い途、林間学校にもゆけない太平は、母と一緒に歩いてくらした。

児童憲章が制定されても、職安に働く私たちの子供には、なかなか幸せはめぐって来ない。託児所もない私たちの職場は、朝六時家をとび出して夕方五時まで、太平よりもっと小さな子供がほうり放しになっている。赤ん坊は背中にくゝりつけられ通しだ。から〔空〕身でさえ、スコップいっぱいの砂利や土の「入れ方」やぬかるみにめりこんだ車のあと押しは楽ではない。まして子供づれというひけ目もある。

外米のお弁当がすむと、サンマータイムでね〔寝〕不足のむくんだ顔や手を気にしながら、ボロずくろいをする。遠足にはかしてやるズック靴が買えず、仲間から借りてホッとする。一人息子が南方からかえってまだ病院にいるというおばさんが死んでしまいたいという。職安こそ、一九五〇年代、吉田〔茂首相＝当時〕悪政の縮図だといえる。

そのうえ、出面（デヅラ）の引下げや、手帳取上げなど「女」というだけで、職場はしだいにせばめられている。現場までの電車賃を引いて二〇〇円、どうして四、五人家族に、生きてゆけというのだろう。要求を出せば、予備隊がとんで来て、「税金」で生きているものの騒動として、市民の反感をあおっている。

「お母さん、ただいま」といって帰ってくる子供を家の中で迎えたい。ボロふとんでも、日中陽にあてて、ふか〱にしてやりたい。それなのに、日雇いの私たちは七時の紹介時間まで目の色をかえて走って行かねばならないのだ。女土方といわれながら、夫や子供を奪った戦争へのにくしみが、胸の中でたぎりにたっている。私たちの子供は、ははの日にひとりるす番をしながら、「かあさんがいるんだよ」と、あかいカアネーションがなくても胸をはっている。

〔『婦人民主新聞』一九五一年六月十日付〕

だらけてない失対人夫

先日の本欄に「だらけた失対工事」として、石神井川護岸工事について投稿があったが、失対に働く一人としてお答えしたい。失対人夫は、朝七時に池袋の職安窓口に集まり番号順にその日の就労先が決まる。作業現場へつくと八時三十分までに点呼を受け作業を始める。十一時半に昼食、午後四時半賃金の支払を受けて終る。午前、午後の休憩があるが、この就労規則は監督が各現場に配置され、その支持によってなされる。したがって日雇自身の自由行動はできない。問題にされた石神井川の現場は八月一日から始まったが、男女とも優秀労務者が作業に当っており、都の労働局から表彰されている。しかし八月初めの炎天で日射病のため二名も倒れ、一名が翌日死亡した。屋外労働者は気温が三十五度になると対比を命ぜられる規則になっている。

▽失対人夫は若者も婦人も老人も同じ仕事を同じ規則でやっているので、投書者の指摘

したような場合もあるかもしれないが各々の持っている最大の能力で失対は支えられていることをご承知頂きたい。

〔『読売新聞』一九五六年八月二十一日付朝刊〕

妻として母として労働者として

昨年の十月初旬であった。次男が子をつれて久しぶりに遊びにきた。私にはふたりの息子がいる。それぞれ家庭をもち、それぞれ忙しく暮らしているので、めったに会うことがない。無口な次男は、二歳をすぎたばかりの子に、どんぐりの実に小楊枝をさしてやっている。そういえば、彼のおさない日は戦争で玩具などなかった。手放した郷里の家で、どんぐりの実で遊んでいた彼の面影をフッと思いだした。

話が、たまたま佐藤訪米のことに及んだ。私は富士山麓で弾圧訓練をやっているそうだが、どんな事態がおきるかと不安だといった。そして貴方もこんな小さな子がいるのだから、充分気をつけて軽率なことはしないようにといった。私たち家族はそれぞれの主張をもち、それぞれ自由に行動している。が、それ以上は、おたがい何も知らぬ。しかしいわゆる「新左翼」といわれる側にあることだけはたしかだ。彼は、

「母さん、ボクは子供が大きくなって、「パパは七〇年をどんなふうにすごした」ときかれたとき、答えられない父親にはなりたくない」といった。そのとき、私はなぜか、ハッとした。「この子は、いったい何を私に問いたいのだろう」と。

私は最近の若者たちの行動をみて、かつて私たち夫婦がすごした戦争というものを、どんな妥協でくぐりぬけてきたのか、もう一度考えなおそうとしていた矢先でもある。それは六十歳をすぎた自分が、これから生きるであろう短い期間を、悔いのないものにするために必要なことであった。私はそのときためらったことが、二、三日重くのしかかって「も一度はなしあわねば」と思いながら、遂にそれを確めることができなくなった。一〇・二一以来、彼は逮捕留置されている。

1

その日、私に令状がきた。二十年も前のことである。丁度留守をしていたので、「家宅捜索」だけで帰った。母が蒼白のおももちで長火鉢の前にすわっている。手にもったキセルが、火鉢の縁でカチカチ音をたてた。私にとっても不意の出来事であった。自分の持ち物をあばかれたと知り、まるで彼等の前に裸身をさらされたような衝撃をうけた。三泊四日など言う簡単なものではない。恐怖と恥のいりまじったたとえようもない感情であった。

私はまちうけた従兄にひったてられ、はじめて警察の門をくぐった。そのころ、まだ地方では婦人を泊めることをしなかった。私はかんたんに取調べられ、明日また来るようにいわれて帰宅を許された。

その夜、母は私のねている夜具の上をしのしのとふんだ。はげしい愛憎の血が、夜具を通してつたわってくる。おなじはげしさで、私もじっと唇をかんだ。母はその少し前、かるい「卒中」を病んでいる。今夜、母にもしものことがあったらと、私は身をかたくして耐えた。母は漢学者を父にもち、町奉行の嫡孫だという誇りに生きてきた。「国賊」といわれる赤化思想で、年若い娘が取調べをうけたということが、どんなくやしさであったか想像にかたくない。

翌日、私は上京した。二十三歳の秋である。

はじめてみる東京の空は青く晴れて美しかった。終日を、蔵王からとんでくる粉雪にくもる、にぶい灰いろの空をみなれた私にはまぶしかった。しかし、なぜか解放感がなかった。もう、のっぴきならぬところまできたという思いでいっぱいであった。

プロレタリア作家同盟の中に「詩」の部門があった。そして小冊子を発行していた。支部を受(うけ)もっていた学生の都合がわるくなり、私が替わった。度々発禁になるその小冊子を、私は取扱ってくれる店へとどけた。その他に、渡された原稿をタイプした。いつも街頭で連絡し、ずい分注意していたが、多分、それらのことがばれたのであろう。私は、家の中でも、母に知れぬよう気をつかっていたが、母はそれらのものを一切焼却していた。証拠品は何一つでなかったが、私が書きためたもののこされてはいない。

2

私は至極平凡な娘であった。末っ子でもあったので、かなり我儘であまやかされてもいた。ただ、おなじ年ごろの友だちと、共通の話題があまりしっくりしない。お針のけいこに集まっても、しゃべることがなくて困った。なにか、距離があることを感じ、自分でも努力するのだがうまくゆかない。要するに無器量なのである。そのくせ、何か共通点があればかなり親密なつきあいが出来る。六十歳の今も、そのころから交りをつづける友人もいる。

家では母の「しつけ」はきびしい方であった。もちろん、そのひとつひとつに私は反撥した。私は自分の思ったことはかなり大胆にやった。そのころ「映画館」に娘ひとりがゆくなど不良少女の行為であった。その都度、母は入口に迎えに来ている。冬の夜、「角巻」をすっぽりかむった母の姿をみると、気の毒だと思いながら、私はやめなかった。私とあまりに対照的な姉がいた。姉は決して母のいいつけにそむいたことはない。私は毎夜おそくまで、それらのことをかきつづった。文学少女だったのだ。投稿が、ローカル紙に発表され、それがキッカケになって、文学のグループの仲間になることができた。私ははじめて共通の話題で心おきなく話合える人間関係をそこで知ることができた。十八歳のころである。『出家とその弟子』をよんで深い感動をうけた。「宗教はアヘンか」で徹夜で討論した。今ふりかえっても、私の最もたのしい時代であった。出版物が、今のように氾濫しているというわけではない。『改造』や、『中央公論』『女性改造』など、私にとって唯一の参考書であった。私は自分の考えを、どのように表現してよいかさえ知らなかった。ただ、私の根底にあったものは、

「自分が、うまいものを食べるとき、となりに空腹の人がいてはおいしくない」

という、きわめて単純で素朴な発想でしかなかった。しかも、このことは、今も変りない。このようにして、私は幼い問題提起をして、そのグループの中で、モタモタと一年余も幸福への追求をつづけた。やがて、「幸福」とは決して個人的に得られるものではないということを知り、連帯や変革の重さを、おぼろげながら理解できるようになった。私はこの過程で、ひとりの学生を知った。吸取紙のように、私はそれまで知らなかった「ものの考え方」を知り、胎内にわだかまっているものが、雪どけのように消えてゆくのを知った。そして私はそのような「幸福」を得たいと願った。学生が進学のために上京してまもなく、私は彼から求婚され、婚約した。

　まもなく、私の姉は二人の幼児をつれて離婚した。わずかな結婚生活であった。離婚となるべき理由は何一つないのに、それでも姉は離婚した。強いていうなら、母と義兄の争

いのためであった。争いというなら、母の一方的な争いであったかもしれない。私は自分の婚約と、姉の離婚の間にたち、おもくしずんだ。人間的な愛情や憎悪に、はげしい嫌悪を感じた。人間とは、信じられるものだろうかと、またあらたな疑問をもちはじめた。経済的にも行きづまった家の中は、毎日暗かった。

私は、そんな暗さにまけまいと気負いながら、家というものから脱出したいとひたすら願った。そのことに加えて、彼が次第に変ってきた。最初進学した学校から、他へ転校した彼は、その理由として条件のよい就職をするためといった。その就職は、私たちの家庭を「幸せ」にするためだともいった。私は最初それらのことを笑ったが、次第に笑えなくなってしまった。たしかに、条件のよい職業は、「家庭」の幸せにつながるかも知れない。彼が望むように、外国での生活をできるかも知れない。しかし、もうそこにはかつての理想や情熱がしぼんでしまっている。昭和四年といえば、治安維持法が改悪され、大量検挙がつづいていたころである。私は彼の学生生活を知らない。しかし、彼の考えが次第に結婚の方へ流されたとしても、無理からぬことであったのかもしれない。私は、彼の、大人びた説教じみた手紙をみるたびに、むなしさがつのり、やがて苦痛になってしまった。結婚とは、このようにむなしいものなのだろうか。姉はこのむなしさに耐えられなかったのではないか。あの従順な姉でさえ耐えられなかった結婚、私が耐えられるものだろうか。私の不安は次第に濃く、絶望的にさえなってしまった。

私は、これらの不安や疑問を、解決する方法をすでに失なったと思った。そして睡眠薬をのみ、失敗した。

昏睡からさめたとき、「しまった」と思った。私はそのとき以来、自分の自殺未遂について、夫となった人以外一言もふれたことがない。ただそのとき、このことを自分の一生の負目にはしまいと、かたく心にちかった。私の青春はここで終っている。そのご、彼が卒業したとき、私は婚約の解消を申しでた。このゴタゴタは、彼が渡満することによってやっと解決した。二十一歳のときである。

3

上京した私は結婚し子を生んだ。夫は詩をかくひとであった。子供を生むことが、肩身のせまかったそのころ、よりによって病弱な子であった。私たちはそれからの十年、この病弱な子にふり回され、辛い歳月をおくった。私が子供に望んだものはただひとつ、「粗食に耐える子」だった。年三度も入院がつづき、私は心身ともにつかれきってしまった。私たちは夫の親からの仕送りで生計をたてていた。

それは何も、私たちの主義や主張を支えるというものではない。教員をやめて朝鮮から引揚げた夫が、再度就職し生計をたてるまでということであった。大学出のサラリーが、三五円から四五円であったころ、五〇円の仕送りは決して少ない方ではなかった。けれども病弱な子をかかえ、入院の都度送金を依頼するのはたまらなかった。

一方「熱海事件」による一斉検挙につづき、私たちも決して平穏でなかった。出産後六十日目、かくまっていた朝鮮の学生と、郷里の青年のため偽名がばれて特高がきた。私たちはその日のうちに引越した。しかし、管理人がトラックのナンバーを控え、またさらに他に移らねばならなかった。私は、乾かぬおむつを風呂敷につつみ婚家に帰った。出京以来、はじめてである。私は、子が生まれたことで、実家からやっと離籍できた。このことが皮きりのように騒然としてきた。滝川事件でまた検挙がつづき、転向者もでてきた。小林多喜二の通夜にいったものは、門口でみなつかまって、高円寺、馬橋、淀橋の各署は満員になってしまった。友人は虱だらけで、深夜ころがってくる。私は子を背にして連絡にいったり会議の間中、家の周りをウロウロして見張りをさせられた。私はこうした裏方の仕事にあきあきし、苛々した。それがどんなに重要であったか、そのころは少しも気づかず、私は夫に不平をぶちまけた。

当然、作家同盟も解散になり、夫は日本浪曼派に加入した。プロレタリア文学の中でも混乱がでてきた。次第に戦争の色がこくなり、雑文にさえ制約や注文がついた。夫は次第にものをかかなくなり、私のいらだちはさらにつのった。その上、このときになって、親からの仕送りはとだえ、私たちはその日の生計に困ってしまった。せめて子供が小学校にゆくまでと、自分自身にいいきかせるように、私たちは大阪での就職を決めた。私は子供の粥を小鍋に、東京を発った。丹那トンネルが開通された翌日であった。大阪の就職は三カ月でやめてしまった。夫が勤まるわけはないと知り、私は即刻帰京することに決めた。貿易会社であった。しかし帰京してからはさらに苦しかった。出版の仕事をはじめたが、すでに紙が統制されていた。私は、こうして、二度と帰るまいと心にきめていた郷里に帰らねばならなかった。子供は国民学校の一年生になり婚家に寄食した。私は郷里の山ばかり歩いてわびしい日々をおくった。やがて、夫も帰郷し、太平洋戦争をここで迎えた。このとき、私は次男を生み、労苦の多かったであろう婚家の両親を、おくった。

文学を志していたひとたちにも、かなり変動があった。文学報国会ができ、それぞれ四散していった。私たちは、何もかも、あきらめることにし、かくことをやめた。生計のために身を売ることにし、夫は再度教職についた。

私は今思う。あのころ、何を考え、何をしていたであろうと。空襲をまぬかれ私の家は辛うじてやけのこった。そのやけのこりの一画に映画館があった。私たち家族は、毎夕その映画館にでかけた。日替りである。常連ともいえる者が二十人位きていた。「あすまた、ここへ来ることができるであろうか」と、毎日思った。空襲警報が鳴ると、映画は終りになる。私は自分の家の壕まで、子の手を引いて走った。在郷軍人である隣組の組長は、そういう私たちを罵った。ふるい街である。夫の赤化思想は、すでに知られている。夫も私も、明日は灰になるであろう書棚から、おおむね古典などをひっぱりだして読んだ。すでに中学生になった長男が、「少年特攻隊」など口にし、私たちをハラハラさせた。

4

戦後、私たちの生活を大きく変えたものに、二・一ストがある。国鉄大量首キリは、三人に一人の割で発表された。県下に共闘委員会が結成され、その賛否をめぐってどの組織にも動揺があった。夫の所属する教組も、その会議で、一名の保留者をのこし、真二つに割れた。夫はその保留者をめぐって、執拗に論争をつづけ賛成を可決したいといった。私は共闘参加の婦人団体として、知事に闘争中、役員を検挙しないという確約をとった。占領軍がうるさくつきまとっていたからだ。身辺のキケンがあるとして、身をかくすように党から指示された(私たちはすでに党員であった)。

厳寒のさ中、乳児をかかえた私には無理なことである。私は日に二度、インタビューを求めてくる右翼の青年に、「留守だ」といって断る役を長男にさせた。まもなく、ストは、「一歩後退・二歩前進」という、奇妙な幕ぎれで終った。私たちは、それを契機に、再度の上京を決め家を売った。失業したからだ。朝鮮戦争がはじまるそのころ、東京には働く仕事はなかった。親子四人その日から生計に困った。私は売った家の半分を、月賦にしてきたのだ。生活が困るであろうことを予測し月々の送金を約束してきたのだ。しかし同志だったその人から、今もってただの一回も約束は実行されない。私は日共幹部が示してくれた三つの仕事のうち「日雇い」を選んだ。正しくは「失業対策事業登録人夫」である。そしてもう二十年になる。

　私がそれまで経験した、どんな貧乏にもなかった貧乏がそこにあった。考えられない不屈さがあった。その不屈な面魂は、「ヒューマニズム糞喰え」と真正面から押してくる。私は、全く茫然としてしまった。そのおどろきは、たとえようもなかった。私がここで得られたものはまことに大きい。それ以来、日雇いは私の生活の根拠となり、生きるための基盤ともなってしまった。「日々雇用」などという、残酷な施策が私の憤りをかりたてた。私はその闘いに自身を没頭させた。私は、「働くものの権利への主張」として、一貫して諸要求をしてきた。それは社会保障などというべきものではない。当然、労働者として得なければならない要求なのである。しかし、私のこの主張は、日共が指導する組合と今も対立している。私はまもなく除名になり党をはなれた。おなじころ、長男も除名された。（私たちは長男の入党について知らなかった。彼は当時、十七歳、最年少者で入党している。両親は反対と書いたと知らされ夫は苦い顔をした。私たちは、彼自身選ぶことを強いもしないが、親たちにつづいて、何の抵抗もなく入ることもきらった。夫は子供たちに対し、反対、あるいは意見がましいことをいったことはあまりない。ただ一度、演劇を志望する彼に、幹部が前進座入りを進めたといったとき反対した）

ともあれ、五〇年問題は、私の生涯にかなり深い傷跡をのこした。私の「入党」ということは、十代からつづいた幸福への追求のある区ぎりでもあった。それが見事にうらぎられ、前にもまして人間不信の思いがつのった。

私はこのとき苦しかった。親子四人、二四〇円の生活である。その上、長男は前から志望した大学に進んだ。

私はそれから二年に余る大病を患っている。やむなく、夫も「日雇い」にならざるを得なくなったが、夫にとってそれはあきらかに食うだけのものであった。夫は死ぬまで、その仕事を苦痛としていた。

今ふり返って、この日雇い二十年の間、私はふたりの息子たちに何をしてやれたであろう。夫が死の直前、「親らしいことは何ひとつしてやれなかった」といって絶句した。息子たちはそれぞれ進学し、結婚し、家庭をもち、決して平坦な途ではなく歩いている。息子たちがそのように新たな出発を始めたとき、夫はたった三カ月の闘病で他界した。「歌を忘れたカナリヤ」といって、笑っていた私に、これからといって夫は、仕事への情熱を久しぶりに語った。そして、私はひとりになってしまった。

年長者が先に死ぬという常識は、激動する今日通用しない。これからさき、私にどんなことがまちうけているであろう。ふたりの息子たちにはまたどんなことがおきるであろう。

かつて負目をもつまいとした私にも、十代には十代の、三十代には三十代の気負いがあった。気負ったというのは苦痛に耐えていたことでもある。今、息子たちや嫁たちがそれぞれ気負っている。彼たちが耐えているということが、胸の痛くなる想いで私に解る。今、六十歳をすぎ、気負う必要がなくなった私。これからくるであろうさまざまな困難を、淡々と受けとめるであろう私。長男がその仕事の出発点とした公演の中で、「弟への手紙」と題してかいている。――その火炎ビンが、今のところ俺にとってしばいなのだといったら、お前は笑うだろうか――俺には俺の選びかたがあったのとおなじように、お前にはお前の選びかたがあったのだろう。苦渋と焦慮と疑惑に満ちていようと、その選択を変えるわけにはもはや行くまい――と。

今となっても、私も生命のあるかぎり、求めたものを得なければならない。たとえ、息子たちの身にどのようなことがおきようと、私の自分の歩みを止めるわけにはゆかない。私は個人主義者なのだろうかと思いまどう。そう思うとき、四十年前のあの東京の空のあおさが、今も私の中にある。

〔『思想の科学』一九七〇年四月号〕

自立した女の姿
土埃にまみれ失対二十八年［インタビュー］

いつも背すじをのばして、サッサッと歩く。自立している婦人の姿だ。歯切れよく江戸弁といいたいが、語尾に少々東北なまりあり、理路整然、何百人の会場でも、座談でも、じつにきかせる、よい酒で興いたれば花笠音頭や黒田節、しなやかに踊る。中国訪問のときは炭坑節を伝授してきたとか。

そして組織力絶大、戦後二十八年、失業対策一すじに打ちこんできた。といっても労働省の婦人課長なんかになって、机の上で婦人の地位向上などにとり組んできたわけではない。失対の労働者で、路上の土ほこりにまみれ、竹ほうきをもち、ゴミ車を押して、対区交渉、権利闘争の明け暮れ。

ボーナスをにぎって、暮れの二十八日に沖縄へゆく。

「ひめゆりの塔などへもいくけれど、目的は久米島虐殺の現場と失対事業のようす。復帰後の最低の女がどうしているのか。貧しい女が生きるために女を売っているのは、沖縄の場合は、韓国とは少しちがうと思う。頭の中だけで考えてもわからないから、ぜひ会いたい。

久米島は戦争がすんでから、二十何人かの人が、まだ名前もついていないような赤ん坊や子ども、女の人までスパイという名で、虐殺され家もろとも焼きはらわれた。下手人の久米島守備隊長の海軍兵曹長鹿山正は、会社の社長になって日本軍人として正当なことをしたとい直っているが、いま遺族が告訴しています。このことを映画にしようとする人たちと、いっしょに行きます。いちばん苦しんでいる沖縄が私に生きる力を吹きこんでくれると信じて……」

五月一日、長男の郡山勝利さんが、入院五日目になくなった。休日つづきで、三日間医師不在、診察したときはすでに手おくれ、尿毒症四十歳。「やさしい息子。やっと芸術家として、演出の仕事の糸口がついたというのに。ロシア語をやりたくて早稲田の露文科へ入り、チェーホフに打ちこんで、〝伯父ワーニャ〟〝桜の園〟を自分で訳して上演しようと意気ごんでいたのに……」

切れ長の目にじいっと涙がたまってくるのは、見ている方がつらい。

五月から九月まで、とりわけ暑かった今年の夏、人に会うのがいやで、職場で黙々と働きに働いた。帰ってくると写真と向き合ってテープに吹きこんだ声をきき、夜は安定剤にたよった。睡眠剤は翌朝の仕事にさしつかえるのでつかえない。ところが、眠ったと思うと、天井が二つに割れて悪夢がおそってくる。刃物はこわくて身のまわりにおけないというう夜々がつづいたが、まわりの人は知らずにいた。

八月になって、とうとう職場の同僚に話したら、みんな苦労をしぬいた人たちだから、苦しさはすぐわかってくれた。人にいわないから、よけいうっ積したのだ、医者にも相談して、薬ものんでと、いろいろいってくれたが、結局自分で気をとり直すより他ないと思ったが、精神もうろうとして、何どもたおれた。

「十月になって、どうやらたまっている仕事をする気になって、頼まれていた三里塚の野戦病院の記録をまとめようとはじめたら、二十枚でどうしても筆がすすまないんです」

救援連絡センターの役員(いまは役員やめた)、三里塚の第一次強制執行に二週間、第二次執行一週間、婦人民主クラブ救援部から炊事責任者に派遣された。

「飯たき専門、松の木が切られて、兎追いしかの山の歌の中に、木の上の人が落ちた警官の乱暴もあとでテレビを見て知ったくらい。野戦病院では右の目をザックリやられた人が運びこまれ、炊事婦兼看護婦をやって、それらの記録を書くようにっていわれてもどうしてもできない。どうしたら、自分に生気が吹きこめるか……」

それが沖縄への旅となったわけ。

リブの共同体も、山岸会の共同体も、も一つ下へおりなければという。

「日雇いをやっているから、それが痛いほどわかる。東京山谷に医者、老人、子ども、障害者、アル中もみいんないっしょの共同体をつくりたい。ある地区で、縁の中で、女だけなんていうのはプチブル的よ」

勝利君の得意の詩の朗読――峠三吉の〝その日はいつか〟がテープから流れ出す。ロマンチストで理想家、革命を志向する不屈の母は、

「あの子を自分の所へ早く呼びよせたからもうお茶をあげない」

と、なくなった詩人の夫の写真に宣言、実行し、都営住宅の一人ずまい。〝失対二十八年〟を書くのがつぎの仕事。婦人民主クラブ創立からの会員、初代仙台支部長であった。

（帆）

〔『婦人民主新聞』一九七三年十二月二十八日付〕

私のエロス
にこよん女の手記

にこよんは二四〇円のこと

朝鮮戦争がはじまったそのころ、私たちは「にこよん」と呼ばれた。出面（でずら――賃金）二四〇円だからであった。正式には、昭和二十四年緊急失業対策法によってつくられた「失業対策事業適格者」なのである。

にこよんと呼ばれる前には、「日雇い人夫」「風太郎」「どかちん」などさまざまな呼び名があった。すべて下層労働者を意味している。私は「風太郎」などというよび名をつけた人は、多分芸術家かも知れないと思った。風に吹かれて飛んでゆく雑草の種が、その日その土の上でわずかな肥えを得ることに似ている。「日々雇用」という、不安定な生活の上に私は二十八年の歳月をすごしたことに、今更ながら無量の思いがする。

私が日雇いになったのは、にこよんと呼ばれる少し前、賃金が一八〇円のときである。復員、戦災、引揚、と街に失業者があふれた混乱のさ中であった。その上に団体等規制令によって、暴力団の組織が解散され、一時的に収入源が断たれたヤクザ、チンピラのたぐいが流れこんでいた。職安はこれらの者と結託し、いわゆる「幽霊手帳」を乱発していた――ゆうれい手帳とは、その名の通り、適格手帳だけあって人頭のないことをいう――。米軍基地関係の労働が不足しており、多数の労務者を必要としていた。手配師が正規の適格票を職安の適格条件にあわせていく人分も入手していた。まだ適格票を持たない労務者が、手配師のところに集まり、手配師は自分のもっている適格票を混えて紹介をうける。実働五十名中、首なし十五名は確実に混っている。その分の賃金の分配も、職安、手配師、作業引率者（監督）と明確になっている。

適格者の条件とは、次のようなものであった。

一、正規の職業を得るまでの、一時的失業者であること

二、家計の担当者であった失業者である証明をもつ者

一世帯一名、福祉事務所が発行する、失業者の証明を提出すること

三、労働意欲をもち、労働に耐える健康な者

大体以上のような内容がもられていた。作業規則は細分されていて、すべてが監督者によって監視されているものである。

失対にでると、なんとか毎日の賃金が確保され、それまでの不安定な生活とはちがってくるので、必然的に適格者手帳に殺到していた。だが、どういうわけか、手帳はなかなか交付されず、六カ月を越しても手に入らないという実情であった。全く、どんな微細なところにも、「もうけ」の仕事をのがさぬという、日本の官僚と、やくざ者とは、常に最低生活者のみを対象としてしぼりとるものらしい。

私は、適格者手帳をとってから、三日に一回の割のあぶれの実情に不審をもった。そしてこの不正手帳発行の根源を知ることが出来、「あぶれ闘争、仕事よこせ」の闘争をはりきってやった。そのカラクリをばくろしたとき、素人ならぬ仲間たちは、その内容を充分に知っていたのだ。だが、そのバクロは、自分の首と引替えだということも知っていた。立上るには勇気のいることだった。私は素人の甘さと、憎悪とで無我夢中で闘いに参加した。

あるときは、労働局の「天皇」といわれた次長が交渉中にかけつけ、あるときは占領軍のジープが来て、「ママさん、ママさん」とこづかれた。今にして思えば若さのせいであったが、このことを通して、今もまだ、はなれがたいものにしている。闘いの成果はあったが、長い年月、留置された職員がこっそり左遷され、チンピラが自殺するという、さまざまの出来事に遭遇し、その都度、私は成長したともいえる。共に闘い、共に働いた仲間たちは年毎にへってゆく。決して幸せとはいえない人生の大半をにこよんですごしたというにはあまりにも実り少ない人生の終りである。私たちの年代は、震災、戦災、インフレと、苛酷な年月を経験し、生き抜いた仲間たちである。

職安で知り合った女ともだち

Tさんはもうすぐ四十歳という女盛りの寡婦である。男女併せて四人の子持ちである。

「私は亭主運がわるくてね」

とつねづねそういっていたが、最初の亭主は三人の子を生んでから死に別れた。食べるにこまってすぐ二度目の亭主と一緒になったが、妊娠中、これまた死なれてしまった。子が生まれたら弟夫婦が養子にしてくれることになって、板橋の母子寮に入居した。男の子が生まれると養子にやることを長女が反対したという。

「母ちゃん、あたいらには父ちゃんがいなくても母ちゃんがいる。この子は叔父さんにもらわれていったら親なしじゃないか、かわいそうだからやるのよしなよ」

Tさんがそういって涙を流した。「育ててよかったよ」。私が知り合ったとき、その子は小学一年生であった。

母子寮では傘直しの内職をした。ずい分と遠いところまで、足をのばして修理の傘を集めたそうだ。十時すぎ帰宅すると、子供たちはまちくたびれて、寮から支給された夕飯を食べ、ほっぺたに飯粒をつけたまま眠っていたという。夜通し傘の修理をやって、翌朝学校へ子供たちをおくり出し、赤ん坊は母子寮の保育室にあずけて出かける。

「日暮里辺まで歩くんだよ、だから帰りはどうしても十時になってしまう」

子供たちと言葉をかわすのは朝のいっときだけ、というくり返しの毎日であった。

前述した緊急失対法が実施の一寸前、主として米軍基地関係の仕事のため、方々の街頭で労務者を集めていた。手配師たちである。彼女はそこに紹介され、傘直しよりは賃金のよいその仕事をした。それが、法令によって手配師の紹介ではなく職安を通すことになったとき、手配師は「進駐軍労働組合」という看板をあげ、職安と共同で労務者供給の仕事をはじめた。つまり、なれあったのである。彼女はすぐに組合員になり、一カ月百円の組合費を納めて正式に適格票をもった。一日賃金一六〇円のときである。手配師が看板を塗り替えただけのことであれば、労務者の不満が出るのは当然のことである。満洲帰りの精悍なひとりの男が造反した。日共もそろそろ組織に介入しはじめた頃である。今の全日自労の前身・東京土建一般労働組合支部の旗あげをし、彼女は最初の婦人部長になった。組合員二十名足らずだったという。私は、彼女たちのそれからおくれること、半年余りで適格票を取り、働きはじめたのである。

彼女は組合長に惚れた

みぞれまじりの雨の日、私たちは寒さにふるえ、恥も外聞もなく焼けのこりの家の軒下に立ち、たえず足踏みをしてすごした。もう感覚がなくなった足先から、冷えた太股をつたわってくるのが解る。泣きたい程辛い日々である。そういうとき、彼女はうすきれしたモンペを一枚、素肌につけているだけであった。白と別珍のちぐはぐな足袋がぐっしょりぬれている。地下足袋も抽選でしか手に入らない。職安は組合に横流しをしているから、公定値段等では買えない。職安はやかましく足元をチェックする。一束一五円の藁草履をはかないと就労させない。この草履、三日しかもたないのである。

彼女が、組合長になったその男に惚れたのはその頃ではなかったろうか。仕事場はたいてい男のところであった。そこは、大変人気があって、朝六時までにいかないと、満杯になっていけなくなってしまう。彼女は員数点検のとき、ぴったりと男についている毎日だった。男は昼飯どき、大抵仕事場近くの酒屋にいって焼酎を呑んでくる。私たちが昼飯を食べている間、彼女は陽だまりに両膝をだいてうづくまっている。弁当なしである。時間がくると、

「さあ、ナッパのこやしではじめよう」

と立上る。美声である。

一日中屋外で働く者にとって、排泄作用はまことに不便なものである。ことに女にとっては、生理のときは、ことさらである。朝のうちに周辺に借りられそうなトイレをさがすのだ。それが走っていても駅であったり交番であったりすれば幸せである。遠慮勝ちに挨拶しても、一般家庭はこころよくかしてはくれない。最も一人や二人ではないし、そのころの「にこよん」の服装はみじめだったし、虱がうようよしていたころだ。もう女たちは業を煮やして借りないことにした。茫々たる焼け跡の中の一寸した雑草の根株にしゃがみこみ、尻をまくる。男どもは遠くからそれをながめ、ゲラゲラと笑っている。

「何がおかしいのよぉ、立つのと、しゃがむだけのちがいじゃないか」

ただそれだけのこと、あとは何ものこらない。ただそれだけのことを私には出来なかった。

Tさんとセックスについて話し合ったのは、こんなことがキッカケであったかも知れない。健康な女たちが「母子寮」という男子禁制の隔離された生活の中で、どんなに不自然なよぎない日々であったか。

「寒中だよ。子供がねてしまってから、洗濯たらいに水くんで、腰までつかるんだよ。そうでもしなけりゃ、ほてって、ほてって、ねられりゃしない。あそこにメンソレぬるって人もあるけど、そんな金のかかることできやしないよ。三ちゃん（恋人の名）がたまに遊びに来てもさあ、うるさくて、うるさくて、なんにもしないのに先生によびつけられて叱られるんだよ。バカバカしい」

彼女は、まもなく都営住宅に優先入居がきまった。長女が十八歳になったからだ。そして三ちゃんの子を堕した。仕事の帰りに病院に行き、翌朝はさえない顔いろで就労する。その日だけ、いつもの冗談もでない。仲間たちはみな、だまって知らん顔している。私は、この社会では、だまっていることの方が、より思いやりあることだということを学んだ。

「もう一ぺん世帯をもちたい……」

そんなことがつづいているうち、Tさんは二人の子のあるその男と、どうしても一緒に住みたいといいだした。そして、そのことを娘に会って話してほしいと私にいってきた。

「もういっぺん世帯(しょたい)がもちたいんだよ、親を知らないあの子（末子）に、家庭の味をしらせたいんだよ」

彼女は涙ぐみながらそういった。人生相談をうけるには、まだ経験の浅い私に何ができるだろう。結局、娘と会って私がいったことは次のことだけだった。

「姉ちゃん、あんたに今すぐ解ってもらうなんておばさんは思わないよ。でも、あんたが結婚したら、今の母ちゃんの気もち、きっと解る。母ちゃんはウソのいえない、いい人なんだよ」と、そして、娘は一言「いいよ」といった。

だが、男と女房とTさんとの話し合いにはうんざりしてしまった。男は、「どっちで

も」という顔付きでだまっている。女房はずばり
「小さい子を引取って、毎日のでずらの半分がほしい」

という。こんな相談にのれるはずがないのにTさんはそれを承知した。でずらの半分は男の酒代になるのに、子供を引きとって、どうやってくらそうというのだろう。私は暗澹としてしまった。女房の方では、亭主がいなけりゃ生活保護だってとれるのだ。あとで後悔するよ、と忠告しても、彼女はひるまなかった。しかもその場で子供を引取ってしまい、翌日から子を背負って就労をはじめた。朝、仲間たちから、一カ所一〇円で傘の修理を引受け、昼やすみにむしろの上に子を寝かして修理をはじめる。当然、仲間たちの非難は容赦なかった。しかし、彼女は全く意に介さず、堂々としていた。

　その男とは半年足らずで別れてしまった。男が組合の立場を利用して、職安とボス交渉をしたことがばれたからである。満洲でどんなことをしたのか知らないが、どっちみち、世俗の中を泳ぎまわってたであろう彼の素性の中に、その位のずるさがあること位知らない彼女でもないはずである。

「字もかけない貧乏人をうらぎるなんて、男の風上にもおけない。だから別れる」

　彼女は私に断乎としていった。その少し前、男の方から別れ話が出たとき、まるで小娘のように打ちしずんで、かかえるようにして連れ帰った彼女を知っている私には思いがけなかった。だが、この言葉、男にはさほど苦痛を与えなかった。しかし、私にとっては

ずしんとする重さでうけた。私はにこよんの仕事をして、仲間をうらぎったりは決してしない。だが、仲間たちと共に交渉の先頭にたって闘う私を、「職安のジャンヌ・ダーク」などと云う。私はその言葉を、それまで、恥し気もなく笑って聞き流していた。いつしか、そういう神経になっていたのだ。だからこそ、このずるい男に憤りをもった彼女を理解できなかったのではないかと。私自身の不遜な神経を、ビシャリと叩きのめしたのは、彼女のもっているまさに労働者的な感覚であったのだ。

もう何人かの孫もでき、末の子と毎月歌舞伎座を特等席でみるという彼女、共に白髪になってしまった。会えば、

「あんた、げんき」

と相変らずの美声である。彼女は誇り高く生きたかったのであろう。

夫婦の逢引は一時間一五〇円の宿で

タコの八ちゃんが、毎朝炭俵一杯の薪を職安前のシチュー屋に売りに来ることはだれでも知っている。正直に、俵をずしんと何回もゆすって、つまるだけつめた一俵の薪は元手がかかっていない。毎朝四時家を出て工事場で拾い集めるのである。坊主頭に手拭で鉢巻をしてる。まさに絵にある「タコ」である。その上、酒やけした顔はいつもあかい。八ちゃんに「タコ」がついたのは、こういうわけであろう。一俵三〇円の使い道についても、

これまた有名すぎる程有名なのである。

この薪代、実は夫婦の「あいびき代」なのである。八ちゃんは三人の子を持つ女をすきになって、女の家にころがりこんでしまった。一寸ばかりヤクザの仲間入りもしたこともあってドヤに住んでいた。女の部屋は四畳半一間、そこに四人で住んでいた。長男が中学生になって、母親がすきな男をつれこんだので、ぐれはじめた。女は男と子供の間に入って、心配気であるし、八ちゃんは子供に気がねして、つい帰宅がおくれる。酒ずきなのだが、酔わないと帰れなかったのかも知れない。

当時、温泉マークのついた「つれこみ宿」は一時間一五〇円であった。八ちゃんは一杯の焼酎代差引いて、でずらの全部を女房に渡す、まれな律義者である。一俵の薪代の中から、もう半分の呑代、そして「あいびき貯金」をこうして稼ぎはじめたのも、窮余の一策であろうか。

「もう六日目だぞ、今夜あたりやれるか」

「へえ、へえ、それが駄目なんで。あいだで一杯のみすぎた」

立ちながらシチューをすすっている仲間たちは、あったかい眼差しで笑っている。このシチュー屋、米軍の残飯をもらってきて、メリケン粉にカレーをきかせて一杯一〇円である。クリスマスには七面鳥が入っているといって、朝早くから列が出来る。タバコのすい殻やコンドームが入っていることもある。景品だよといってシチュー屋の親父にみせると、もう半分おまけがつく。煮てあるから平気だといっている。八ちゃんは、薪代のほかに一杯のシチューをご馳走になるのだ。

私たちはそのころ、一袋三〇～五〇円の炭をかって暮した。一俵には手がとどかないからだ。仕事のゆきかえり、めぼしい木片を拾い、煮炊のたしにした。鍋底はテカテカと黒光りしている。八ちゃんの女房も、子を背負って、荷物のひとつには必ず薪袋を持っている。けれども、シチュー屋に売る薪には手をつけない。ちゃんとケジメがついているのだろう。

この奇妙な夫婦のあいびきは、都営住宅が当るまでつづいた。あれからもう二十年、ぐれかかった長男にも子が生れた。八ちゃんは今でも鉢巻をしているが、背広で通ってくる。その坊主頭も白くなった。幸せそうな二人である。考えてみると、一杯一〇円のシチュー、女たちはあまり食べなかった。二四〇円のでずらでは、翌日の電車賃のほか、シチュー代を残せなかったからだ。

職安通いで知りあったHさん

「主人は読売新聞の記者だったのよ」

というHさん、美人とまではいかないが、瓜実顔の上品な顔立ちをしていた。主人に女ができて別れたという。男の双生児をつれて母子寮に住んでいた。おなじ寮のTさんからきいたといって、職安へ適格票の申請にきていた。丁度その頃、私も適格票を求めて職安通いをしていたのだ。私がなぜここを選んだのか、少しばかり訳のあることだが、それは次の機会にする。すぐにも働けるという話だったが、どうしてどうして大変なところであった。もう半年も通いつづけるというのがこの人である。私も、郷里の家を売って上京した。残金を一カ月一万五〇〇〇円、一年月賦で送るという約束だったのに、一度も約束はまもられなかった。鏡台まで売ってしまい、皮のカバンやヒールの高い靴、金ペンの万年筆まで売って、交通費にして通いつづけること一カ月、面接の内容は毎日おなじだ。

「大八がひけますか」

「ハイ、ひけます（大八など言葉も知らないし、みたこともない）」

「スコップが使えますか」

「ハイ、使います（シャベルは知っていたが、スコップなどの言葉もしらない）」

そして、きまって、「では、明日また」と言われる。私は少し苛々してきた。そういうときのある日、

「では、明日午後五時すぎ来て下さい」

といわれた。

私はなぜかハッとした。官庁の退刻は五時ではないか。不審に思って問い返すと、答えはおなじである。ムッとした私は、

「五時すぎとはどういう意味ですか。お役所は五時までときいていますが、夜も受付けるのですか」

私の声が余りカン高かったので、窓口氏の貧相な顔があわてだした。何やらわけの解らぬことをボソボソといっていたが、私は昂奮してしまった。順番をまっていた三十名程の男女が総立ちになった。大声でわめいてから、私は明朝八時に来ますと一方的にいいおいて、あともみずに帰ったのである。

もう駄目かなと思ったが、行かないことは負けたようでなんとも口惜しい。私はその頃、そんなに荒々しくはなかった。観念してもう一度だけと思って行ってみると、前日の人々らが、ぞろり集っている。そして窓口氏はだまって全員に適格票を渡してくれた。みんな涙を流してよろこんだのである。

ずーと後になって解ったのだが、冒頭で書いたように、ヤクザの組織と結びついていた職安は、進駐軍労働組合に加入、その推薦者にのみ優先して適格票を出していた。たまたま、ふさわしくない私が、毎日熱心に通いつづけたので、わけがありそうだと思い、大勢の人のいない退庁時にと配慮してくれたのだという。善意であったわけだ。私はその窓口氏に、その後、このことにふれたことはないが、大変すまなかったと思っている。

その中にHさんがいて親しくなったのだ。何かの話のついでに、読売争議のあとの記事は大変面白くない、と私がいうと、

「あら、どうしてなの。読売は主人のつとめてるところだから、私はいつも読売にしているの」

と強い調子でいうのだ。なんといじらしいことだろう。女をつくって、捨てられ、日雇までして双児を育てても、尚、男を忘れかねているのだろう。この人は男噂もなく、二人の子を共に大学を出している。

「男らしい女」の助ッ人

職安には、こんな「女らしい」と思われる人には、「男らしい」女の助っ人がいる。男っぽい女に惚れられる女っぽい女、弁当のおかずを買ってやることからはじまり、遠足の日に子供の小遣いまでやったりする。だから、はなれられないのかも知れない。これがさまざまな問題をひきおこすこともある。Hさんは華奢な人だから、きっとその労働を助けたのだろう。

ある夏の日のことであった。夕飯を一緒にHさんの家でたべてから、今夜は泊ってゆこうということになった。男っぽい女は、子供たちが眠りこんだころ、Hさんにいい寄ったという。Hさんは一夜まんじりともせず、暗闇の中を、子供たちに気づかれぬように、蚊帳の周囲をぐるぐると廻ったといって、翌朝、青い顔をしてでてきた。

「ほんとうかしら」

と、私が笑うと、

「ほんとうなの、こわいわ」

といった。それだけで終ればよかったのに、もうひとりの男っぽい女の耳に入ったから大変なことになってしまった。仕事場で大立廻りになってしまったのだ。髪の毛を引ぱり合ったところ、仲裁に入った本物の男が、両方で引きはなそうとしたからたまらない。片方の髪の毛がぞっくりと抜けてしまった。てんやわんやの騒ぎがおさまると、片方は「やられちゃったぁ」といった。翌朝、手拭いをかぶった顔は、はれぼったい。

職安というところは、男も女も、復員や戦災や倒産で、「やもめ」の多いところである。大抵女たちは子育てなので、曲りなりにも一部屋かりているが、男たちはその日暮らし、一日七〇円〜一〇〇円のドヤ代を残し、毎日酒を飲み勝負事をする。たまにドヤ住いの女もいるが、そういう女たちは、やきそばと焼酎をおごられ、二人一〇〇円のドヤに男と一緒に泊る。不幸にも、病気でももらうと、一日三合の米をもって、さっさと保健所に行って、サルバルサンを打ってもらい、一週間もすると帰ってくる。

「にこよんには、余り病気もちはいないよ」

といっている。しかし、男たちのねらいは、子持ち女に目をつける。ましてHさんなど、男たちのあこがれでもあった。だが、Hさんには遂にそんなうわさをきかなかった。私より、五歳も若かったから、あの時は三十代だった。

人生をひたすらに子供のためにと生き、悔いはなかったのだろうか。私は知らない。

「入れ歯がカタカタして、気もちが悪いから」

といって別膳で食事をさせられているという仲間、職場が唯一の憩いの場だという年寄り仲間たち、儒教的犠牲を唯一のものとして、がんじがらめの枠の中に閉じこもって生きた半生を、今、いささかの悔いをもって話す。清潔な半生だと、誇りをもつ倫理感と、それとはうらはらに、かくしきれないわびしさ、彼女たちは、決して、新しい思想や、学問的な倫理感で語ってはいない。すべて、自分の歩みつづけた人生をふり返りながら、思い思いのあきらめと、後悔をもっているのである。

虚飾をとりさったたくましい女たち

このような、にこよんといわれた二十八年も前の女たちの生きざまを、なぜ、私がかいているかというと、「世論が、世論が」という社会の声に、仕事さえ奪われかけた苦々しさ、「にこよん」の女たちがと、眉をひそめた一般社会に、腹立たしさをもっているからに他ならない。

一般社会から、こんなにまでべっ視された私たちにこよんが、どのような性の意識があったであろうか。貧しくても、その貧しさに耐えるだけの健康さをもち、戦死や病死や蒸発など、その理由のちがいはあっても、ひとりの女が、女ざかりの空間に、生理的欲求がはげしく燃えたとしてもそれは当然であろう。しかも「なりふり」かまっては生きられないという現実の中で、はじめて裸になれた女の、ケロリとした天衣無縫ともいえる性感覚を、一体、だれがどのように咎めることができよう。名ばかりの婦人運動が、インテリ層だけの婦人解放がさけばれ、すべてが、ものまねにすぎなかったあの戦後の形相の中で、靖国の妻、健児の母とチヤホヤされてはみたが、それは〝食う〟ことにはつながらない。ヤミ米のルートを求めて狂奔し、男とおなじ労働に身をおき、子育てに歯を食いしばった必死の生活の中で、理屈抜きに自らの虚飾をはぎとってしまった、たくましい女たち、あふれるようなエロチシズムを、おおらかに詞(うた)いあげたともいえるその生きざまに、私は最も自然な人間本来の美しさを感ずる。

たとえば農婦が、封建的な家の中にあって、どんなに涙を流したであろう。早々と納戸に寝た男が、優しくいたわってくれたであろうか。夫婦のよろこびを、高らかに誇示しえたであろうか。すべては陰湿に遂げられてきた。

もしも、そこに、野良仕事のひとやすみのいっとき、もたれかかった若妻の、燦々たる太陽の下での性が、どんなにさわやかに健康であるかを知る人があろうか。余すことない満足感に、若妻の肢体はみずみずしく輝くであろうかと。

労働といっても、私の経験は実に初歩的でその視野はせまい。しかし、このわずかな経験の中で垣間みたものは、少しばかり倫理性をもった今日的おんなの模索は、本来のものとは少しちがうような気がする。そして、どこがちがうかと再び考えるのだ。

もはや乳房の冷えてしまった私が、エロスを語ることはただ言葉だけでしかなくなってしまった。

健康な女たちが、その労働のあとで、ここちよい眠りを得ようとし、あるいはそれを得たいと求めるとき、それは、決して、絢爛とした絹の夜具ではないのではないか。しっとりとしたあたたかさのある大地、女たちはそこにやすらぎを求めるのではなかろうか。

これは私の幻想なのかも知れない。けれども幻想が幻想でなくなるときがこないだろうか。それは決して新しいものではない。全く自然な人間本来の、あるいは最も根源的な性にかえる日ではなかろうか。


［同編集委員会編『女・エロス』第三号、社会評論社、一九七四年九月。

「おおらかなエロス」と改題ののち、『冬の雑草』現代書館、一九八一年五月に収録］

わかめのおばさん
にこよん現場の女

小川トヨ、明治三十三（一九〇〇）年、東京府下豊島郡板橋町練馬村字石神井に生まれ、現在、七十八歳。失業対策事業に稼働して三十年になる。別の名を「わかめのおばさん」といわれた。

トヨが生まれた当時の石神井は、雑木林と陸稲と麦の畑地、茶の木の畝が続き、家の周辺にはわずかの蔬菜を作る、素朴な都市農村の風景ではなかったか。

太田道灌の軍勢に攻められ、豊島城が落城したとき、城主の娘が家宝とともに身を沈めたという三宝池。その池の端に土盛が二つある。姫塚、殿塚といい、今もなお花を手向ける人がある。なぜか姫塚の方が大きい。それ以上の「謂れ」は誰も知らぬが、トヨは幼い頃、そこで鳴く狐の声を聞いて育ったという。

なんらの血縁関係もないのに、「小川」の姓が多く、土着の人たちはそれぞれ土地を持っていた。江戸時代、練馬は軍馬の調練場であったというが、小作人は飼葉となる草を刈り、地主が買い上げて納めていた。今もそういう地主の末裔を、トヨは「飼葉屋」という。

トヨが生まれた頃の部落の人々の生業は、牛を飼い、蚕を育て、茶の葉や桑の葉を摘んでいた。あるいは、わずかの蔬菜と引き換えに糞尿の桶を大八車に積み、新宿まで往復し、その日の生計をたてていた。たった一軒、村で唯一の企業に転業した家があった。織機工場である。村人の生業はここも拠点であった。

トヨの生家は、その織り上がった布地を「染める」仕事であったという。

トヨが五歳の時、父は満洲に出征した。日露戦争の時である。まもなくいくさには勝ったが、父は帰らなかった。そのまま満洲に居残ったのかどうか、それは今もってトヨには分らぬ。

七歳になった時、父から便りがあって、旅費を送るから妻子に来るように、とのことであった。その時、父が何処に住み、何処に来るように言ってきたのかもトヨには分らぬ。母方の親族会議があって、見知らぬ土地に娘はやれぬと言い、その時、母は婚家であるトヨの家を去った。

「実家は江古田で、箪笥長持ちを七棹も持って帰った」。トヨの母に寄せる思い出は、これひとつである。それ以来、トヨは二つ違いの妹とともに祖母に育てられたのである。

トヨの回想の中には、一度も祖父が出てこない。「染め」の仕事の中心は祖父であったはずであるし、トヨが最初の子を産んだ時、まだ生きていたというのに……。反物を持って型紙を見ながら、無地にするか模様にするか、「あがりかまち」に腰掛けて、あれこれ決めるのだと、その部分を鮮かに語るのに、祖父の姿はない。深い堀井戸から大量の水を汲みあげる重労働であったはずだ。あるいはその時、すでにトヨの父の妹に、婿が来ていたのかもしれない。

母の去ったあと、トヨは祖母と一緒に過ごしたのだろう。近隣の娘たちの髪結いをやったり、出産の手伝いをやったりする祖母に連れ歩かされた。

トヨは、自分の出産に一度も産婆の手を借りたことはないという。

「銭もなかったし、小さい頃、おばあさんのすることを見ていたので、いつも自分ひとりでお産をしていた」

年一回、三味線を持った「ごぜ」が泊りに来る。それが祖母にとって何よりの楽しみであったそうな。その頃、トヨの家の畑地は少しずつ借金のかたにとられていったらしい。

八歳で小学校に入った。

トヨは母恋しさのあまり、妹の手を引いて江古田まで度々会いに行った。今、電車で六駅もある。母はかなり年の違う子連れの男と再婚していた。その男との間に、二児を得たが、いずれも夭折している。幼い足で母に会い、家に帰ると祖母は激しく母を罵ってトヨを叱った。

「子を置き去りにしてゆくような女に、なぜ会いにゆく。子が授からないのも、罪業というものじゃ」

叱られても、トヨはその後も度々母に会いに行った。

母はトヨが十二歳の時、乳癌で死んだ。奉公先に迎えが来て、かけつけた時はすでに息をひきとっていた。

「おっかさんも、うんと苦労したと思うよ。わっしの奉公先に何度も会いに来てくれた」

トヨには母の労苦がどのようなものか分かるはずがない。しかし今、おのれの労苦を通して、母を理解しているにちがいない。

トヨは九歳で退学し、子守り奉公に出された。口減らしのためである。

「もりっこしながら、がっこへなんか行けるもんではない。わっしは字を覚えたくて、窓から一生懸命黒板を見た。とお（十歳）を越えると、もりっこしながらも、おとなの手助けもせにゃならん。茶の葉も桑の葉も摘まにゃならんし、おこさま（蚕）の季節になれば、夜中に何べんも起された」

自分の名前と、かな文字しか読めないというトヨは、電車のキップが自動販売になって困り切っている。

私たちは今、月一度自分の望む現場へ一カ月連続就労するための紹介を受けに、池袋の職安労働課まで行く規則になっている。トヨは自動販売機になってから、駅で仲間の来るのを待って、キップを買ってもらう。「すみません、すみません」と言いながら。老人用の都内の無料バス券を持っていても、バスの行先が読めず、利用したことがなかった。七十歳を過ぎても、石神井から大泉学園の現場まで自転車で来た。そして幾度かケガもした。


昨冬からその自転車にも乗れなくなった。私たち仲間はバス停で彼女をバスに乗せ、運転手や相客に「降車」の場所を依頼する。たまたま運転手が忘れて、何回か乗り越し、あわてて降り、「昨日は暗くなって家に帰った」という日もあった。

なんとか、ひとりで乗れるようになるまで、三カ月ほどかかった。


トヨが人並に奉公先から賃金からもらえるようになるまで、四、五年はただ働きであった。盆と正月に「しきせ」を一組もらうだけだった。その「しきせ」を着て、祖母のいる生家に帰っても、待っているものは妹だけだった。

「盆の十五日に家さけえって、暗くなるまで牛の草を刈った。牛屋に持っていき、小麦粉に替えてもらい、団子を作って妹と二人で食べた」

奉公先も幾度か変わった。一年三円の賃金がもらえるようになった時、トヨは十三歳だった。

十三歳といえば、明治四十五（一九一二）年頃である。東京に公設の職業紹介所ができたのは、四十四年である。トヨが子守りに出された頃は、不況が続き、賃上げ要求で争議が続出し、東北では小作料引き下げの騒動が起き、七百八十三名の初のブラジル移民が出国したのは四十一年である。

その頃、トヨの父親は天理教に入信していたらしい。本部神殿工事の土方作業をしながら、一方で布教師の資格を取るため、夜学校に通った。神殿完成が大正二（一九一三）年である。資格を取った父が石神井に帰って来たのは、トヨが十五歳を過ぎた頃だという。

「おとっさんは、しな人の女房をつれて来た。満洲に信者が百人もいるので、そこで天理さまの仕事をするのだと言っていた。しな人の女房には子供がないので、あとつぎに妹をつれて行った。わっしはおとっさんと妹の顔を見たのは、そのときが最後だった」

そして、

「妹もなんぼ苦労したかしれねえ。言葉も分んねえところさ行ったんだから、かわいそうだった」

とポツンと言う。

父の妹婿は、才覚のある男であったらしい。その頃、石神井の男たちの多くは、北海道の炭鉱へ集団で出かせぎに行っていた。一年、あるいは半年契約である。いうまでもなく、タコ部屋で契約の終わるのを指折り数えて待つのだが、血とあぶら汗の賃金を受け取り、函館で船を待つ間に、沿岸の売春宿でほとんど使い果たして逆戻りする者が多かった。

トヨの「叔父夫婦」は、出かせぎ先の飯場で売店を始めて、うまく儲けた。人手が足りず、トヨは北海道に連れて行かれた。トヨはその時、十六歳くらいだったという。トヨにとって、その頃が一番平穏な時期ではなかったか。

二年余り、殺風景な炭鉱の飯場生活で、年頃のトヨは男との出会いもなく、叔父夫婦と再び石神井に戻った。

祖父母はその頃、どんな生活をしていたのか知る由もないが、トヨの生家はまだそのままであった。

「部屋がいくつもあって、台所も広く、北海道からけえってからは、おじさんが家の中を「きりもり」していた」

そしてトヨは、村の唯一の企業である織機工場で糸を紡ぐ仕事に通った。

工場主は、村一番の富者になり、駅から自宅まで他人の土を踏まずに帰れるほどであった。しかし、この人も結核の女房の闘病に財を使い果たし、最後には銀行からの負債でほとんど財産を失ってしまった。

トヨはここで二つ年下の男と出会い、工場主の肝煎りで所帯を持つことができた。「幾つの時?」と私が聞いても、思い出せない。長女が五十歳を過ぎ、トヨにはもう「ひ孫」もいる。たぶん二十四、五歳頃であったのではあるまいか。

トヨと一緒に働いていたハツさんは、茨城から住み込みで来ていた。離れに寝ていた主人の女房を献身的に世話したらしい。女房に死なれた工場主は、そのままハツさんを後添いにしたというが、その時ハツさんは十六歳で、自分より八歳も上の先妻の子がいた。ハツさんは、そののち五人の娘を生んだが、工場主が死んでしまうと、家産も傾き、娘の一人は従軍看護婦として戦死し、戦後は失対労務者になったのである。

ハツさんはトヨのことについて、私に次のように語ったことがある。

「おトヨさんは留さん(トヨの亭主)と、好き同士で一緒になり、家のおやじが仲人で所帯を持たせたのだけど、留さんは酒乱だった。酒を飲まない時は猫のようにおとなしいが、酒が入ると人が変ってしまう」

トヨには、結婚を境に、幼時よりももっと辛い毎日が待っていたのである。

留さんは、隣村の大泉の農家の、四人兄弟の二番目である。

「小糠(こぬか)三合持ったら養子に行くな」という当時の風習、女の姓と同じになることは、男と生まれた者にとっては最大の恥辱と、そのように軽蔑された時代である。その上にトヨは姉様女房である。何もトヨの家屋敷を目当てで一緒になったわけでもなかったろうに、トヨたちの家にはすでに叔父夫婦がいて、跡取り娘であるトヨの亭主に冷たい態度があったのかもしれぬ。留さんは、それらの劣等感をまぎらす手段を、酒だけに求めたのかもしれぬ。

「婚礼のあと、三十一件もあった親類や村の家々を、羽織袴で一週間も廻って挨拶して歩いたのに、所帯を持ってすぐとから、一日仕事に出て、二、三日は帰らねえ。帰ってくるときは銭も持たねえで、「酒買って来い」と大声でどなって来る。たまりかねて、おやじの実家に麦借りに行ったが、兄嫁がケチンボで、「人に貸すほど家には食い物はない」と言われた。それからわっしは、二度と行ったことはない」

今、その時代を生きた老人たちに聞くと、当時はどの家も困窮し、自分らが食うことがやっとで、麦六分や、芋や粉が常食であったという。

子供が二人になった頃、祖父母が死んだ。叔父夫婦は、借金をかたづけなくてはならないと言って、家を古材として売った。三十五円だったという。物置を二つに仕切り、トヨたちはその一つに移った。

「わっしは字が読めない。おやじはいつも酔っぱらっていて話にならない。代書屋に叔父と二人で行って、書付に印を押しただけ。何がなんだか少しも分らねえうちに、家も畑もみな人の物になった。小作人を払って六畝ほど借りて、今日までできたんだ。苦しくても小作を払っていたから、今、息子がここに家を建てることができたんだ」

その後、叔父夫婦が家を建てて越してからも、トヨはこの物置に四十年余住んでいた。わずかの鶏と兎を飼い、生計の足しにした。

トヨは四十二歳で末娘を産むまで、六人の子を産んでいる。妊娠するたびに、叔父夫婦から厭味を言われた。叔父夫婦は子無しである。

「おまえらは、喧嘩をしながら子を作っている」

トヨは、それがとても「しょしかった（恥ずかしかった）」という。私もそのことについて聞くと、

「かかってくるのを嫌だと言えば、「ほかでやってるべえ」と言われ、どうすることもできなかった」

という。六人の子のうち、二番目の長男を十三歳で、五番目の娘を三歳で死なせた。

「十三になる子は腎臓病だった。やっと民生（現福祉）に頼んで医者へ連れて行った時は、もう駄目だった。三つになる子は八月、畑の草取りをしている時、あぜ道をチョコチョコ歩き回り、あつけ（日射病）で死んだ。おやじは「子供なぞ二人もいればたくさんだ」と言っただけだった」

そういう時、トヨの目はキラキラと光る。それはうらみに耐えている目である。困り果

てて、幾度も保護を受けたいと民生に頼みに行ったが、おやじがいるという理由で、一度も面倒をみてもらえなかったという。

トヨが六人の子を出産した時の話は、壮絶を極め、私自身、鳥肌が立つ思いであった。最初の頃は、まだ祖母が生きていたのだろうが、嬰児をボロに包み、へその緒を稲穂で切ったという。

祖母が死んでからは、「のこぎり」の歯のようになった、たった一つある鋏で自分で切った。力がなくてなかなか切れず、麻糸も買えず木綿糸で縛ったという。誰ひとり介添もなく、自分で産湯を使わせる。それだけではない。三日もすれば食物がなくなって、仕事に出た。

「稲の切株をおこしに行った。力がなくて、打ち込んだ鍬と一緒に前のめりになって起き上がれなくなった。食う物もろくに食っていねえから、力がないのはあたりめえよ。ましてて産後だもの。芋掘りを頼まれて暗くなるまで稼いだが、芋のつるが畑の隅におん丸めてうっちゃっておくので、そこのばあさまに売ってくれと頼んだ。その時、「おれんうちでは、芋のつるを売るほど貧乏はしてねえ。おまえんうちでは働かねえから食えねえだべ」と言われて、ほんとうに口惜しかった。売らねえなら、ただでくれてもいいものを」

その時も、トヨの目はキラキラする。

戦前のことで、いくら貧しくてもサツマ芋のつるや葉を食うことを、人々はしなかった。戦争中、私たちの世代はそれをしたのだが、トヨはすでに食えるものなら何でも食っていたという。

「それでも若けえうちはなんとかできたが、しまいっ子の時は辛かった。力がなくて後産がおりねえ。赤ん坊をほうり投げて苦しんだ。死ぬかと思った」

末娘は今、三十五歳である。戦時中のことであったろう。

「ろくに配給米など取ったことはない。押麦ばかり煮て食っていた」

トヨは、産後五日と寝ていたことはなかった。塩味だけのうどんや、みそ汁に浮かした小麦粉の団子、麦だけの時はよほどいい時だったという。乳だってろくに出ないで、乳首が吸われて痛くなった。

「よくも育ったもんだ」

トヨの胸は今、肋骨が目立ち、乳首がしわの上に垂れ下がっている。

茶摘み、桑摘み、草取り、草刈り、秋には稲こき、トヨは貧乏人のするあらゆる仕事と共に生きてきた。しなかったという仕事はない。

「芝生の中の草取りは、生の肥料をやるから一日で指先が「ひぶくれ」になる。牛の草は一把で一貫目、朝暗いうちから日暮れまで五十貫から七十貫刈った。一貫目が二銭五厘だ。

牛の草といっても、なんでもいいというわけではない。草を刈らしてくれる家を捜して遠くまでゆく。「キバツカ」でも入っていれば、牛が下痢して、牛屋から断わられる。牛の好きそうなやわらかい所だけ刈る」

　私が「キバツカ」とは何だと聞いても、それ以上は分からぬ。人間でも下痢する草だ。牛はそれを食うと必ず下痢して、翌日から仕事を断られる。これくらいで一貫目と、トヨは今、小さく縮んだ身体の両の手を一杯に広げる。それは、秋の稲こきの時も同じように、両手一杯の稲をこいて二銭五厘だったという。その頃、米は一斗で一円を出ていなかった。

　留さんの酒癖はますますひどくなり、トヨは毎夜「わらじ」を脱ぐことなしに寝た。自分で子供らの「ぞうり」も藁（わら）で編んだ。足を土間に投げ出して、着のみ着のままで寝る。ふとん代わりに敷き藁を敷いて、子供らはそこに重なり合うようにして寝る。遠くから留さんのどなり声が聞こえると、子供らを連れて家から逃げ出すのだという。

　雨の日のことである。留さんに捕まって、煙草を買って来いと責めたてられた。トヨの家は、今でもそれほど店舗などある場所ではない。当時は駅まで行かねば買えなかった。子供を連れ、どこの店でも起きてくれない。途方に暮れていると、折よく巡査がきた。わけを言って煙草を譲ってほしいと頼むと、巡査はおやじに意見してくれると言って、家まで来た。ところがどうだろう。

「てめえの女房を、煙草を買いにやって何が悪い。おめえの出る幕ではない」

と言って、いきり立つ。もてあました巡査は、寺のひさしまで親子を連れて行き、間もなく夜が明けるからここで寝ろ、と言って引き揚げたという。

「その時、人魂がうんと飛んだよ。うかばれねえ仏さまは人魂になって出るといったが、わっしのおっかさんも、わっしのことを心配して人魂になって出ているんだと思い、悲しかった」

そう言っても、トヨは決して泣かない。

「もっとひどかったのは寒中のことだよ」

留さんは、次第に暴力をふるうようになってきた。薪が飛んできてトヨの頭に当たった。血が吹き出て目も開けられなかった。今でも頭の左側にかなり大きい傷が残っている。

茶畑の間に夢中で入り、両手で土をかきわけた。霜柱がザクザクと音をたてたそうだ。大きい子が、藁を抱えて来、子供らをその中に入れ、トヨは上からかぶさるようにして夜を過ごしたという。その時も、医者にも行かず、何やら薬草を貼って直したという。

「その時はもっと肥えていたし、若かったから、今になってこんなに傷が分るようになった。寒さが凍みるので、手拭いが離せねえ」

そういえば、トヨは一年中、手拭いをかぶり通しである。

長男が死んでから、男は四番目の子だけになった。その子は新聞配達をして家計を助けた。新聞を購読する家も点々とし、真冬に足袋も買ってやれず、素足に藁ぞうり。指先やかかとがひび割れて、血を流していた。「ほんとうにかわいそうだった」という。

自分が字を読めず、子供はどうしても学校だけはやらねばと、進級の度に古本を譲ってもらいに家々を歩いたという。当時は「国定教科書」で、日本全国いずれも同じであった。

戦後、息子は中学に入ると、「自動車の運転免許証」を取るといって、毎月少しずつ貯金した。五円だったという。

今、息子は長距離の運転手で何年か稼ぎ、トヨが守り続けた六畝の土地に二階建ての家を建てた。だが、トヨはあまり新築の家についていては語らない。ガス風呂に火をつけることも知らず、ぬるい湯に我慢して入る。もちろん、飯も炊けるはずもない。自分やおやじの洗濯物は、日曜日、庭でゴミを焼いて沸かす湯で洗濯しているという。

トヨにとっては、一般的に便利なものが決して便利ではないのである。


今、三十五歳になる娘が、まだ三歳の時のことである。うどんを煮ていたのだという。もう戦時であったかもしれない。台所とは名ばかり、土間の中央を掘り、「いろり」代わりに使った。梁から太い番線をつるし、一方に湯沸かし、一方に二升炊きの鍋がかけてある。これが煮炊きの一切の日用品だったという。

ちょうど、うどんが煮立ちはじめた頃、留さんが帰って来た。

「まだ煮えねえのか」

これが始まりである。その鍋を取って土間に投げつけた。トヨは二度目の湯を沸かすべく、鍋を火にかけた。おやじはまだ煮立たぬ湯にうどんを入れたので、みな固まってしまった。

「こんなもの食えるか」

また鍋をぶん投げた。そして、そこにあった火箸をトヨめがけて投げつけた。折り悪しく火箸は、トヨのかかとにぐさりとささった。三歳の娘がけたたましく泣いたが、土の上にしみ込んでゆく血を止めようと、トヨは必死にボロで足をしばった。

灰かぐらが、もうもうと立ちこめている中で、娘の着物のすそが燃えているのを見た。あわてて水をかけると、ふくらはぎがペロリと剝けたという。

トヨの家では、茶の根っこを買い、自分で掘って来て薪にしていた。一個二十五銭である。生木なのでなかなか燃えにくく、いろりからはみ出すほど囲りにくべるのだそうだ。そうしないと、じくじくと水が流れて燃えないからである。

その火が、娘のすそを燃やし、おのれの傷であわてたトヨが、それに気づかなかったのである。その娘には今も、左のふくらはぎに大きくケロイド状になった傷跡が残っている。

その時もトヨは、自分のことどころではなかった。娘のやけどの薬を「きぐすり屋」で買うために、倍ほど腫れ上がった足をひきずり、日当稼ぎの仕事に出たという。ここらあたりは、破傷風菌が今もある土質である。私は、トヨの強靭な性格と相合わせて、その肉体の強靭さにも、ただ驚くのみである。

子供を抱えて、生計を支えるものが、おのれ以外誰もいぬということ。否、おのれ以外、誰も頼れぬという強引さは、いつかトヨをこのようにしたのだろう。

数年前のことである。トヨは肺炎を患った。その時も、仕事が終わって、それぞれ帰り支度を始めた頃、座り込んだトヨの身体が前後に揺れていた。まるで船に揺れらているようで、私はハッとした。

「どうしたのか」と、あわてて額に手を当てると、四十度近い熱を感じた。朝から風邪気味であったと、歯の根も合わずに小さくつぶやいた。私は思わず「死んでもいいのか」と怒なって、車の手配をして家に送り届けた。息子は電話で、「おふくろは、いつも何も言わない」と言う。

一カ月あまり休んだ。

トヨには今もって、そういう忍耐の強さ、とことんまで頑張るという信念がある。トヨは今、地下足袋で、そこだけ白くなっている足の甲をさすりながら、あの時、「「かな火箸」が骨までつっささったか、ここだけ少し高くなった」と言っている。

三度目の怪我は大変であった。もう二十年あまりも前のことで、トヨが失対に入ってからである。

ある朝、トヨの現場の監督が私のところへ飛んで来た。

「おトヨが今朝、留の野郎にマキワリをぶっつけられて、左手がぶらりと下がったまま来た。すぐ医者に連れて行ってくれ」

私は、監督の自転車の尻に乗り、トヨの現場に行く。トヨは小さくふるえて、周囲は大変な騒ぎであった。ボロ布をグルグル巻き、風呂敷で首から左手を吊っている。モンペまで血がしみこんでいた。

結局、左鎖骨が折れ、針金で止めた。コルセットで固定するまで一カ月余入院した。その時、私たちには健康保険が適用されていたので、何にもまして僥倖であった。末娘が放課後、毎日母を病院で看護していた。トヨはその時も、泣き言ひとつ言わず黙って耐えた。

トヨの髪の毛は、今もって白髪が少ないが、まだ五十代のその頃は黒々としていた。銭湯にも行かず、髪を洗うことも少なかったろう。すっぱい臭いがする。私は、櫛の歯も通らない長い髪の毛をすいた。その時は、いままで書いたトヨの生い立ちを、これほどくわしくは知らなかった。

トヨはわずか一カ月の入院で、左手を三角布で吊り、現場に来た。何もせずともよいと、仲間たちが止めても、「すみません、申しわけありません、ありがとうございます」と、四方八方ペコペコして、右手だけでできる仕事を捜しては、遂に作業をやめなかった。

私とトヨの出会いは、それが最初である。それ以来私は同じ現場で、今も毎日顔を合わせている。

「よく直ったなあ」と私がしみじみ言うと、「今でも左の手がしびれる」と言っている。

トヨは私とほぼ同じ頃、失対の労務者になった。当時はまだ板橋に分室もできず、池袋職安で紹介する労務者の数は、三千人にも及んだ。作業現場は板橋赤塚から、練馬全域、保谷の境まである。

毎日朝六時、紹介を受けに走った。その日あぶれることは、一家が食えないことで、私たちは血眼で職安に駆けつけるのだが、だれもがみな行政の不備と、戦後の動乱でいらだっていた。そういう時、トヨは紹介時間である六時から七時まで、来たことがない。

輪番制になって、二百番ずつ呼び入れられる。馬の轡（くつわ）をつなぐような木柵があり、窓口にそれぞれ現場名の木札がぶらさがっている。現場の人員の枠は定まっているので、一人でも追い越されまいと必死である。夕方五時の賃金支払いを受け、その日の買物を忙しく済ませ、帰宅する。腹を減らした子供たちは、待ちかねている。二四〇円の賃金で、遠くの現場へ行くことは、時間ばかりではなく交通費も余分にかかる。誰しも自宅近くの現場へ行きたいと思うのは、当然のことである。

紹介が終わって、それぞれが散った頃、トヨは現われる。職員が「もう終ったよ」と言っても、じっと動かずに十分も立ちつくしている。「なんぼ待っても駄目だよ」とどなられると、柱の陰に隠れてじっとしている。十五分もそうしておられては、職員だって気がもめるだろう。

「今日だけだぞ、明日は早く来い」

そうして、その「今日だけ」が毎日続き、一日のあぶれもなく、よく続いたものである。「図々しいよ」「ちゃっかりしてるよ」「強情張りだよ」そして「あん畜生!」と、仲間たちから、あらゆる雑言を浴びた。しかも紹介が一カ月一度の長期になり、現場直行になっても、トヨはいつも遅れて来る。

私は、そういうトヨが、こんなにも毎日遅れて来る理由を知ったのは、だいぶ時が過ぎてからである。

トヨは朝早く、屋外で麦飯を炊きながら、鶏と兎の餌の準備をし、六畝の畑の蔬菜の面倒をみてから来ていたのである。自分は朝飯を食べる時間がなく、「ドカベン」に蓋がもち上がるほど詰めこんで、現場に来てから箱番(労務者の詰所)の陰に隠れて半分食べる。いつも「のり」のつくだ煮が端の方にチョッピリついている。

昼飯も人より三十分も遅れる。帰途、長年出入りしている農家の草取りをやっているのだそうだ。その上、休憩時間には五円で指圧をやってくれる。どこで会得したのか、それは指先の力も強く、堂に入っている。

「医者にかかることなどできなかったから、自分の身体を自分で直し、自然と覚えた」という。頭痛の時、歯痛の時、肩や腰痛のツボを見事に心得ている。日曜日は朝から何軒か、指圧の依頼で回るのだという。

トヨはその頃まで、風呂敷を何枚も重ねて着ていた。前掛けも七枚くらい重ねている。いずれも端の方は裂けてしまって、歩く度にヒラヒラと揺れる。風呂敷はたいてい人絹で、拾ったもの。赤もあり、茶もあり、それが背中を覆い、前の首の辺で結んである。前掛けも汚れきってボロボロになっている。

私は何度か、端布で縫った前掛けをやったのだが、決して前の分は捨てない。そのまま重ねてつけてしまう。そういうトヨの姿は、わかめを身にまとっているようである。

誰がつけたのか、まさにそのものズバリ「わかめのおばさん」といえば、三千人の仲間にみな知れわたっている。

トヨは決して好んで風呂敷を重ねて着ていたわけではない。寒さをしのぐために覚えた生活の知恵なのである。薄きれした布の一枚のモンペだけよりは、何枚も重ねた前掛けで少しは寒さをしのげたのかもしれない。

九歳から子守り奉公に出て、おそらく針など持ったことのないトヨであったろう。今日この頃、トヨが針を持つ時は、決して人前ではやらない。縫い目の跡もブツブツという前掛けを見ながら、私は、人間らしい日を送らなかったであろうトヨの若い日々を、言いようのない思いで考えるのだ。

最近はまさか、風呂敷の重ね着こそしないが、その格好はまだ異様である。前掛けも三枚は離さない。

「もう、前掛けも重くなった」

トヨはそう言って、私の顔を見てニンマリと笑う。


息子に好きな人ができて、嫁に来ることになった頃、トヨはもう鶏も兎もやめてしまった。今朝もいだというナスやキュウリを持って来て、私たちに一〇円や二〇円で分けてくれる。私たちも新鮮な野菜を塩もみして食べることを喜んだ。

その頃、留さんは遂にボケてしまって、酒も自分から飲まなくなってしまった。一日中どこを歩くのか、夕方になると帰って来るという。飯のおかわりを何回もして、自分からやめることをしなかった。小便は窓からしてしまい、トヨはそのたびに叱るのだという。月に二度くらい、息子が風呂に入れ、着替えをさせる。床屋にも息子が半年に一度連れて行き、「よけいに銭をやってくるそうだ」と、トヨは言う。

息子は嫁と一緒になる条件として、家を新築することを約束したのだという。

息子が借金で二階家を新築し、トヨの楽しみの畑はなくなってしまった。家の借金が大変だと、トヨは相変らず倹約して息子を助けたのだろう。もうその頃は、娘たちもみな縁付いてしまって、トヨの新しい家には、トヨ夫婦と息子夫婦、それに男孫と女孫の二人ができた。

その男孫が、幼稚園に上がり、来年から学校だという時に、事故死した。分譲した宅地を整備するために掘った穴の中に、長雨のために水がたまり、その水溜りに落ちたのである。

孫の通夜だというのに、人が集まったので嬉しいのか、留さんは終始ニヤニヤしていた。トヨはいつものように涙も見せず、隠れるように部屋の隅にいる。

トヨは前々から、近隣の人に創価学会に入信を勧められていた。跡取りが亡くなるのは、前世の因縁だという。入信すれば罪業が消えるから、とその人は言ったという。跡取り孫を亡くして、口の重いトヨは何も言わず、「わざわざ来てくれてすみません」と私に言っていたのに、入信を勧める近隣の人にはそれを言下に断った。

「跡取りがないならないでいい。わっしは神も仏も今まで一度も頼ったことがない」

トヨがこう言った時、実は私はかなりの衝撃を受けた。不幸があれば、神や仏を頼りにするのは、私たちの年代ではよくあることである。しかも、五歳で世の中に投げ出され、銭勘定をするだけの処世術しか知らぬトヨ。ただの一日も、おのれの働き以外では生きて来なかったトヨ。現在も、それほど恵まれているとも思えぬ環境の中にあっても、本能的に一切しりぞけるものは、一体何であろう。それは女の意地か、したたかさであろう。

私は、黙って小さく座っているトヨの姿をじっと見つめた。

私たち職安で働く女たちは、大なり小なり、それぞれの労苦を背負いこんでいる。今、高度な経済成長の中で育った子供たちには、私たちの労苦を思うことはできぬであろう。また、私たちもそれをことさらに誇張しようとも思わぬ。人にはそれぞれの生き方があり、その生きざまが、おのれのプラスになるかマイナスになるか、それもまた人さまざまである。

私自身、おのれの生きざまと照らし合わせて、おのれの不明を恥じ、やがて土に還るしかない。私はただそう思うだけなのである。


トヨは昨年来、とみに衰えた。前かがみになった身長は一メートル、体重は三十キロをきれている。声も衰え、なかなか聞きとれぬ。それでも、「おやじが、ゆんべ帰らない」と言って心配し、おやじにも孫たちと一緒に菓子を買い与え、煙草を切らさず買っておく。

留さんは相変らずで、上着の裏に縫い込んだ迷子札の電話番号で、息子が度々、とてつもない遠い所の駐在所に迎えに行く。

「さんざっぱらしたい放題やり、頭はぼけてなんの心配もねえ。食いたいだけ食って一日中ほっつき歩き、あんな遠くさ、よくも行ったもんだ」

トヨはそう語るとき、いつものように目をキラキラさせる。

「でもトヨさんは、じいさんに焼鳥買って行ったり、煙草を買って行ったり、やっぱり留さんに惚れているんだよ」

と仲間がからかうと、

「息子にばかり世話焼かしちゃ、困るからよ」

と、その時ばかり多弁になり、辛かった昔のことを語るのである。


その留さんも昨年の一月、たった一晩で死んだ。寒い晩であった。朝、起きて来ないので見に行ったら、死んでいたという。なんといい往生だろう。私たちはその報せを受けて、みな羨しがった。

初七日が過ぎると、トヨは現場に出て来た。何か、荷物を下ろしたような気配を感じ、私は、トヨもこれからは少しはゆっくり生きられるだろうと思った。

「もう四、五年、生きていたい」

トヨはその日、私にそう言った。

春の彼岸は中日と日曜の二日続きの休日であった。月曜の夜、トヨの息子から電話が来た。

「おふくろが昨日の朝早く、家族がまだ起きぬうちに出かけて、昨夜帰らない。おじゃましてませんか」という内容であった。そういえば、今日は現場に来なかったので「初彼岸だからだろう」と言っていたが、と私は答えた。娘たちの家にも行っていないので、と息子は心配そうだった。

私は「留さんと同じように、トヨさんにも袋の中に私が迷子札を書いて入れてあるから、何かあれば電話が来るはずだから、心配しない方がよい。今晩一晩、様子をみたら？」といって電話を切った。

私はそのまま、そのことを忘れてしまい、翌日現場に行くと、トヨはいつものようにチョコナンと座っていた。

周りの仲間たちがケンケンゴウゴウである。どうしたのかと聞いてみると、次のような理由であった。

中日の前の日曜日に、息子ら家族は自動車で寺へ墓参に行き、トヨは一日中、留守番をした。翌中日の朝、飯も食わずに家を出たトヨは、寺へ行ったそうだ。そういえば今まで、孫の命日ごとに花や菓子を買って、自転車で寺へ行っていたはずである。

トヨにとって、何はともあれ、じいさんの初彼岸である。自分を連れずに墓参した息子への憤懣、やるかたなかったのではないか。

寺から、昔の友だちを何件か訪ねたという。かつてないことである。土産物など持ち、多分散財もしたことだろう。トヨが考えたこともない毎日の生活を、嫁さんの中にみていて、それが多分うらみのひとつにもなり、それらの世間話で、うっぷんを晴らしたのかもしれぬ。泊ってゆけという家があって、その日はそこに泊った。そして、翌月曜日の夕方、末娘のところに行ったという。末娘のところには電話がないので、連絡が遅れたのだ。

末娘の婿はやさしいので、とトヨはそういうのだが、この娘は一番貧乏で、亭主は酒ずきである。トヨが行って、一緒に夕飯を食べて、「おばあちゃん、おばあちゃん」と大事にされ、多分ホッとしたのだろう。

「今朝は娘に自転車にのっけて送ってもらって来た」という。

トヨにとって、横暴の限りをした亭主であっても、たとえボケたとしても、生きている間はトヨの生き甲斐であったのかもしれぬ。墓参にひとり取り残されたトヨは、はじめての孤独を知ったのではなかろうか。新仏（にいぼとけ）である亭主の初彼岸に、自分を連れて行くのが当然だと考えたトヨの胸の中を考えると、私は女の哀しさに胸打たれた。

現場の仲間たちは、そういうトヨの胸中まで考えたのであろうか。口々に「息子に心配かけてはいけない」とさとし、「全く、このごろではまれな孝行息子なのに。トヨさん、そんな心配かけて、息子がケガでもしたらどうする」と、たたみかける。私はなんともやりきれない思いであった。「孝行」などという言葉は、私たちの世代にまだ生きているのか。

背中をまるめて、こじんまりとうつむいているトヨは、仕事始めの朝、茶の碗を両の掌に包んで、一言の弁解もしない。不満も言わない。トヨはこのようにして七十八年生きていたのか。私は、

「いいんだよトヨさん、たまにはしたいことをしていいんだよ。どうせそう長く生きられる私たちじゃない。一生に一度、思ってることをやって何が悪い。たとえ息子が心配しようとしまいと、かまわないじゃないか」

そう言ったとたん、私は八人の仲間から一斉に総スカンを食った。四人いる男たちはみな押し黙っている。

「ここへ働きに来られなくなったら、老人ホームに入りたい」と口を揃えて希望する八人の仲間、入院を拒否し、「絶対、息子のそばを離れない、老人ホームになんか行かない」と、常々私に言うトヨ。どちらが真実で、どちらが偽りか。いや、どちらも真実なのだろう。孝行であろうとなかろうと、子供に心配をかけたくないという親心は、真実に違いない。

総スカンを食って、私はひとり悦に入った。「さあ、仕事だ、仕事だ」と声をかけた。私は自分の涙を見られたくなかったからである。トヨは手甲をはめ、鎌を持ち、地下足袋をはいた。そして私に、「もう一年くらい働きたい、面倒みてほしい」と、そっと言った。「まんまがうめえ」と言って、ドカ弁を食べていたトヨ、立ち食いの焼鳥を十本も食べた

トヨ、そういうトヨは今はない、小さな弁当箱に嫁さんが作るおかずが入っている。

「おとっさんが形見だと言って、金の勲章をくれていったが、食うに困って売ってしまった。今はこの写真一枚だけしかなくなった」

それは、トヨの父の壮年の頃の写真であろう。ひげを生やし、天理教の制服を着た写真である。その父も、妹も、今はすでにない。トヨは今、自分を幸せだと思っているのかどうか、私には分らない。毎日顔を合わせて、すでに二十年の歳月が過ぎてしまった。

そして私は、今もってトヨの涙を見たことがない。


［もろさわようこ編『女の一生　ドキュメント女の百年』1、平凡社、一九七八年五月。

「都市の底辺に生きる女」と改題ののち、『冬の雑草』現代書館、一九八一年五月に収録］

著者の分身として
雫石とみ『荒野に叫ぶ声』跋

『荒野に叫ぶ声』を読んで、私はしばし絶句した。十四歳の少女期から六十五歳の今日までその生き方のたくましさ。多分に考え方の相違はあると思いながらも、全く女ひとり、震災、戦災、失業地獄、インフレから高度経済成長の〝あおり〟の中を、なりふり構わず生きるしかなかったであろうに、よくもまあ、初心を貫いて書き続けたものと、私はただただ圧倒されるばかりである。

多分、少女期からの念願であったのだろうものを書くことへの執念、それにもまして、おのれの城をつくりあげたその努力のすさまじさ、これは「立志伝中の一人」だなあと私はつぶやくしかない。

わずかばかりの、苦労ともいえぬ生活の中で、私はヒイヒイ言い続けた。今、「おそすぎた、おそすぎた」という後悔の念にかられながら、彼女の初版の書に跋文などかく人間としては決してふさわしい私ではない。再度の依頼なので、雫石さんの生活記録をより鮮明にするため、同じ時代の私自身の日常生活と照し合せながら筆をすすめることにする。

*

よいとまけのコツものみこみ、酒の味も覚えたというその頃、私は一体何をしていたであろう。あのころは、すでに日本はシベリアに出兵をはじめていた。姉の許婚が出征し、一家全体にも何か緊張の度合いが濃かった。そして私はまだ元禄袖に兵子帯をむすび、縄とびをして遊んでいた。

庶民の生活は苦しく農村の疲弊ばかりではない。「大学は出たけれど」という流行語が出る程失業者は巷にあふれていた。

当然、政治も社会も騒然たるものであった。北一輝、大川周明等による国家主義団体が結成され、一方、日本共産党は非合法にコミンテルン日本支部を結成している。

ロシア革命でシベリア出兵は後退したものの、満洲・朝鮮の過激派に対する防衛という目的変更で駐留を決定、「満蒙」への侵略が着々とすすめられていった。国内の失業、農民の貧苦を解決する手段として移民政策が国をあげてすすめられた。

俺も行くから君も行け

せまい日本に住みあいた
海の向うに支那がある
支那に四億の民がまつ

このような歌が流れ、厳寒の満洲へと、特に東北地方から移動していった。

二十歳の彼女が上京したのは、多分震災後天皇没（大正）の翌年頃であろう。健康な身体で働くことが唯一の財産であった彼女は、身におぼえた土方のコツで絶対喰いはぐれることはなかったという。多分上野周辺であろう。〃風太郎〃といわれて、朝、手配師から仕事を貰う、震災の復興期で雑役の仕事があったはずである。三人の子を生み、安定した生活に入ったその頃、彼女にとって一番幸せな一時期ではなかったか、この部分をもう少しくわしく知りたいと思う。しかしこの前後の世情はまことに険しく、暗殺やテロ、労働争議、金融恐慌による銀行倒産、そして悪名高い治安維持法などが公布され、憲兵隊には思想係が設置され、もはや少女期をすぎておのれの生き方に疑問をもちはじめた私の肝を冷やした。

例えば初の女工争議（一九二七年）である東洋モスリン亀戸工場の要求獲得妥結の内容は、「外出の自由」とある。今から考えれば、なんとささやかなと思うであろうが、『女工哀史』を読まなくとも農村からの年期で出京した彼女たちは、寮制度によって工場と寮の往来だけしか許されないという悪条件で、どんな苦痛な日々であったかを知ることが出来るであろう。

そういえば、最近ソ連から帰国した岡田嘉子が、映画『椿姫』撮影中、杉本良吉と満洲の国境を走り恋の逃避行と騒がれたときでもあった。杉本の妻君は病弱であった。私たちは、真実、党の命令で越境したものか、恋愛なのか判断に迷った。日本共産党は五色温泉で再建党会議が行われたころで、非公然活動の内容は当時知るよしもなかったが、岡田嘉子の帰国談によると、ソ連の収容所において杉本の死を知ったというから、別々に収容され、相見ることもなしに客死したのだろう。杉本の妻君の悲嘆は、まこと気の毒で、病死したときは、すでに世間から忘れられていた。

*

昭和十九年三月の大空襲で肉親のすべてを失ってしまったという雫石さんが、再び上野のヤマ暮しに戻ったとある。

敗戦後は、上野葵(あおい)部落とおなじように新宿、隅田、池袋等々ヤミ屋の屋台が立ち、そして、掘立小屋もひしめくように立ち並んだ。モク拾いが二〇〇円、朝飯前の稼ぎであるというが、都の失業対策事業就労者の賃金が二四〇円になり、それ以来日雇労務者が「ニコヨン」と呼ばれるようになったのは昭和二十四年。日雇の賃金が二四〇円になって、日々の生活が一番安定したと今も語り草になっているが、一杯の酒にうさばらしをする雫石さんは真実、僥倖だったといえる心境だったのだろうか。

私は病児をかかえて、やむなく郷里に疎開、二度目に出京したのは二十三年である。そして日雇人夫に登録したのもその年である。

その頃から、屋台の立退き、部落の立退きが問題になっていた。私の就労先である池袋周辺も三角住宅が密集した。今の雑司ケ谷公園、大塚付近などである。

「三角住宅」などといっても、スペイン風のハイカラさなど想像してはいけない。雪国の屋根の様に地べたにつづいている。壁がないのである。片方が入口、片方に明窓がついている。炊事は入口に半身入れたまま焼けたレンガでかこんだ竈でやる。板ぎれ、新聞紙、ボール紙、燃えるものならなんでも燃料になる。鍋の尻底は勿論、親も子もすすだらけである。

生活の知恵なのである。占領政策で解散させられた組の資金難のため、チンピラヤクザが肩で風を切ってはびこっていた。これらは大多数ヒロポンの常習中毒者である。ポンのきれたときの行状はすさまじい。職場では朝仕事場が始まる前、湯呑茶碗で注射器を簡単にすすいで何人もが血管にポンを打つ。ポンは大抵姐さんと呼ばれる人がまとめてもってくる。彼等は日に何回かポンを打ち、代金は帰り際に出面（日当）で払うことになっている。出面の三分の二は姐さんに渡し散ってゆくのだが、ねぐらは当然青カン（野宿）である。

る。姐さんもまた、日雇なのである。
早朝、職安の前には進駐軍の残飯を（といっても米飯ではない）メリケン粉でどろりとし、一杯一〇円のシチュー屋に朝食をたべない労務者が並ぶ。職安前で堂々と新聞紙を広げ掛け金一〇円の野天バクチ（乞食バクチともいう）が始まる。一〇円に夢を賭けて、大抵昼飯はだいなしになってしまう。コッペパン一〇円、まだ配給のころである。夜は夜でバクダン屋が賑う。焼酎一杯三三円、バクダン（悪質な焼酎）二〇円、台の上には馬鈴薯の塩煮、鰹の塩辛などどんぶりに盛って並んでいる。食い放題のサービスである。シケモクは十一本一〇円であった。

一日の出面がまだ一八〇円の頃であった。私たちは三日に一日の割でアブレがあった。朝鮮戦争が本格化する一寸前であった。雫石さんが、バタ屋は最低金にならないといったが、あの頃アブレることは一家がその日の食う物にありつけない頃であった。勢い、アブレの日は殺気立つ。ヤッチャバ場（青物市場）へいって野菜屑を拾ったり、一日バタ屋に変身する。鉄クズ拾いが始まったのもこの頃である。鉄を「鉱山」といい、ブリキ等は「センジュウ」と言う。ニュームや真鍮の外、「アカ」というのは銅で最高の値段なのだが、なかなかみつからない。これが国内で再生産され、朝鮮侵略の弾丸になると知っていても背に腹は変えられない。仲間たちは遠くまで足を棒のようにして拾い集め、夕方「仕切屋」にもって行き、ザルに入れ、ザクザクと泥をおとし三〇円から五〇円、やっと親子がうどんを食えるといって帰るのだ。

雫石さんが眼を悪くして一時保護所から定着寮へ移り、いっときの安住を得たことは、あるいは不幸中の幸だったのではなかったか。念願であったこの記録をものすることになる、転機にもなったのではないのだろうか。

保護施設に入ったことによって、東北の農村北上平野の山沿いの村で、おおらかな生活の中につちかわれた人間性が、たしかに失われてゆく悲しい過程があったにせよ、結局は骨太いその性格で自らを克服したということは決して無駄ではなかったと思う。

「流行性結膜炎」とはその名の通り菌である。しかし、過労と栄養障害からくることも事実である。まだ私たちには健康保険も適用されず、勿論、国民健康保険など実施されてはいなかった。一日一円の茶代を出し合って、午前と午後の休憩一〇分、昼飯の時と、私たちはお茶番が注いでくれる茶をすすってホッとする。手洗いのバケツが一個支給されているのでそれで泥の手を落し、いつときむしろの上に腰をおとす。だれか一人眼を病めば現場全体にひろがってしまう。私たちは当時「結膜炎」などという病名を知らなかった。トラホームだとばかり信じていた。万一、子供らに移っ〔ママ〕ては困ると思い、人も我も気をつけるのだが、満足な手拭さえ買えなかった当時、移らないことが不思議でさえある。朝おきると、「めやに」がべっとりとして眼が開かないのである。まだ水道もなく、片手で井戸の手押しポンプをガタガタさせ、なんとか眼を開けるのだ。勿論、目薬など買えない。五円で買ったホーサンを湯でとかして、セッセと洗うだけである。

占領軍はトラホームと、虱にやかましかった。一カ月一度、保健所に集められ、大きなスポイトの様なもので首すじからＤＤＴの白い粉を身体中まぶされる。髪の毛は勿論、まつ毛まで真白になって帰る時、なんとも言えない情けなさに唇をかんだ。

今、仲間たちの殆んどは「老人性白内障」である。やっぱり若いころの過労と栄養が原因である。まだ五十歳をすぎたばかりでも「老人性」である。決して全治することはない。私は数年前より加えて「飛蚊症」というのがおまけについている。昼は黒い小さな虫のようなものがとびかい、夜は金や赤の光線が走る。健康保険で無料でせっせと点滴をするのだが、一時しのぎである。

＊

千葉の病院でともかく静かな療養生活を始められた頃でもあろうか、実は私も思いがけない大病に見舞われた。

雫石さんがこの時をキッカケに日本の福祉行政に目をむけ、殊に施設の内側から告発した『荒野に叫ぶ声』は偶然ではない。日本の福祉は占領軍の方針にそって、全くの借物、速成の手続で始められたのだ。人間がすべて平等であり、生きる権利を均等になど、軍事訓練の教育過程で、誰も教えられたことがない。官製の福祉手続、利権屋どもの功利的施設、そこから出発しているのだ。

戦前、「救済」という名において、孤児達は全国に物売りに狩りだされ、「施療米」といって三等米を地域のボスが一手に引受け貧乏人にランクをつけ支給した。行路病者以外病院に収容されることはない。そのつづきでしかない戦後の福祉は、すべて、「菊・桐」の紋章を嵩にきた行政である。「菊・桐」とは天皇の紋である。つまり、天皇によって施されるという意味である。先進国にまねて俄か仕込の事務員の応答に、雫石さんが怨骨髄に達したのは全く当然のことであろう。

私自身、貧苦のどん底の中で「ガン、早刻手術」の診療の結果がでたとき、目の前が真暗になってしまった。あの時のことを、今もありありと思い浮べることが出来、悔しさで身体が震える。

私はヒョンなキッカケで健康診断を受けねばならなかった。昭和二十六年であった。その半年程前から健康がすぐれなかったのだが、診察を受ける余裕などない。慣れない肉体労働の仕業かと一日一日苦痛に耐えた。中年をすぎた私にとって、日雇の労働は苦しかった。スコップやツルハシは硬い路面からはね返って来る。力がないのだ。いずれにしても一応診断をうけようと思い、福祉事務所をたずねた。事情を話して「初診券」を貰いたいと申込んだ。窓口氏は剣もホロロに言う。女である。診察の結果、治療の必要あれば出すがまだ判別せぬ中はだせぬという。妙な理屈である。診察券は生活保護受給者なら簡単に出ることは私も知っている。「併給」という。医療券だけの場合は「単給」といっていろいろこむずかしいことも知っている。私は初診をうけねば病状が解らぬのだ。その上で治療の可否が決定するので、最初の診察代に困るからほしいのだと、説明し声高に問答した。

結局所長不在ということで明日来いといわれた。翌日、私は職場から暇を取り再び訪れた。所長は私を応接間に通し、昨日の窓口氏とおなじことを繰り返す。私はとうとう腹が立ってしまった。貧乏人が病気らしいから診察を求めているのにそれを拒む規則はあるのか、乃至(ないし)は、私がその規則に該当するのかといってつめよった。所長は私の長男が大学生である。そんなに生活が困るなら学校を止めて働くべきだという。その年、長男は待望の大学に入り奨学金とアルバイトでやっと通学していた。私は今まで通り三度の飯と学割の交通費しかやれない。ギリギリの毎日を暮していたのだ。怒(いかり)心頭に達した。私は初診券はいらないといった。そのかわり初診料を借してくれ、一週に一〇円ずつ返済するといった。

結局初診券を出してくれ、その足で病院に行ったのだが、前述したようにガンと診断された。早期発見ではなかったがまだ初期である故、早刻手術をといわれた。私はガンについては全然知識がなく、家族にだれか同じ病気の者がいないかといわれ、父が食道ガンで亡くなったことをつげた。当時は、ガンは全く遺伝であると信じられていた。私は「手術」といわれたことで愕然としたのだ。

「手術後、働けますか」。医者への第一問である。今、死んではいられない。しかし、生死を確め家族の生きる道をも考えの中におかねば、手術など受けられないと思った。率直に現在の事情を話し医師の答をまった。幸い術後一カ月の入院、その後一カ月おきにレントゲン照射による治療、必ず働けるという。あとで知ったのだが、医師は慶應病院の課長で、その道のベテランであった。私は手術を決意して福祉にそのまま直行した。

「えっ、ガンですって」

窓口氏の顔が一瞬、蒼白になった。虎穴に入らずんば虎児を得ず、というたとえの通り、私はその後仲間たちのため、何度福祉に通ったことだろう。豊島、板橋、練馬、石神井、仲間の居住地にある福祉事務所は、その後あまり煩しいことなしに手続が可能になった。

雫石さんが福祉の役人にさんざんにこきおろし痛めつけられる中で、

――だが私はそれにこだわって内部にこもったりしなかった。なぜなら、私は幼児からの逆境の中で育ってきている。悲しいからといって悲しんでいたり、苦しいからといって悩んでいたりしはしない。頭脳の酷使にすぎない。という人生観を身につけていた。「運を天に任せよう」と私は心に誓った。一種の落ち着いた諦めであった――

庶民の中で生き抜いた人の強さ、まさに居直り的心境、この精神こそ、六十五歳の今日を迎えるに至った支柱なのであろう。私自身貧困の中での三年に余る闘病生活は、雫石さん程ではないが、多分に同質のものが私の体内にたぎっていたのだろう。改めて彼女に教えられることの数多ある『荒野に叫ぶ声』の真価にふれた。

＊

聖水園から日雇労働者になり、自活を始めたという頃は多分昭和三十三、四年頃ではなかろうか。記録は年代がはっきりしない。三十五年以前なら、まだ失業対策事業の打切り法案が出ず、登録手帳は割合簡単にだされた。朝鮮戦争から日本の景気が上向きになって、職安の民間求人も増えてきた。民間現場は長期と短期があって、賃金も失対より高かった。私たちは民間を「赤」と呼び、失対を「白」とよんだ。手帳がそれぞれ色分けしてあるからだ。「赤」にはアブレがなく、「白」には定期的にアブレがあった。就労が輪番制になっているからである。

雫石さんは長期の民間現場へ直行していたようだ。

失対事業は昭和三十五年を境にした精悍な闘争で種々の要求を勝ち取ってきたが、戦後資材もなく始められた失対の作業が徐々に高度化してきた。政府はそろそろ日雇の反乱に手をやきはじめて、安保条約の批准が近くなると、その締付けを開始した。私たちの賃金は、占領軍によって日本の最低賃金制度の歯止め的役割の性質をもっていた。

従って、安保条約後の向うみずな日雇の闘争を見透していたのだろう、失業者が減っているのに日雇が定着するのを整理せねばならぬ段階に入って打切政策を出してきた。折も折、反安保国民統一行動が組織されて連日国会周辺は騒然として、警察は散水車で舗道をぬらしすわり込み出来ぬようにして阻止していた。五〇年問題で分裂した共産党はなりをひそめ議員宿舎前にたすきかけて並んだ議員達が、デモ隊に拍手、そして握手するのみであった。樺美智子さんが虐殺されたのもこの頃である。三池でも白昼労組員が暴力団に殺され、原水協が分裂し、失対打切り法案はあっさり通過。ザル法にするとタンカを切った全日自労幹部達（共産党系）も、ずるずると後退してしまった。

聖水園で職員の横暴に目をつむりひたすらおのれの信念にかたむけはじめた雫石さんもまた、このような社会の変遷とはまんざら無縁ではなかったのではないか。

このころの世情の中で、都内の施設が諸々方々でその悪質さが目立ちはじめ、明るみにだされはじめた。私たち池袋の例をとるならば、練馬区の大泉学園町にみかえり寮という母子寮があった。いうまでもなく亭主が入獄中であったり、戦死者の遺族であったり、または女と出奔して残された親子、入院中の夫を抱えた人もあればたまには浮気をして子供づれで逃げてきた人もいる、種々雑多な人たちであった。

出獄してきた亭主と共にくらせる少数の夫婦寮があった。ここから女たちが日雇になりたいといってきた。配給のフトンも家族の分だけ渡らず、食事もコッペパン一ケ、夕食のごはんも丼に盛りきりであった。失対に働く条件は充分揃っているのに、なぜか寮長が不承知だという。私たちは正式交渉をしようというわけで出かけたのだが、そこで解ったことは次のようなわけである。つまり、外部に働きに出ると「自活」ということになり、配給物資が減らされることが原因であった。そんなことは当然のことであるが、人員の管理など都は一度もやっていない。出入については極めて杜撰であったわけで、配給物資は勿論、幾何かの金銭もすべて上前をはねていたのだ。このことは何もここばかりではないのだが、証拠をつかんだのはここだけである。

だが女たちは、自分らが働ければ、寮長が多少「ヨロク」をしてもいい、公然化してくれるなというのだ。寄るべのない女たちの悲しいあきらめなのか、それとも辛い浮世を渡り歩いた末の処世術なのか、組合の私たちは暗然としたが、彼女たちの意見を入れて不問に附し何人かの女たちが登録することが出来た。母親たちは毎朝生気をとり戻してでてくるのだから、留守をしている子供たちはどんなだったろう。決してよかったとはいえない問題が次々と起った。考えてみれば、女盛りの彼女たちに、あれこれおためごかしの倫理観などかたる方が所詮おかしな話であった。

私はこのみかえり寮の事件の中で、どうにも腹立しいことがあった。ごく真面目な人であったが、ひどい脚気になって動けなくなってしまった。子供はまだ小学生であった。病気療養中、生活保護を取りたいというので、地域の福祉事務所に手続に行った。ところがこの人は最初の入寮から現在まで保護の受給者であることが判明した。私は怒ってケースワーカーに何年前からだと問いただすと、自分の方で調査するという。当然のことなのでその日は帰ったのだが、翌日、早速一カ月分の生活費の前渡しがあったという。つまり、福祉事務所は百も承知、二百も合点、寮と「ツウツウ」であったわけだ。うるさがられていた私に、文句を言われぬよう、官僚にしては実に速い物解りのよさを示した。病気の仲間は涙をながして寮長の親切を私に告げるので、私はもって行きどころのない怒りをどうしようもなかった。この寮はそれからまもなく閉鎖された。都議会議員である寮長は、他にも二、三の寮を管理していて、ばれたらしい。出獄して夫婦寮にいた男が、会計係をしていたといって一切の責任を負って一時期刑務所に行った。無論、議員はやめたのである。

雫石さんの記録には、これ等のことが克明に書かれている。日常生活の中で、事実が事実として淡々と書かれているのは、ひとつの事実を通して幾重にも重なり展がりを持っている。それ故に記録は鮮明な印象を人々に訴え迫力がある。

さて、健康な身体で「女収容所」から仕事にでかけ始めた雫石さんは、そこから脱出するための努力は、到底並みなことではなかったろう。それはそれまでの生活体験に加えて確固たる信念が、私などの及ばない程のものではなかったろうか。

——私はつきあいも万べんないつきあいである。過去を語らず、未来を言わず、人が笑えば我も笑う。その場なりの調子を合せておくのが無難なのである。（中略）むろん、そういう姿勢は私の本意とするところではない。それでは自分の人間性が豊かに育たないのである。人はなるたけ多くの人と交わることである——

十四歳から働き出し、自らの信念をもち生き抜いてきた人をして、このように言わしめるこの社会体制、私はいいようのない怒りを覚える。人を愛することによろこびをもち、そのよろこびを共有することに更によろこびをもつ、この感受性の高い彼女が、幼児期からの苦痛で一種の諦めをもつようになったと述懐する。けれども、真実、彼女はそうだったのだろうか。すべての欲求を制止して、ただひたすらに軌道を走る。それがこの貴重な記録を上梓することが出来たとしても、私は尊敬とおなじ度合いに哀しさを感ずる。それは女の哀しさである。

私が「哀しさ」を感ずるというのはあるいは私の傲慢さなのであろうか。私の心は空しい。

私たちはすでに老境にある。この上はせめて、平穏な日々の暮しの中で、大学ノートにびっしりと書かれたであろうひとつひとつを心おきなくかき綴ってほしいと、心から念願する。私は「跋文」にふさわしくなく、余りにも自分のことを書きすぎたようである。

＊

〔一九〕七六年の現在、聖水園はすでに解散され、その周辺にはかれんなすみれやたんぽぽが咲きみだれているという。その川べりに浮浪の女収容所があったなどだれ知るものもないだろうと言われる。歴史とはそういうもの、まさにその通りかも知れない。東大泉の「みかえり寮」もその面影すらなく、瀟洒な住宅がならび、商店街に変貌し、そこに寝起きした女たちもまたそれぞれのなりわいをつづけているだろう。

しかし、この種の施設が、今も戦後まもなくのままの行政で続けられていることを、私たちは忘れてはならない。雫石さんは、母子施設を通じて告発されているが、老人ホームにしても重症身障者寮にしても、かつ精神障害者の施設にしても全くおなじである。

私たちの年代は、「上御一人――天皇絶対服従」で教育され、つれあいや息子は「一銭五厘」の赤紙で殺され、帰ってきたのは一握りの土くれである。震災、戦災、インフレ、その上企業万能の公害により自らの健康を失う。名ばかりの機械化で表むき富を得たような錯覚の中で空しい生涯の終りにたどりついた老人ホームは、看護人の独善で宗教を強いられ、一票の行使を決定される。老人ホームは、「見猿、聞か猿、言わ猿」の状態でおのれの末路を見つづける日々がつづく。精神障害者は「治療」の名に於いてロボトミーを医者の権限で行使され、生きながら廃人となる実験が堂々とまかり通る。あまつさへ七四年国会に於いて、障害者抹殺の法案――優生保護法――が、親の胎内に於いて抹殺を施行するという悪法が、上程された。辛じて流産したが、これはいつかなるとき、再び再燃するやも知れぬ危険性をもっている。

一度障害者のレッテルを貼られたが最後、孫末代まで、一族郎党すべて永久にリストするという実態調査を厚生省が全国に通達している。今調査阻止の運動が全国的にはじめられているが、このことはとりもなおさず個人の権利を犯す、いわば憲法違反であることはいうまでもない。このめまぐるしい社会の状勢の中にあって、人間らしく生きようと苦悩する者は精神異常者といわれる。異常者というレッテルがただ一人の医師によって判断され、出口のない収容所に生涯幽閉する「保安処分」が、今次新刑法の中に組み込まれようとしている。聖水園が解散されても、第二、第三の聖水園は今も各所にあるのだ。

荒野に叫ぶ、雫石さんは、その業いを通して、自らの周辺の出来事を克明につづった。しかし、これをよむ読者は、日本の福祉行政に挑む一人の雫石さんの分身となって、あらゆる問題を彼女の目となって告発するであろうことを希み、彼女のたくましい生き方を学び手立てとすることをせつに願うものである。

[雫石とみ『荒野に叫ぶ声——女収容所列島』所収、社会評論社、一九七六年八月。
なお、一九九七年十一月に新版として再刊されたさいに削除された]

Ⅱ

今日的状況をこそ

3・8集会に出席して

七〇年以後、ア婦〔侵略＝差別と闘うアジア婦人会議〕の討論集会が何回かもたれた。そしてその集会の総括はどのようになされてきたであろう。私は、決してマイナスばかりだったというわけではないが、前回の集会のマイナスが、生かされる形でつづけられないということに、会員は気づかないのだろうか。私はア婦の発展のために、ここらあたりで会員相互が、五年間の運動を点検する必要があるのではないかと考え、問題提起として'76・3・8国際婦人デー「女性解放と天皇制」を組上にするものである（このテーマは編集部からの依頼にもよる）。

集会を設定するまでの討議について

ア婦が侵略―差別をその根源からとらえ直す過程を、社会体制の変革のあとに続く婦人解放論ではなく、運動の中で自らを変えてゆくことを念頭として発足したものであるなら、その後五年間、この根源をどのように追及してきたのか。これが主軸にならなければならない。さまざまな運動に、ひとりひとりがかかわってきた中で、見えてきたもの、ぶつかった壁、あるいは今もなお試行錯誤をくり返している、それらのものが生きた言葉で語られたなら、そして女の解放を阻む元凶が、正に天皇であるという討論の帰結があったなら、この集会を持つことに反対はなかったはずである。ア婦の会議で頑迷におのれの意見に固執し、「他人の言うことに聞く耳持たぬ」式の討論過程にしばしば出逢い、枝葉末節的言葉尻の解明に空費させたことが、なかったとは言えない。私はまずこのことから自らを含めて反省せねばならないと思う。この上に立って、識者を招いて新しい展望を希求するなら、集会の性格はおのずからちがったものになったろう。

基調の内容について

'75・婦人年世界会議で、先進資本主義国の利害を代表する側と、反撃する第三世界の女たちの討論に触発され、第三世界の女たちとの連帯をどうするか、そこが起点となった天皇制への問題提起であるという。更に、女性解放闘争を前進させるなかで、象徴天皇として近代化された天皇制に対して充分な警戒心をもたなかったことを克服するといい、蓄積の第一歩とある。まことに政治的な格調高い提起である。

対する〔後出するパネラーの〕三氏は一様に、社会的・地域的条件の中での個の問題、いわば精神構造へのうちなる闘いを主張し、極めて対照的なふたつの問題意識を知ることができた（以上は、二者択一という形ではなく、比重としてである）。

たしかに、婦人年に本会議の行事に、ナガコ・ヒロヒトが出席するということは、侵略差別にむけた女の国家的統合の前ぶれであり、見過すべきではない。このことは女の現状に何の解決も与えませんなどという生易しい反対行動ではなく、絶対「阻止」の闘いでなければならない。もしもア婦の女たちが、この本質を明確にとらえていたなら、児玉〔誉士夫〕家につっこんだヒコーキ野郎以上の衝撃を世界中に与えたであろうし、総評以下、既成婦人団体と一線を画した闘いであると自画自賛し、新しい地平をきり開いたなどと豪語してもよいのであろう。私は文字とは何と格好のよいものであろうと感心するものである。

湯浅〔れい〕氏が、ア婦の基調を「都会的」であるといったが、この「都会的」という言葉のニュアンスも、受取る人によって違うかも知れぬが、私はまさに同感である。「女性解放運動とは、それ自体、ある呪縛から自らを解き放つ自己変革運動でもありますが、私たちは抽象的存在としての女一般ではなく、日本の歴史的条件の中で形成された女たちです」。基調の結語近くに書かれた文字、そして集会のはじめによまれた言葉、私はただ空虚な想いにかられた。社会体制の変革のあとにつづく婦人解放論でなく、といった、七〇年当初のみずみずしい感覚は、いつ、どの時点で消え去ったのかと思い迷う。差別と屈辱の歴史の中にあった、女たちはたえずそこから脱出を求めている。けれども直線的に天皇に結びつくのであろうか。優性保護法改悪阻止の闘いに、一年の過程でかかわりあった女たちが、懸命に体当りし、そしてようやくおのれの「産む性」が、資源としてあることに驚愕し、それを握る支配者天皇制とはじめて対峙し、おのれ自身の「産む性」を、決して売りわたすことをしまいと誓ったあの感動、この誓いこそが、反天皇制であり、その拡がりこそが、天皇制の闘いを確固たるものにし、はじめて人民の海に支えられる基盤が確立できるものではないか。このような、自らの闘いを基調にすることをなぜしないのだろう。私は文字によるコミュニケーションを、決して軽んずる者ではないが、さまざまの新しい運動が停滞する今日的情況の中で、ア婦は埋没してはならないと思う。

司会のやり方について

いずれにしても、ア婦の基調が「女性解放と天皇制」という明確な基軸をすえた討論集会であれば、当然のようにそのことを中心に討論を発展させねばならない。参加者はそれぞれの提起の内容や討論の過程を自らのものとして得ることを切望している。しかし、この希求はまたも裏ぎられてしまった。参加者への質疑や意見が的をはなれ、そのうえに同じような意見が重なり延々とつづく。いらいらしながらきいていると、終わった瞬間、間髪を入れずにまたもや同じ経過である。戦後民主主義の教条的発展は、もはや私たちの皮膚の色と同じまでに浸透しているのか。ことわざに「物言わずは腹ふくれる」というのがある。言いたいことを言うな、などと私は決して思っていない。だが、そろそろ参加者、司会者、共に、集会を充実させる作業を開始してもいいのではないか。概して新左翼といわれる諸姉は滔々と喋ることがうまい。まるでテキストをよむように。

ア婦はこの種の問題で、いつも苦汁を呑んできているはずである。短い貴重な時間がこのようにしてすぎ、折角でかけてきたのにまたかという思いを経験している人は多いはずである。

私はいろいろ司会のやり方について、ア婦の中で何回か問題にしてきた。しかし一度としてとりあげ〔られ〕たことはない。おのれの司会は充分だったと自負する人もあるが、その他は黙殺されてきた。私は何もここで仇討ちをしようなどとケチな考えでいうのではないが、発言の内容がどうあろうと、一切封じぬというのが民主主義というのか。また上手につなぎあわせて総括することが有能な司会者というのか。

私は司会というものは、基軸にむかってたえず発言をひきよせ、方向転換させ、少なくとも持ち帰って考えるべき視点を明らかにせぬ限り集会の意味はないと思う。また、司会者の責任を果たしたとはいえぬと思う。司会は交通整理などと安易に考えるべきではない。交通整理とは、流れを渋滞させせず手際よく、目的に向かって押しすすめる手腕を必要とする。このことも含めて、3・8集会の点検も腹蔵なく出し合えるア婦であってほしいと念願する。

おわりに

以上にくまれ口をかき終わった。パネラーの問題提起はそれぞれ面白かったし、心うつものがあった。湯浅氏は、戦後三十年の運動の経験をもつ婦人民主クラブで、天皇制の問題はかなり重いものとしてあること、何よりも積み重ねが必要であり、この論理の確立こそ重要だという。何回か講座をつづけているが、展望をみるまでにまだ時間がかかるだろうという。

富山〔妙子〕氏は、ヨーロッパの絵画は体制に対峙しているが、日本の美意識はすべて天皇制に結びついている。日本では画壇に抵抗するということは食えないことにつながっているという。このような日常的な闘いをもし継続し得るとするならば、人民の海の支えがなければ絵画は変革の武器にはなり得ないという。

最後にかかねばならぬことがある。加納〔実紀代〕氏の「銃後はいかにして形成されたか」の中で、彼女は「銃後の女たちは戦争に協力することで、解放の幻想をもっていたのではないか」というこの一言に、私は可成り(かなり)のショックをうけた。戦時、私がどのような生き方をしたかなど言ったところで、今日このように生きながらえているということは事実であって、それは私自身の弱点であり、日和見であり、決して偶然などではない。従って、彼女のこの指摘は、私たち世代の者たちへの告発であろう。私はこのことによって新しい課題を与えられたのである。あらたな勉強をはじめねばと決意させた彼女の問題提起について、私はあらためて拙稿をまとめて発表するつもりである。

（以上、アジア婦人会議会報 No.48 より転載）

［パンフレット『女が天皇制にたちむかうとき』侵略＝差別と闘うアジア婦人会議、一九七七年二月。一九七六年三月八日の国際婦人デーに恵比寿で開催された「女性解放と天皇制」集会へのコメント］

それは私の中の恥部、しかし語らねばならない

「一五一二号航路」〔『婦人民主新聞』一五一二号（一九七六年十月一日）の「航路」欄に掲載されたコラム「「天皇制・女」集会に参加を」を指す〕による近藤〔悠子〕書記長のよびかけで、すべては言いつくされていると思う。

あえてつけ加えるならば、もしも国家権力が、「女たちの統合」を強力に進める何かがあるとしたら、ためらいなく協力か拒否かの二者択一しかない。といってしまえばそれでおしまいである。しかし、戦中を生き抜いた私と同じ世代の女たちは、「拒否」の姿勢を示すことはすなわち自らの「死」を意味することを身をもって知っている。

拒否勢力が死滅するなど、まったくあり得ないことではあるが、その間の時間の流れは、決して軽視すべきでないのもまた当然のことである。拒否の姿勢も示さず、協力的でもなかったそういう女たちが、たとえば占領軍の指令であったにせよ婦人民主クラブにいち早

く参集したのではあるまいか。そして、指令の意図とは違った方向に歩きだし、三十年を経たのではなかろうか。

三十年の運動の内容は、必ずしも初心と一致したものばかりではなかったはずである。全国の支部が自主的なその活動をつづけて三十年、「そこに」天皇制があることに気付かなかったら、それは戦前の一部進歩的といわれたインテリの活動とおなじ結果になるのではないかと思われる。またどんな高邁な論理も、「そこに」射程が据えられなかったらこれまたおなじ「繰り返し」になるだけではなかろうか。

職場や、地域で、語れない「天皇制」なら今、「天皇制」を語ることはおそろしい。「天皇」をしらけた世代に意識させることはできるかもしれないが、一方それを操作しようと虎視眈々たる三島〔由紀夫〕的存在のあることも忘れてはならないと思う。「私と天皇制」について四枚かけという注文はむずかしい。およそ血の通っている人間なら、長い人生の中でいのちを燃焼させる程のことに出会い、はげしい慚愧に胸ふさがることもある。決して口にはすまいと思う恥部もあるはずである。

国際婦人年をキッカケに、突然かたられ始めた天皇論議は、七〇年以後の運動の中で芽生えた新しい思考なのではあるまいか。だとしたら、私はあえておのれの恥部をさらけ出さねばならぬと心に決める。

五十年前、「女の解放をはばむ元凶は天皇制である」と私に信じこませたものは何であったか。と今、そこにさかのぼって真剣に考えている。そして、またそれがなぜ「孤独のたたかい」に終始したのか、とも。

× × ×

女の運動の場になど身をおかぬただのおんなである私が、信じたものが次々とくずれる中にあってひたすらかたつむりのように殻を閉じこもってしまった。それは、「女運動者」の論理を解読できぬ知識の浅さと、自らを劣等視したものであり、次第に暗くなる闇の中に引きずりこまれる恐怖でもあった。そんなことをいまさらかたったところで、しょせん「合理化なのだ」と批判されるのは解っていても、それをあからさまにすることで、今、天皇制に挑む若い世代と結びあえる接点となるならば私はやっぱり勇気をだそうと思う。

その時、皇民化教育によって、「国家総動員法による女の戦時協力」などと、極めて巧妙に変身した状況こそ、まず深く深くえぐり出さねばならない。女は、世界共通の認識の上でも、最も虐げられ差別されている。私たち日本の女は、「天皇、天皇制」にからめとられての長い間、いかに侵略者として加担し、加担させられたか、それを思い知ることなしには、他国との連携などとは軽々しく言えぬ。

×　×　×

「天皇－国家権力」のたたかいは、かつてのような「孤独」なたたかいであってはならない。支流を奔流にするために、人民の海を構築するために私もそこに交わらねばならないのだ。

［『婦人民主新聞』一九七六年十月十五日付に掲載されたあと、パンフレット『天皇制・女――天皇「罪位」50年を問う』婦人民主クラブ、一九七七年三月に収録］

反天皇制運動への視点

はじめに

一九四五年十月二十日、日本共産党機関誌『赤旗』第一号が再刊された。一、再刊の辞、二、人民に訴ふ、三、闘争の新しい方針について、四、読者へ、とある。出獄同志徳田球一、志賀義雄外一同によってかかれた「人民に訴ふ」の中から抜萃すると次のような部分がある。

一、ファシズム及び軍国主義から世界解放のための連合国軍隊の日本進駐によって日本に於ける民主主義革命の端緒が開かれたことに対して我々は深甚の感謝の意を表する。

二、略

三、我々の目標は天皇制を打倒して人民の総意に基く人民共和政府の樹立にある。
〔……〕

発刊に先立って府中刑務所にて記者会見をしたとき、同じような趣旨の発言をしている。そのとき米国記者に、「米国陸軍は決して共産主義運動を好んでいない」と冷水を浴びせられ、また朝日〔新聞〕記者も、「二十年の長きに亙りその初志をまげずあらゆる苦難を堪え忍んで来た彼等の烈烈たる闘志には讃嘆するが、長き獄中生活で彼等往年の闘志も既に老いたりの感じであった」と報じている。やがて、野坂参三が「解放軍万歳！」と叫び、愛される共産党のイメージづくりのために「天皇制」は時期尚早として影をひそめた。当然の成行きであったかもしれない。

一　圧迫の根源を知る

あれは敗戦直後の冬の日であった。配給物資がまだ乏しかったため燃料を節約した私は、家族を送りだしたあと、つれあいの勉強部屋で子を遊ばせながらその日の新聞に目を通していた。東南の大きなガラス戸を通してにぶい東北の陽ざしが入り、少しはあたためられていた。

玩具などないその頃、着ぶくれした幼児は象とライオンの鋳物の水差しでたわむれている。書をたしなんだ舅の品である。西側の天井までの書棚の三分の一は、すでに書籍が売られている。両袖のついた畳一畳ほどの頑丈な机の上に、雑多におかれたものの中からその『赤旗』再刊号を取りだして読んだのであるが、私は驚愕してしまった。一気に全文を読んでしまうと、私の身体はカタカタと震えた。

それから三十年がすぎた。いまではあれほどの衝撃は忘れはててしまった。いや、あきらめたとでもいおうか……。

それまでの、監視されるような周辺の眼からやっと解放され、長い間の緊張感のなくなった毎日は、虚脱したような日々の連続であった。さぐるような目の在郷軍人の姿もない。防空頭巾を持ち歩く必要もない。何よりもあの無気味なチャイムがラジオから聞こえなくなってしまった。戦時という、特別な日常の上に重くのしかかっていた我が家の雲が、やっと晴れたのだという生活の安堵、あれは一般的主婦の生活なのだろうか、だとしたら、私にとってあのような静止の時間は、あの以前にもあの以後にもない。今日、ふり返ってみて、あのわずかなひとときだけが私の生涯の中で、静止の時期であった。

三千人にも及ぶ政治犯の釈放がその年の十月十日にあった。その日も私はいつものように朝の新聞を見、古い友人がこの地の刑務所から出ることを知った。あわてた私は子を背に刑務所にかけつけた。

その日出所したのは、友人の内野壮児、作家同盟であった伊豆公夫、その他竹中恒四郎、竹田圭郎、そして朝鮮人の金という人たちである。前日、土方与志は家族の迎えですでに帰京、病気療養中だった春日庄次郎はそのまま病院へ向かった。青い囚人服のまま、大豆入りの握り飯をもって、一行はその夜のうちに帰京した。


私たちはその後、その土地で入党したのだが、まだその頃は正式の手続きをしていなかった。

党再建に動いていた人が持ってきた『赤旗』再刊号。つれあいは読み終えぬまま机の上に置いたのであろう。私にとっては忘れることのできない事件である。

「天皇、天皇制打倒」――私はそれまで、天皇という文字がこのように安易に書かれたものを見たことも、読んだこともない。しかも公然とである。私は誰もいぬ部屋の中で周囲をはばかるようにして読んだ。「天皇、天皇制、その宮廷、軍事、行政官僚寄生的土地所有者及独占資本家の結合体を根底的に一掃することなしには、人民は民主主義的に解放されず」。ああ、××制、××主義打倒。その××とは天皇であったのか。私は初めて実感として天皇をみる思いであった。

私が長い間念願していたのは天皇制打倒であり、長い間うけていた圧迫の根源が、この天皇であったのか。そのことを私は何の迷いもなく、なんの理論的根拠もなく、おのれの肉体を通して感じたという、知識を持たぬ庶民の女の感性なのである。

それまで、いついかなる時も、「天皇」の文字は決してこのように書くべきではなかった。「天皇」の文字は上段に大文字で、そしてそれに文章は続けない。小学校の教科書であっても、

天皇陛下
天皇陛下
ばんざい、ばんざい

である。

私は、牧瀬菊枝さんより、時期的には少し前に小学課程を終えたのである。不幸にして私の学業はここで終ってしまい、知識人という人とも接することなく今日まで生きてきた。私は小学課程で四度、学校が変わったのであるが、いずれも地方都市でのことである。

私が天皇について鮮やかな記憶としてあるのはただひとつだけである。二月十一日、紀元節といわれた日の、厳寒の最中での学校行事のひとつである。

天皇の写真は県庁の奉安殿にあり、早朝、校長が人力車で迎えにゆく。私たちは校門の内外に並び、送迎をする慣わしであった。粉雪が舞い落ちても傘などさしてはいけない。

黒木綿の紋付を着た私は爪皮を通してジリジリと凍みこんでくる雪どけの冷たさに耐えた。火の気のない行動で式次第がひきつづき始まる。すでに暗唱してある勅語を、校長が抑揚をつけてよみあげる間、気をつけの姿勢で身じろぎもできない。四隅からすする鼻水の音がひっきりなしである。「〽雲にそびゆる高千穂の……」と紀元節の歌が終わると、また校門に立ち並ぶ。担任の教師から「菊桐」の天皇家の紋章をかたどった「落雁」をもらい、やっと解放される。子供達は、あの舌にとろけるような甘さのゆえに「しごき」に耐えたのか……。

二　子供心に気づいた矛盾

私の家には、その頃どの家にもあった天皇の写真はなかった。床の間には漢学者であった祖父の詩が、祖父の筆でかかれた軸がかけてあった。私は天皇の写真がないということは、貧乏のゆえかと思っていた。母は、明治の改革で廃藩になり、学校令によって初代の小学校長をやった祖父の死後、家計の困苦を一手に引き受けたのであって、母にとっては万世一系の天皇より、直接の藩主の方が有難い存在であったのかもしれぬ。今思っても、私は母から天皇の有難さについて何ひとつ聞いたことがない。

私の生家は大変複雑な事情をかかえた家であったが、そのことについてはここではふれない。ただ、私が小学校四年の時、母は父と別れた。そして生まれた土地に帰ったのである。私の姉たちや、異母姉の子、私の従姉妹たちもみな女学校を出ている。長姉の子と私は同じ学校であった。その子はそれほど学力がすぐれていなかったのに、無試験の学校へ入学した。当然私も入学できるものと思い込んでいたが、入学寄附金のない学校は試験制度なので、私はそれなりの勉強をしていた。

　卒業の時、朱塗りのにぎりのついた「鏝（こて）」をもらう数少ない優等の中に入ったのに、私はこの試験を受けさせられなかったのである。

　憤懣やるかたない私は、それ以来学業をサボってしまった。母にしても女手に二人の子をかかえ、必死に生きたのであろう。私たちに「女は手に職を持たねば泣きをみる」といって、後年、姉は商業簿記、私は当時新設された和文タイピスト学院に学んだ。

　その頃、豆本が流行していた。『孝女白菊』などといったものである。私は学校にそれを持ち込み、授業中に教科書の間にはさんで読みふけった。途中で指されてもどこをやっているのか見当もつかない。結局廊下に立たされる破目になってしまう。たび重なるので、教師は授業を終えても立たせっぱなしである。そうなると私もさっさと下校してしまい、三日も四日も休んでしまう。

　あるとき小学校の受持ちだった教師が来て職員室に呼ばれた。さんざんに叱られたのである。そしてそれ以後、子供心にも悪いと知ったのか、豆本はやめてしまった。だが、卒業までにやっと中の上位に追いついたのである。けれども私はこの時以来、すっかり読書の習慣が身につき、文学への興味もまたいつしか培われたのである。まことに劣等生さまさまである。

まだそれほど難しい本を読んではいなかったが、あるとき子供向けに翻訳された『嗚呼、無情』を読んで感激してしまった。貧富の差という矛盾が、子供心に焼きついてしまったのである。それは自身進学できぬことへの怨念もあったのかもしれないが、今日の私の中に貫かれているもの、それは「貧富の差のない平等な世の中を」というものである。今日の世代の人々は安価な人道主義と笑うだろうが、その後少しずつ「アカ」がかったむずかしい本を読んでも、私の中にあっては必ずこのことが重なり合ってしまう。そしてこのことがより確固となったのは「にこよん」と呼ばれる日雇労働者になってからのことである。

私はこの期間、少しずつ大人になったような気がする。米騒動で高利貸の家が焼かれたという翌日、ザルを持って何回も行列に並び一升あての米を買った。鎮圧のために出た軍隊の、真夜中ザッザッという靴音をおそろしく聞いた。シベリア出兵騒ぎで片言の「ロシア語」を覚えたこと、大震災で不逞鮮人が井戸水に毒を混入するというので、どの家でも井戸に蓋をしたこと、被災した従兄が来て東京の混乱ぶりを語ったこと、すべて少女期のことなのに、今も鮮明な印象として残っている。

三　戦争中に貫いたこと

戦争は避けられないだろうと話し合うようになった頃、強制的に外米の配給があった。当時私たちは東京の世田谷に住んでいたのだが、折も折、病弱な子が疫痢をやった。それまでも入院に続く入院で、私たち夫婦は傷心の極みであった。ペンネームで書いていた三流誌の原稿もとぎれがちになり、定年を過ぎた両親が、これが最後といってきた就職もつれあいは嫌った。身元調査などやかましかった頃でもあり、紹介者なしの就職などいっさいできない。今のように手軽にアルバイトなど考えられないのだ。ここまでなんとか育ってきた子を犠牲にはできないと思い、私たちは重い心で帰郷について真剣に考えざるを得なかった。せめて新鮮な野菜で、新鮮な魚でと、そこに思いを寄せた私は持ち物を一切売り、旅費をつくった。上等でもない私の着物を、古着屋がひろげて値段をつける。そのつど私は全裸にされる思いにかられて身が粟立った。

帰郷して、つれあいは食うための仕事としてふたたび教職についたが、私たちの心は暗かった。ただひたすらに子の健康のみを願い、何事も考えまいと思うのだが、人間の心はそうたやすいものではない。在京の友人たちは次々と死に、ミカンの皮を味噌汁の実にしているという便りに、自分たちがまるで裏切りでもしたような、肩身のせまい思いであった。

〔夫の〕父は若い頃宣教師であり、この地のミッション系の学院創立に手を貸して四十年も住みついていた。渡米の経験もある父は、はじめから勝ち目のない戦争と知っていた。しだいに米国人たちも帰国してしまい、講堂や教会の聖壇にも日の丸が掲げられ、日曜礼拝もできなくなったという。両親は開戦を間近に世を去った。両親が生存中は長い間住みついた地域の人々の信頼もあった。そういう庇護が私たちの身を守ってくれたとでもいおうか、私たちは悔み足りないほど親たちに迷惑をかけてしまった。

子は病弱であっても病弱なりに育ち、勤労動員に狩りだされる。疲労のあまり田んぼを這いずって草取りをしたといって泥だらけになって帰ってくる。つれあいは厳寒のさ中「暗渠排水」の作業に生徒と共に動員され、帰宅後、急性神経炎のため一カ月余り寝たきりになってしまった。せめてガラスの破片ぐらいは防げるかと枕元を屛風で囲い、防空壕に入れた子供たちとの間を、私は土足のまま行ったりきたりした。防空壕を造るのにも材料がなく、どうせ灰になってしまうのだと思えば、土壁にタンスを支えとして埋めた。いり米やいり豆を袋に入れ、万一の時には父母にかまわず大人たちの逃げる方に逃げなさいと言いきかせた。

子供たちだけ生きたとて、どうなるわけでもないと思いながら、やっぱり私はそう言ってしまう。親たちを思い出す何も残らないだろうと思うと哀れになって、私は壕の中にわずかな書籍を入れた。湿気で背表紙が剝がれたまま傷跡のある本は、今も私の手元にある。

当時の思い出を彷彿と伝えてくれるこの本も、私が灰になるとき、これもまたゴミ焼却の中で灰となるだろう。まこと歴史とはこのようなものなのである。

どの地方の女たちもすべて同じような体験をしただろうが、戦況が悪くなってくると訓練を指導する現役の軍人はとげとげしさを増してくる。その上にも「アカ」だ「非国民」だとかげ口をいわれている私たちへの風当たりは強かった。

消火訓練でバケツリレーをするとき、私は子を背負ったままゆく。竹槍訓練の時は背中で子がのけぞって喜ぶので組ごとの列からはみ出してしまう。私たちは竹槍ではなくて鳶口である。鳶口には、防火用水の氷片を割り、火災の時は家屋を破壊し、米兵上陸の際はつき殺せと、三通りの役目がある。私は鳶口の先が子の頭に突きささるのではないかとハラハラする。何回も何回も組ごとの訓練をやり直しされ、業を煮やした軍人は私一人だけにまた特訓をやらせる。こんなもの役立つはずがない。たとえ役立ったところでどちらの側の者からも私たちは抹殺される可能性は充分にある。私はふてぶてしく決して最初のペースをくずさない。この次は子を預けてこいといわれ、やっと訓練は終わるのだ。こんな幼稚な抵抗など、何の役にも立たないと知っても、私にできることはこのくらいしかない。それでもこのような行為はすぐはねかえってくる。一番不足している衣料品などの配給が減るのだ。いつ灰になるのか分からぬものを、と思えば別段気にかけることもない。

年頃の娘のいる家へキップを回す。金になるものは金にかえ、毎日を腹を減らさず過ごすことに徹底した。常備食糧など二日か三日ぐらいで、決して残すことをしない。国債の割当が来ても、強制でないので組全体で消化しきれず返すことになる。金属の回収が来てもこの組は誰もださない。新しいダルマストーブも押入れの中に隠してある。結局は私が組長であったので、こんな風になったのかもしれないが、あの組は教員が多いので非協力だといって、班長である在郷軍人は苦い顔をする。

第三種補充兵であったつれあいにも、早朝訓練が始まった。おなじに学んだかつての学友と共にその学舎で訓練がある。私たち隣組は敗けたらどうしようとこそこそ話し合った。「死ぬだけだ」と割り切ってしまったといえば嘘になる。私はその時、「神経性戦時無月経」になった。まだ三十歳を半ば過ぎたばかりの女盛り、生理が止まるなど正常ではないはずだ。だが新聞に「別段心配することはない」と、婦人科医の談話が発表された。多分、かなりの女たちがそうであったのだろう。

病弱な子だったのに、「少年特攻隊」になる日を夢見て、細い脛にゲートルを巻いて出ていく子に、その日が来たらどのようにいい聞かせようと思い惑い、朝になれば今日一日の無事を願い、夜になれば明朝まで何事もなくと、祈るような毎日であった。あのとき日本中の女たちはみんなつかれはててしまったのではないか……。

四　戦争中の新しい女たち

新しい女と騒がれた平塚らいてうさんはどうしているのだろう。「女の徴用は家族制度と何等抵触するものにあらず。護持するためにこそ」云々という市川房枝さんの声明は真実なのであろうか。摩滅した活字の新聞を読んで、私はさまざまの疑心をもった。生活改善だ、生活協同組合だと、中流家庭の女たちのあこがれの的だった羽仁もと子さん山高しげりさん等々は、この毎日をどのように過ごしているのだろう。唯一、階級的だった馬島僩さんの産児制限の運動も、「生めよ増やせよ国家の宝」の標語で消されてしまった。

あの時、私の視野からは日本の婦人運動の草分けともいわれた人々は、すべて消えてしまった。ささやかな抵抗に身を措いた私は孤独であった。溺れる者藁をもと、必死に探し求めているのに指先に触れるものは何もない。

隣組の組織は学区ごとに編成され、在郷軍人を班長にして縦に組まれていた。横につながるものは何もない。国防婦人会の連絡もこの男に代行される。会費なども隣組費からの一括納入である。出征する兵士も学校に集合し家族ともそこで別れる。深夜出発するのは駅からとは限らない。無蓋の列車に乗り、暗闇をどことも分からず走ったという。機関車の釜からパッパッと燃える石炭の火を垣間見るだけだった。『市川房枝自伝』に「大戦に引きずり込んだ直接の責任は軍部であり……そうさせたのは明治以来の政治の責任だと思う……毎日の新聞を見てオロオロするだけでこれを止め得ず消極的にしろ協力した責任を今更ながら痛感する」とある。社会の表面に立って運動した彼女の自己批判である。ここからは、敗戦の勅語を聞いて闘いに敗れたくやしさに涙が頬に伝わり、ロッキード事件で夢よもう一度とアメリカへ行って恥をかき、天皇に招待されるのを光栄に思う、現在の市川さんへと続いている。もっとも彼女は総同盟友愛会婦人部を辞任後、一九二〇（大正九）年新婦人協会創立を前にした準備会に際し、「――自分は総同盟で労働婦人の地位の向上に努めたのだが、日本の労働者の意識は低く不可能であるとさとって放棄した。今後インテリ層を基礎にして、婦人運動をすすめてゆきたい――」（「市川房枝と平塚らいてう」『山内みな自伝』より抜粋）」と語っている。勉強好きの小都市や農村の金持ちの娘たちが、都会の学校で新しい空気に触れ、そしてそのまま帰郷した女たちが中心になったような組織だけに、尊敬する親分が右を向けばそのまま右ということもやむを得なかったのであろう。子だくさんの女たちも、避妊の技術は覚えても、個の確立ができるほど運動も進み得なかったのである。全国津々浦々に市川さんや羽仁さんの組織が、女を変革する運動としてではなく今も残っているということは、共産党とおなじような反動的な役割しか果たしていぬのではないか。まこと、インテリとは怪物である。

天皇制を語る数少ない女性である加納実紀代さんは、銃後の女たちの戦争協力は女の解放への幻想を持ったのではないか、という仮説を立てている。この仮説が、あるいはこのようなインテリといわれた人たちへ視点があてられているなら、当を得てるかも知れない。近代の年表の中には、何もかも一括して、「婦人解放」の闘士としてしめくくられている。当時彼女たちが、真実女の解放だと考えていたなら、私はもっと救われるのだ。「婦人解放」などという文字は単なる謳い文句だけではなかったのかと私は述懐する。私は婦人解放などの視点を何ひとつ持たなかった。子の生命を守ることのみ埋没していたのであるから、あれこれと批判する資格はないのかもしれない。

五　庶民の反天皇制

私は最近自分と同じ世代の女たちと戦時中のことを語り合った。皆それぞれの辛い想い出がある。子が生まれる前に出征してしまい、父の顔を知らない子は三十歳を過ぎている。その子を背負って久里浜の海岸で泣いたという人は、横井庄一がジャングルから帰った時一晩眠れなかったという。艦ごと海に沈んだというが万一生きて帰るのではないかと思ったと、顔中涙した。「死ぬばかりが名誉じゃない。三年経ったら必ず生きて帰る」と言ったのにと、ひとり言のように言う彼女は五十六歳である。

遅い子持ちで戦中は貧乏の最中であったという七十歳を過ぎた仲間は、「――あの時、天皇など考えたこともなかった。敗けたら女はすべて米兵に強姦されるといわれ、おかずを切りつめては債券を買った。家の近くの飛行場建設の勤労奉仕の通知が来ても、その日の生活に困ってつい延ばし延ばしになった。結局、北海道の千歳まで徴用されてしまった。生活費は軍から貰えたが、あの空襲の最中、女手で三人の子を連れて逃げ回るのは辛かった。亭主は北海道でカッケになり、身体が倍ほどにふくれ上がった」という。「病院で療養し、やっと帰ってきたものの、それから半年以上も働けなかった。戦後間もなく死んでしまったが、あれも戦時中の苦労があったからだろう。病夫をかかえた生活は無我夢中だった」と話すこの人は、「社会党などあてにもならないと思いながら選挙は社会党に入れる」という。保守でも革新でもない。この人は今、やさしい息子夫婦と同居しているが、病気になったら老人ホームに入りたいという。聞いている私が、自分の苦労など苦労の中に入らぬと言って笑うと、「いや、あの当時「アカ」では辛かったろうよ。それは食うための辛さとはまた別だ」という。震災当時荒川周辺に住み、自警団が棒を持って朝鮮人狩りをしたのを、雨戸の隙間から見たという。しかしこの人は、女の解放など考えもしなかったのではないだろうか。

旧い話だが、皇太子の婚礼があった頃、仲間たちはこのように言った。「美智子さんもこれから気苦労が多かろうなあ」と。これは庶民の優しさである。やさしい息子に迷惑をかけぬよう、老人ホームに入りたいという、この庶民の優しさと照合したところから天皇制の運動が始まらねばならぬと考えるのは私ひとりだけだろうか。××制××主義と、やたらに多い××ばかりの本は私にとっては他人のようなものであった。仲間うちだけが判読できる戦前の論文、いかに方針が正しかろうとそこには大衆不在である。

中野好夫氏が、分かりにくい言葉で、むずかしい漢字で書かれているのはいかに名論文であろうと「悪文」だという呼び方をしておられた。まさにその通りであろう。そういう表現でしか語れない限り、天皇制の運動も架空のものとなりはしないかと恐れる。今日的状況を打開することから始められる運動を、と念願するのみである。

一九七七年一月二日、宮中参賀の日に富村順一は天皇らの直前ベランダ下で糞尿のビンを投げ、「戦犯天皇を処刑せよ」と叫んだ。報道陣、テレビカメラの前でのこの出来事は、厳重な報道管制によって封じられてしまった。(『救援』第九十四号、東京都港区新橋二―八―十六　石田ビル四階十四号　救援連絡センター発行、一部百円)

天皇への直接行動は数多くない。一九六九年、同じく新年参賀の日に、天皇にむけてパチンコ玉を発射した奥崎謙三は、懲役一年二カ月を宣告された。

富村順一はその日、丸ノ内署に三時間留置された。私は何もその処置が軽いなどといっているのではない。それほどに天皇への連鎖反応的行動を怖れているのではないか。裏を返せば、それほど天皇の問題は少しずつ人民の中に浸透しつつあるのではないか……。これは私の我田引水なのであろうか。しかし庶民はこのような行動を通して天皇の実体を知るのではなかろうか。

富村順一は天皇制支配により差別され続け、戦争の被害を最大に受けた沖縄出身である。奥崎謙三もまたニューギニアの密林を飢餓線上で彷徨した一兵士である。二人にとってはどのような介入も許さない呪詛が、生きている天皇に向かってある。

私がかつて孤独の中にあった時と同じように、彼らもまた孤独なのではなかろうかと思い辛い。しかもあれから三十年も過ぎた今……。

さて、私がなぜこのように一見女とは関係のない引用をしたか。それは私たちは兵士の妻であり、母であり、その上にも人間として差別の最底辺にあるからである。

戦時多摩地区で五勇士の母として宣伝されたというその母親が、戦死した一人の息子の遺品が届いた時、「ああこれは○○だ、○○だ、あの子の匂だ」と言って顔を埋めて慟哭したという（『多摩百年』朝日新聞社〔『多摩の百年（下）絹の道』一九七六年十一月〕）。たしかに、肉親の死に対してそれを讃える健気な女たちがいなかったとは言わぬ。当時の新聞に伝えられるそれ等の記事の多くは兵卒は少ない。尉士官級である。尉士官級は学卒幹部候補生、いってみれば自ら職業軍人の途を選んだ人たちである。貧しい出身の兵たちの母は決して名誉や死を好まない。だが、自ら選んだ途だといいながら、彼らもまた好んで死を求めたであろうか。

現役から二十九歳まで戦地を転々とした男がこのように言った。「――最前線で死の出発の命令を平然と待っているような者はいない。十九年には飛行機はなく、二十年にはすでに弾はなかった。毎日毎日ヒロポンを打って己れをごまかしていた青春であった」と。そして軍神の母たちも、神になった肉親だけが生きる支えとしてあったのではないか。歴史の証言はどのようにして真実を求めればよいだろう。

ある座談会で元憲兵、現日中友好協会員である黒沢嘉隆がこう語った。「——実際、私は学校を出ていなかった関係で早く学校出身者と同じ地位になりたいと思い、憲兵になった。憲兵教育は三カ月で営外居住四十九円五十銭という月給がもらえる。官舎をもらうと家庭を持てる。私は中野電信隊を出た。あの頃の専門学校以上はみな幹部候補生になり、すぐ高等官待遇になった」と。

「富」はすべて人間の良心を麻痺させ、すべてその視野を覆い隠してしまう。

国が栄えるためには女を必要とし、天皇家が息絶えぬため女の媒介が必要となる。「産む性」である女たちに今、天皇の子を産むなといったところで何になろう。糞尿のビンやパチンコで天皇が絶えるなど、誰一人思ってはいない。しかしそれらのことどもが、人々の中に強い印象として残るものではないか。そしてそれらに共感を持つ人々が多くなるということが、「人民の海」というものではなかろうか。

まこと反天皇制の運動はさまざまである。そしてむずかしいものである。どのような視点で、どのような問題意識で始められても、そこに人々が集まる限り取捨選択する必要はない。かつて孤独であった私の痛切な思いなのである。

六　現役でいること

「天皇制打倒」の文字から、宿念の想いにかられて三十年、私の運動も始められたばかりである。戦時をどのような生きざまをしたかと問われれば、それを語ることにやぶさかではない。それはまったく市川さんと同罪であって、どのような詭弁をもってしても逃れようなど思わぬ。恥部をかかえた人間の生き方はどのようなものであるべきか、それはおのれ自身によってしか確かめられない。おのれの手によっておのれの恥部をえぐり出す作業を、くり返し、くり返すことによってしか、おのれの傷痕もまた消えぬものである。

ひたむきに生きた青春時代、そして今、報いられ、余生をかわいげな孫たちと静かに……。私にとって牧瀬菊枝さんの『ひたむきの女たち』の一冊は、羨望の限りであった。それほどひたむきに生き得なかったとしても、老いを感ずる今日この頃、やっぱり私はうらやましい。

けれども、私は命尽きるその日まで現役をやめはしない。現役でいるということは、かつてなし得なかったことの続きである。

こういう想いは私の傲慢さなのであろうか。

（一九七七年四月号掲載）

付記

「原始、女は太陽であった」と、平塚らいてうがあの時代のろしをあげた時、さぞ世論は喧々囂々であったろう。今、あの運動には何の思想性もなかったといわれるが、大正ロマンの開花の中で、女たちが個の確立を自ら実践したことはなんといっても大きな収穫だったといえるのではないか。「天皇制」などという文字などなかったとはいえ、「天皇制国家」の秩序を底辺からくずしたということはたしかである。

戦後、宮本百合子は「歌声よおこれ」と呼びかけて、今日の婦人運動の基礎造りに参加した。もちろん占領政策の一環として公然と運動がくり展げられ、主流は共産党の後押しがあったとはいえ、考えてみればそのどちらも日本の女にとっては、歴史的な大きな節目としてある。百合子が、「女性解放をめざしてたたかう」とした目標が、百合子自身どのようなたたかいをしようとしたか知るよしもない。百合子の死は、まこと残念である。共産党が「天皇制」の問題を途中で引込めてしまったが、党員である百合子が生きていたなら、どのような対応をしたのであろうか。

そして、日本の婦人運動は、「天皇制」に触れもせず空白の日月が過ぎた。戦後三十年、

「天皇制」は忘れられたか。いや、「風流夢譚」発表で嶋中事件の殺傷問題が突然おこって、人々はあらためてまだある神としての天皇を意識したのである。そしてそれ以後、「天皇制」はタブーな存在として残った。

今「天皇制」を語ることは、第二の嶋中事件が起きないとは誰も保障は出来ぬだろう。

女達が天皇制を語りはじめたのは、やっぱり国際婦人年が契機であろう。国内の行事に婦人団体が一同に会し、天皇夫妻が出席するといったとき、拒否をした婦人団体は数少ない。そして少数の女達はヘルメットで会場に押しかけたが、警護の壁は破れなかった。いや、壁を破れなかったのか、破らなかったのか、私は知らない。けれども行動をおこした女たちの意気は、昂揚した。しかしこの昂揚は日本の女たちに伝わらなかった。残念至極である。あの時もしも会場に押し入ることが出来たら、世界中のトップニュースになっただろうに。権力は絶対逮捕など出来はしなかったはずだ。天皇は諸外国に出向いての外交使節、まず外堀から固めていた。天皇のことなどとしらけた世代の若者たちに、なんの関心があろうかとタカをくっている間、実にたくみに「天皇制」復活の意図が進んでいた。ヘルメットの女たちの行動は、少数といえども運動の新しい突破口としてあったのに、やっぱり線香花火でしかなかったようだ。

今でこそ、天皇家も一婦制がまもられているが、歴史にくわしくない私でも、かつて男達は世襲の男子を得るために、何人もの「メカケ」をもった。天皇家といえども同じである。「腹は借り物」という諺（ことわざ）通り、女は子生みの道具でしかない。これとてルーツは「天皇制国家」の支配構造の秩序の枠にある。「産む、産まないは女の主張」と今世紀造反した女達の行動は今どうなっているだろう。

もしも、天皇家に女ばかり生まれたら、どうなるだろうと、私は滑稽なことを考え、「産む、産まないは――」の風潮が一般化したら、天皇家といえども世襲がないという理由で妃を変えることは出来ない。

私の世代で「天皇制」を語れば、それは戦争に直線的につながる、加害者であり被害者である両面の責は天皇への呪詛となる。けれども戦争を知らない世代になった今日、女達の「天皇制」はまず女の論理に立ち、はじめられているのだろう。『思想の科学』が連載した「天皇制」を通読していないので一般論としていえば――女――（戦争＋天皇制）という図式になってしまっては、発展がないのではないかと、自分が書いた文章に反省を込めて、欠落した部分を今あらためてかき加えるのである。

私は、あらゆる差別の根源は、天皇制国家の倫理による秩序が、今も息絶えず生きているのだと信じて疑わない。最深部におかれた女達の現状を女達自身、おのれの生きざまと照合したところで、それを瓦解する行動、それを生みだす以外、反天皇制を語れない。

女達の解放を阻む元凶、それは「天皇制」である。女たちはながい間つづいた天皇との過去の不幸な関係を、そうあっさり水に流すわけには行かない。執拗に、執拗に、何代にも遡って、ある女たちの怨念を、これからの何代にも亘る年月をかけて果たすしかないだろう。

皇居というあの広場が、いつの日人民の緑地として解放されるか。その時、女達の歓びの声が地底をゆるがすだろう。

〔『思想の科学』一九七七年四月号に「付記」を加えて、
加納実紀代編『女性と天皇制』思想の科学社、一九七九年七月に収録〕

今日的状況をこそ

あなたに、一九四〇年が、「広大無辺な我が大日本帝国の悠久皇紀二千六百年」であり、盛大な行事があったのではなかろうかとたずねられましたが、私は何ひとつ思いだすことが出来ません。

私はきっと、自分達のことのみに心奪われ、社会の状勢も、その移り変りにも目を向けることをせず、ただ息をひそめて毎日をすごしていたのでしょう。いってみれば全くの「利己」でしかなかったのです。

その年に誕生したというあなたが、その年の事どもを知りたいという真摯な気持は当然のことで、もう、その年を生きた人間も少なくなっている現在、知っている限りのことをおつたえする責任があるはずの私が、何ひとつおつたえすることが出来ないという、思えば、「恥」の上に生きながらえたことかと、この上なく自分を責めているのです。

この年は、子供が小学校に入学した年で、夏休みに入って三日目、早朝のラジオ体操から帰宅してすぐ発病しました。疫痢でした。八月半ば、やっと退院しました。

そのころ私たちは、東京の世田谷に住んでいました。つれあいは、「徴兵逃れ」のため、郷里の父の強引な要請で軍関係の「遺族保障係」に、今でいうアルバイトに出ていましたが、どうしてもつづけることが出来ないといい、やめてしまいました。全国の遺族の実態が、窓口で細かに調査できる重要さも、一部では認めてもいましたが、「軍」というものへの協力を拒んだのでしょう。春秋二回の靖国の祭典に要した必要経費など、どのようにして調べたのか、簡単ではありますが、今も残っています。

病児をかかえて、誰にもいえぬ失業。すでに外米の配給がはじまっていましたから、ここまでなんとか育った子を犠牲にはできないと、私たちは重い心で、帰郷を考えざるを得ませんでした。八月の終り、十余年前、一切を捨てる覚悟で追われて出た郷里へ、また追われるようにして帰りました。着のみ着のまま、何もかも旅費にかえて、子とともに都会をあとにしました。そしてつれあいも一カ月のち、これまた無一文で帰郷しました。

それまで都会で暮した十年余の月日も、決してたのしいものではなく、田舎者の私には孤独の毎日がつづいていました。それでも、今考えると、都会の十年間は、なにか「未来」を、少しは信じるものがあったように思います。

帰郷して太平洋戦争開戦まで一年、それから敗戦まで四年、「人より三年も早い疎開」

と、自嘲しながら生きてきました。「針路」を失った私たちの生活は、たとえようもない暗い日々、重い雲の中に閉じこめられたようなものでした。それは「自業自得」なのだと、思えば思うほど鬱々として、私自身、もはやつれあいとの「共同生活」さえ、つづける意義をうしなっていました。つれあいもまた、同じだったのでしょう、いっさいを捨てて、ひとりで上京することを考えていたようです。

そんな「おさきまっくら」な日々でしたから、筆をとってはみても、「紀元二千六百年」とは、何のかかわりもないことになってしまいそうです。

七〇年のはじめでしたでしょうか、あなたが「天皇制」について講演をおもちになった時、夫や子を失った、いやうばわれた女たちが、長い苦労をしたあげくやっと生きのびたのに、一様に、「それでもあの時はよかった、生き甲斐があった」と述懐することにこだわっていると話されましたが、そのことへの私のこだわりがあるのです。

当時、人々は日々のくらしの中で、緊張感のあるなりわいをつづけていたのに、私は機械的な毎日を、ただくりかえしていました。今になって、「生き甲斐のある過去」など、何ひとつありません。私はそれを、生涯の「恥辱」としてもちつづけています。

ご存じのように、あの時代、戦争に対する批判的なものは勿論、日常のどんな些事であっても決して見逃されるわけはなく、「前科」のあるものは、言葉を封ぜられ拘束され村八分になりました。世情は「人民による人民の管理」がゆき渡っていました。

このことは配給制度による住民登録の施行で一層強化されたのですから、今日私の世代の人々が、「いくさは敗けるだろう」などと無防備で発言したという「庶民のきき書き」など、どうしても信じられないのです。

こうした時代をくぐって、これまで生きのびているということは、私が、「何もしなかった」ということです。当時私の耳には、在京の友人、かつてのプロレタリア詩人たちの死が、次々にきこえてきました。「みかんの皮をみそ汁の実に入れています」という手紙に、身のおきどころもない思いでした。

なぜ「何もしなかったのか」、「生きのびてきたのか」と問われれば、私はとまどいながら、「病弱の子がいたからでしょう」と答えます。けれども、一発の弾が私ら親子を明日にでも殺すでしょうし、たとえ子がひとり生き残ったとしても、子は子で育つだろうと、心の隅のどこかで信じていましたから、私の答えは自身を合理化するためのものでしかありません。私にあの時、もっと能力や特技があったら、別な生き方をしたかも知れぬなどと思うこともありますが。

それ以来、私の行く道は閉ざされてしまったようです。戦後、ここより他に「居場所」はないと思って、多少なりとも情熱を持ち得たこともありましたが、これまた「ダメ」でした。その場所から疎外されたのか、私がそこを疎外したのか、これまた解りません。私はそれ以後、「決して妥協しない生活者」になることを忘れないでいるだけです。

戦後、情熱をもって生きた人々は、男も女も、戦時に生命を賭けた人々だけではないでしょうか。今、世代でいうならば、五十歳を越えた人々でしょう。例えば故渡辺清氏の如き、運命を国と共にする覚悟をもつことのできた人々、まさしくそのように生命を賭けた人なら、その「正体」を知ったときのくやしさはどのようなものでありましょう。それは絶望といえるでしょう。

――天皇より一秒でも長く生きねばならぬ――という渡辺氏の執念は、あの時青春を失った多くの人々もまた、同じであるはずです（渡辺清『私の天皇観』辺境社　一九八一年）。「加害者」であるとか「被害者」であるとか、または「侵略戦争」であるか否か、とかの見解をはるかに越えた、まさに人間の「尊厳」そのものの、どのような表現で示したらいいのでしょうか。あの怨念にみちたうめき――私の耳には、たえずきこえるのです。あの時のツケの重さに、五体がふきとんでくれることを念ずるのです。

真実、歴史を証言すること、そして正しく伝承することのむずかしさをつくづくと感じます――死者はなにも語らない――。私のような者でも、「なにかを」と思っても、この三十年、すさまじいばかりの状況の変化に、文字では言い表すことができぬものもあります。その想いはあふれて、つたえることのむずかしさを、つくづく知るのです。

あなたが度々疑問視されているあの頃の女たちが、「それでもあの頃はよかった」と回想することは、なんでしょう。私にも解りません。が、同じ世代のひとりの女として思うならば、彼女たちの回想は、「今日的状況」があっての発言でしょう。コックをひねると、湯も水も出る日々の生活の中で、飢えた時代を忘れてしまったでしょう。しかし、あの頃、生死を共にした日常の中で感知したものは、今も生きているのではないでしょうか。「個」の確立が先行する今日的状況――人間関係――の中で、失われたものと得たものがあるかも知れない、私はふっとそう思うのです。もしかしたら、彼女たちは、失われたものへの回帰の想念が、あの頃はよかった――と、そこに埋没することでしか表現し得ぬとしたら。

戦時、失ったものと得たもの、今日得たものと失われたもの、彼女たちは、意識せずして的確な歴史の証言者であると思います。それを拓くためには、何よりも「今日的状況」をおきざりにしたままの作業では、拓き得ないのでは、と考えるのです。

表面的には平和で、ゆたかでだれがみても、あるいは自分でも「幸せそうな」日々の暮しだから、「幸せです」という彼女たちに、あるいは胸にうずくようなみたされぬものをかかえているかも知れない。

そのことが、私にはひどく心にかかるのです。同じ状況の中に生きる私には、それは「何であるか」、「過去」のない私にも、通ずるような気がしてなりません。

「過去」にさかのぼってのさまざまな事実の掘りおこしも絶対必要です。けれども、その事実に現在の女たちのおかれた状況を対照することなしには、正確な答えは出ないのではないかと、考えるのです。その上にも、あなたたち世代の女たちが、現在、みちたりているものとそうでない部分についても、も一度考えることによって、あなたの疑問がいきいきとよみがえるのではないでしょうか。

『銃後史ノート』について、その目的としているものが何なのか、私には今以て解らない部分がたくさんあります。その目的を充分に知らせることも大事なのだと思うのですが、何人かの視点（これは決して悪口ではありません）だけにせばめず、もっと大胆に大衆化することによって、「くり返してはならないこと」への歯止めの役割も果しえるのではないかと考えるのです。

［『銃後史ノート』復刊三号、女たちの現在を問う会、一九八二年四月。同会の加納実紀代に応える形式になっている。詳細は巻末の「解説にかえて」参照。なお、初出タイトルは「今日的情況をこそ」になっているが、本文中では一貫して「状況」が使われているため、本書では「今日的状況をこそ」と改題した」

なかなか見えない天皇制

槇枝に言いたいこと

弾圧といってもいろいろあります。最近は目にあまる権力の弾圧がふえてきました。その上にも、私たちには見えない弾圧も相当あるのではないかと思います。

たとえば昨日読んだ新聞の「記者の眼」というコラムに、十五歳になる少年が女の子を殺したというので逮捕され、少年院に送られているが、何の証拠もなく、むしろ無実の証拠がでてきているのに、少年法によって再審が認められない、ということを記者が書いておりました。しかもその少年の同級生がみんな署名をして、女の子が殺された時間には、自分はその少年と一緒にこれこれこういうことをしていたと証言する、ということでクラスのみんなが嘆願書を出したということが書かれていて、私はたいへん感動しました。

二十数年前、小松川の高校生で李珍宇という在日朝鮮人の少年が、未成年であるにもかかわらず、すぐに死刑にされてしまったことを思いだします。今、あれこれ言われている中学生のなかにも、自分たちの友人が冤罪によって、権力に弾圧されているのを黙ってはいられないということで、クラスで署名集めをしたということは、すばらしいことではないかと考えています。

広島で被爆した先生が、自分に暴行を加えた中学生を刺したというので問題になった事件がありました。

それに対して、日教組の槇枝〔元文＝当時日教組委員長〕は何をしたでしょうか。私はその先生のやったことをいいとか悪いとか問題にしているのではありません。原水禁大会が広島・長崎で開かれます。槇枝は原水禁大会に多数の組合員を参加させればよいと思っているのでしょうか。そして何を訴えるのというのでしょうか。原爆反対の集会に参加するというのなら、不幸にして被爆した先生の行為に対して何をしたのでしょう。日常、生徒たちが「原爆、原爆」といって嘲り、また同僚の教師や校長がそれを見て見ぬふりをしていた。そうでなくても部落民や被爆者の結婚などの差別は数かぎりなくあるのです。槇枝自身、その学校に行き、平常どういう態度でみんなが接していたのかを知らねばならぬ義務があると思います。

いくら美しい言葉や活字で、教育の腐敗であるとか、少年の非行がどうのといったってそんなもの絵に書いたモチに過ぎないと思います。皆さんのなかに教師をしておられる方がいらっしゃるなら、それこそ槇枝に伝えてほしい、槇枝自身がその学校に行き、内容を調査した上で誹謗した同僚も含めて反省し、謝りを発表しなさい、それをしてからでなければ広島や長崎の原水禁集会に出席する資格などないということを私は言いたいのです。

私は今、七十七歳ですけれど、もし病気でなかったら六十歳の仕事をします。それができないことが悔しいのです。ですから皆さんには、私のやりたかったことも背負って、がんばって闘ってほしいという思いがいっぱいです。

まず自分自身の変革を

風見鶏が立ってからずいぶん変わりまして金大中氏が事件の真相を日本ではっきりさせたいため入国したいと言っているのに、後藤田〔正晴＝当時官房長官〕は、呼んでまで調べようとは思わないから来たくなければそちらの勝手だ、というようなことを平然とラジオ・テレビで言ってますね。これはすごく不埒千万だと思っています。これを私たちは黙って許していいのか。それを批判する国会議員がどれだけいるのか、そういう時代になってしまったということです。あの安保闘争、羽田闘争、沖縄闘争までの高揚した人民の力はどこへ消えてしまったのでしょうか。この十年の間に、権力は着々と後藤田や中曽根〔康弘＝当時首相〕を出してくるような準備をしてきたのです。私たちの運動は後手後手に回ってきたということです。

再びあの時のような緊張と高揚の時代をおこすことができなければ、もっとひどい戦前の時代になってしまうと私は思います。

私は戦前の留置所の体験はありませんが、当時はシラミ・ノミがひどく、そのうえ「カイセン」という皮膚病がはびこりました。「カイセン」とはカサカサと皮膚が乾いて眠ることもできないのです。宮本百合子は皮膚が特別弱かったらしく、それを全身に受けて、身体がはれあがってしまい、一時保釈になったと聞いています。占領軍がきてDDTをまいて、今はそういうことはないでしょうが、やはり留置所という所は決して楽しい所とは言えません。

何でもないことを口実に逮捕し、いつまでも何とか理由をつけて勾留し続けるというのが警察権力のやり方で、それは戦前も現在も少しも変っていないのです。

こういうように彼等は小出しに悪らつな手を使ってくるのですが、私たちはつかまってからでなければ行動を起こせないというようになってしまっている。六〇年安保闘争のように何でもない人たちまで国会をとりまくという状況を作りだす力をなくしてしまっているのです。

何故そういう力をなくしてしまったのか。

総評とか、何々同盟とか、看板だけはたくさん並んでいますが、大勢は幹部交渉で決まってしまう、決して独自な行動をしていないわけです。ここらあたりで「ものとり闘争」の限界を知るべきではないでしょうか。

労働者に闘いの中で意識の変革を求めるのは無理なのでしょうか。私はかつて組合で闘争を何年かやっていて、つくづく思い知ったことですが、私たちはいかなる闘争においてもおのれの変革を求めていかねばならない、そうでなければ体制は変わらないし、まして今日的状況をうちやぶっていく力を結集することはできないと考えています。

天皇に金槌を投げた少年

弾圧に対しては、私たちが総力をあげなければならない、ありとあらゆる闘いをしている人々が総力を挙げても勝つか勝たぬかはたいへんなことです。それを高見の見物でいるようなことがあってはならないと思うのです。

弾圧を他人事のように思っていてはなりません。どんなに差別に反対して闘っているといっても「差別意識」はおのれ自身の内側に深く残っている。そういうおのれ自身の変革なくして、他者を変革させることなどは絶対にできません。このことを私は考えてもらいたいのです。

体制を変革するために人民が立ちあがることがなぜできないのでしょうか。権力を私たちの手に握ったときに、はじめてそこで話合いが始まり、方針が決められる。いやな言葉ですが、そこで「内ゲバ」というものがあってもいい、そういうことなら話はわかりますが、まだ権力をとりもしないで、「内ゲバ」ごっこなどしているようでは、なかなか弾圧に反撃できないと思うのです。

先の天皇誕生日の参賀のときに、十四歳の少年が金槌を投げたという事件がありましたね。天皇に向って金槌をぶつける若者がいる、うれしいことではないでしょうか。

私は大学教育がどんなものか知りませんが、大学で研究してどんな強力なものでもぶち抜けるようなものができないものでしょうか。専門的技術をもっている方々は、何も旗を振ってデモの先頭に立つばかりが闘争ではないと思うのです。いかにがんじょうなガラスでもブチ抜けるようなものをつくり出してほしいと思います。大企業では世界に誇る技術をもち研究を重ねています。その位の知恵を働かして一発必中というものを考えてほしいのです。ガラスとは限りません、今日からでもそういうグループをつくって研究してほしいと思います。

私はみての通り病人なので、今、三途の川を行ったり来たりしているようなものです。まあ早く行ってもいいのですが、まだ「三途の川を渡っていい」というパスポートが出ないので、ウロチョロしているわけですが、パスポートが出ないのは私ばかりではありません。もう一人いるんです。それはヒロヒトという人です。近くパスポートもでるでしょうが、もうあの人はかまわなくて結構です。だが、後任者がいるのですから、黙ってはいられないのです。

天皇・天皇制との闘い

戦後まもなくですが、亡くなった中野重治さんは、文化・芸術のなかで天皇制をどう取りあつかうべきかということについて、次のようなことを言っておられます。それは「戦争が終って、天皇が神様でなくなって人間になったのだから、天皇を人間に解放してやるべきだ」という意味のことです。これはけだし名言だと思います。

しかしまだ「解放」されずに、「気の毒」に、あっちに行ったりこっちに行ったり、私たちの税金を使って動き回っているわけです。その上、好き勝手に生き、後任者が待っているのです。決して油断はできません。

彼らは、好き勝手に旅行し、勉学し、先日も松本幸四郎主演の翻訳劇をみてニコニコしていましたが、あれだってボディガードを従えて、大金を使っている。あれも私たちの税金です。上等なものを食わせたうえに、旅行させて、見たいものを見せて、生かしているのです。そのうえ外国遊学までさせてやる。貧乏人の私たちは勉強したくても金はない。悔しい想いで働いているのです。その税金を好き勝手に使わせている、これが「天皇制」なのです。

戦争の時には、ヒロヒトが確かに命令を下したのですが、またそれを続ける者がいるということを、決して忘れてはならないのです。ヒロヒトだけが三途の川を渡ってしまえば、あとはなんでもないというものではないのですから、次の誰やらを何とかしなければ、いつまでも体制は変わらないと思うわけです。

私はそれまで生きていられないでしょう。三途の川を渡っても、そのときは地獄からメッセージを送ります。

どうか皆さん、そういう研究も忘れずに、失敗をしないように。とにかく物事を進めるにあたっては、充分な配慮と計画の下に絶対に失敗しないという確信ができるまでは行動をおこさないこと。あせってはならない。つまらない行動でさらなる弾圧の口実を与えてはならない。運動をひろげるためには、あちらの帽子が白いとか黒いとか、そういうものであってはならないということ、どんなにことわられても一緒にやりませんかと、あなた達の方にも弾圧があるんだから、一緒にやりませんかと、たえず呼びかけをして、そして更に行動を拡げてゆくことをしていただきたいと思う訳です。そういうことをやっているのでしょうか。反弾圧集団が一政治団体だけではならない。支流も集れば大きなうねりができるのではないですか、あのかつての安保の時のように。

闘いの中から階級的視点を

最後に一つ申し上げにくいことなのですけど、最近の三里塚のことなんです。十七年間の闘争の形態が崩れかかっているような徴候が見えてきました。まあ、なんとかおさまるだろうと楽観的に思えば思えない訳でもないんですが、いったい何でこんな風になったのかということを、私達は支援者の一人として真剣に考えなければならないと思うのです。

たとえば、農民は一番最初には、自分が汗水流して開墾した土地をただ取りされるのではとても嫌だ、というところからの発想で反対同盟ができたと思うのです。そして、たたかっている内に、はじめて権力の姿が見えてくる訳ですけれど、しかし、天皇の姿は見えてきませんね。

なぜなんでしょう。天皇・天皇制によって、こういう問題が自分達に加えられているんだということが、十七年間の長い闘争の中でも気づかないということは、いったい何なんでしょう? 私は残念だと思うのです。十七年間、一生懸命闘争にうち込んできたとは思いますが、大変失礼な言い方ですけれども、恐れなく言わせていただければ、やはり、同盟の中で思想的な階級的な勉強が少なかったのではないかと、そういうふうに思っております。

また支援者個人も、日本の天皇制、国家権力と闘う姿勢を自分自身で確認していれば、「分裂」し、力を二分された闘争に理があるかどうか、自明の理ではありませんか。少しばかり若者達の「いさかい」の後押しする大人達を、私は悲しく思います。

人間は顔かたちがそれぞれ違うように、だれにも考えはいくつものちがいがあるでしょう。きらいなこともあるでしょう、しかし、三里塚闘争は、日本の最大の闘争です。十七年に及ぶたたかいを、一年やってそこらの方針や意見のちがいに、私達はヒョコヒョコついていっていいでしょうか。しかもインテリの支援者の方々、何も出来ない支援者の末席にいる私にも納得いくようなことをきかして下さい。

ともかく三里塚が今日の事態を招いたということは、十七年間のたたかいの中に、やはり一人一人の思想的な教育が足りなかったのではないかと、大変不遜な言い方ですが、私はそういうふうに思うのです。それは、私自身三里塚闘争によって、あらためて自分を見直す眼を得たからです。私達がたたかう時には、それと同じ位に、自分達の内面的な思想性、あるいは階級的な考えを一緒に勉強していかないと、必ずどこかで崩れゆくということを、私は申し上げたい訳です。

落語の〝おち〟がなくて申し訳ないんですけれども、〝おち〟と言えば、どんなに厚い鉄板のようなガラスでも、ひとたまりもなく溶けて流れて燃えるみたいな、そういう技術的な研究も絶対必要であること、研究に一日も早く成果を上げることをお願いして、話しを終えたいと思います。

［『壁と炎』創刊号、一九八三年九月。同年五月十四日に開催された集会「許すな拷問！ うちやぶれ大弾圧！ 全人民集会」での発言を文字化したもの］

安保をつぶせ！　沖縄を私たちの手に！　日本を私たちの手に！

この人と語る

■郡山吉江さんの場合

このインタビューは、東京地方裁判所の地下にある食堂でおこなわれたものです。あと二、三日で六十二歳になるという郡山さんは、十・二一事件の裁判の休憩の時間に約一時間近くも、静かに様々なことを話してくださいました。ここにその話しを全部のせることが出来ないのが大変残念です。

——救援の活動を始められた、きっかけというようなものは、何でしょうか。

きっかけというようなものは、ことさらないのです。

救援の活動を始めたのは、おととしの十・二一からなのです。救援連絡センターが出来る少し前ですね。あの時、私も新宿へ行きまして、たくさんの逮捕された中から、市民が二人起訴されました。もし自分があそこで逮捕されたら、自分も起訴されただろうと思いまして、そういうのが、救援の仕事を始めた、多分きっかけだと思うのです。

実際には、何からやっていいのか、わかりませんで、友人なんかと話し合ったのですが、実りませんで、結局、東大の闘争がありましたでしょ、あの時、今まで何かやろうと思った時、連帯とか組織とかによりかかっていたですね、でもそういうことじゃいけないんだなと感じましたので、私の友人、六、七十名に自分の気持ちを書いたプリントを出したのです。そうしたら反響がありまして、お金も少し集まりました。そのお金を、その時、出来たばかりの、救援センターと、「市民を守る市民の会」で分けたりしました。そんなのが、始まりなんですけど。

十・二一の時に逮捕された市民の方の裁判は、四月の二三日か、二四日でしたか、第一回の裁判があって、その時からずっと傍聴しているわけです。それからその人たちに始めて会いに行ったのは、

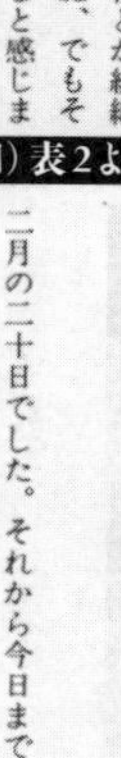

二月の二十日でした。それから今日までなにとはなしに面会をしたり、差し入れをしたり傍聴をしたりして、一年たってしまいまして。

——今のような、救援のお仕事を始める前は、何かこういうような運動をなさっていたのですか。

そう聞かれると、ちょっとこまるんですけどもね。戦前に少し。ですから、ずい分と昔のことです。で、あとで除名になりました。そんなようなことが、ありましたけれども。

——息子さんが、逮捕されてまだ中に入っているのだそうですが。

去年の十・二一です。府中に入っているのです。いつ出て来ますか。ちょっとわかりませんね。長いだろうと思うのですが。私が生きているうちに、帰って来てくれればいいと思いますけれど。

——普段のお仕事は、何をなさっているのですか。

日雇いです。失対ですね。ずっと。今は、夫はなくなりましたし、子供たちは、それぞれ家庭を持って独立していますから私は一人でやっていかなくてはね。本当は私の職場に来てもらった方がいいかとも思ったのですが。

——年を取った方が、体を実際に動かして活動していらっしゃるのを見ると、私たち若い人間は、安心するというか勇気を得るということがあるのですが。

いやなところも、ありますよ。私たちの年代の人が、自分が経験した、というか上に立って押し出してくるガンコさみたいなもの、私自身にもあるんだと思うのですが、そういうのは、非常にいやですね。同じ年代の人と仕事をしていて。

それと同時に、うんと若い人たちの中にも、私たちの年代が持っているのと同じ質のガンコさがありますね。本当はその二つのガンコさが結びついたところから何か新しいものが出てくるのではないかとも思うのですが。

『週刊アンポ』NO.8（1970年2月23日）表2より。

次号の発売日は三月九日（月）です。

安保をつぶせ！　沖縄を私たちの手に！　日本を私たちの手に！

Ⅲ

救援の現場から

新宿事件公判を傍聴して

新宿騒乱事件で起訴された中に二人の市民がある。いわゆる〝野次馬〟ということで、その場にいたところを逮捕された。彼等に対して、当初は学生の救対が同志としての差入れ活動をおこなっていたが、「市民を守る市民の会」発足と同時にそのグループが、この二人に接見し、差入れをし、面倒をみている。〔一九〕七〇年を目前に、一市民としてさまざまな闘いに加わることも一段と多くなるだろう。市民の逮捕者もふえるかもしれない。ここに紹介するのは、市民による市民の救援活動の一端である。

半沢君とはじめて合ったとき、私は大変内気な青年だとかんじた。何かほしいものはありませんか、と云うと、何もいりません、ただ来て下さるだけでうれしいですと答えた。

増田君はもう少しドライである。カニかんとコンビーフを食べたいといった。増田君は国選の弁護士を依頼したことについて、金がないのでやむを得ないといった。私はそういうことはいっさい那須さん（市民の会〔市民を守る市民の会〕）にご相談しなさいといったが、幸い公判が統一で開かれることになりホッとした。私はこの二人の青年が、公判を通して、どんな風に変ってゆくか、自らの眼でたしかめたいと思った。

一回目の公判はメチャクチャで混乱のまま終わった。学生が看守の暴行でケガをしたり、機動隊が乱入し傍聴人の写真を無断でとり強制的に退廷させられるという異常な中で、二人の青年は終始マゴマゴしていた。半沢君が学生と一緒に行動しようとすると多分付添看守であろう、やさしく肩をたたいて引き戻す、そして最後には二人だけが残ってしまった。半沢君は「二人だけで公判をつづけることは出来ないから、退廷する」という意味をボソボソといい、裁判長から「まちなさい」といわれ、また席に戻った。

看守群にかこまれて見えない彼たちに、私が来ていることを知ってもらいたいと、「すわりなさい」という制止をこえて、前方を一巡しても、二人はうつむいたまま顔をあげようとしなかった。それは「被告」であるという「劣等感」なのか、理論的武装を自負した学生たちとは、まったく対照的でさえあった。午後になって、はじめて私に目礼した半沢君は、他にもだれかが来ていないかと、ときどき臆病な視線を傍聴席にむける。帰途私は、憂鬱であった。

一〇・二一に起訴された、市民である二人の青年は、学生とはちがった状況におかれている。職場の同僚は勿論、肉親の訪れもまれである。そういう孤独が彼たちに挫折感を与えてはいないだろうか、そんな思いが私の胸の中にたえずあった。彼らを勇気づけねばならない、自信をもたせねばならない、しかし、一〇・二一の反戦行動を連帯で闘ったひとりの市民である私にいったい何が出来るのだろう。

私は今も自問する。

二回目の公判では、傍聴席にすわらない中、すばやく私をみつけて笑って会釈した半沢君、私はハッとした。前回とはまるで違う落ちつきが彼の中にある、この、わずか二週間のあいだに、なにが彼を変えたのであろう。私はとまどった。

起訴事実がよまれる。増田君が突然大声で「デタラメだ」とさけんだ。その顔は怒りに緊張している。それ以前に私が感じていたあの「劣等感」がみごとにけしとんでいる。しかし、なお、彼の中には「孤独」があった。それは学生たちの自信にみちた明るさの中にあるから、かえって彼の孤独が目立つのかも知れない。

半沢君は「裁判長」とはりきった声で発言を求め、あまり上手でない表現で「全員保釈」を要求した。すでに半沢君にはあの孤独さはなくなっている。私はこの二つの出来事を、目をみはる思いできいたのだ。学生たちが、次々とだすするどい保釈の要求を、彼たちはどのようにうけとめ、どのように自信をもつだろう。ときどきおこる廷内の爆笑に、その都度私に微笑してみせる半沢君の目は、前回のときの臆病さはみじんもなかった。

権力に対して卑屈になる私をも含めた一般市民の感情が、この二人に代表されているように思える。この二人が、直接その権力の前で、自分の真実を、正しさを、どのように問いただしてゆくだろう、いかにその表現がまずくとも、今日二人に、その怒りや孤独さの中でその中でその正しさをはっきりと示してくれている。それは私自身のことであるように、その日私は妙にはずんで帰途につくことが出来た。

「どうもありがとう」とかえり際にいった半沢君の、まだあどけなさの残っている顔が今も私の中にある。

[『救援』第二号、一九六九年五月二十五日付]

府中刑務所へ待遇改善の申し入れ

府中刑務所は、差入れ品が本人の手に届くまで約一ヵ月かかるという。獄中からのたよりで、救援センターは三多摩各地救援会と共に、十二月十八日、第一回の「申し入れ」をした。ひきつづき、二十六日、二十七日、そして一月十日と計四回のはなし合いの結果、「解決のための努力をする」と言う回答しか得ていない。従って、今後、約束の確認、未解決の話し合いなど、つづけて監視と申し入れをしなければならない。

このことは獄中で、当然受けることの出来る権利さえ、保障されずにいる犠牲者に、救援にたずさわるものとして、しなければならない任務であると考える。センターは、都内各刑務所の実態、及び在監者の要望を含め、アンケートによる第一回の調査を終った。各地救援会は、これら資料を検討の上、それぞれ創意ある行動をおこし、酷寒の最中を闘っている在監者をはげましたいと願うものである。

解決された点

一、面会、差入れの受付手続に時間がかかったが、一部改善された。

二、売店の品種が少なく、特に脂肪が足らぬ若者たちにカンヅメ類を増やした。しかしコンビーフ等、たえず品ぎれになっている。

三、新設の面会所が出来、面会の待時間が多少緩和された。面会室は三室より九室になる。しかし光線が悪く、面会人の顔が見えぬので、即刻改善する。

四、月一回、在監者の環境、その他の改善、要求について会談する。

未決囚の心得に、「未決囚は心静かに裁判をまつべし」とあるが、酷寒や酷暑の中で、心静かになるための種々な要求がある。前時代に制定された法規を、着実に実行させるためにも、よりよい環境をつくることに同意した。

確約、及び、善処努力の問題

一、差入れ品を、今後一週間以内に本人に届くように努力する。

二、制限衣類の十点の内容を、一月十二日から一月十七日まで一般に公開する。その際冬季間の特例品目については、今迄の意見を参考とする。

三、手袋の差入れは受付けるが、本人の体質を考慮の上使用許可をする。

未解決の点

一、緊急を要する差入れ品を、即刻入れること。

二、政治的配慮で、長期拘留されている者は特別に扱え。食品の差入れは、「売店購入」など不合理であるから、一般自由差入れを認めよ。

三、長期拘留者は、食物の変化も求めている。ラーメン等を許可し、その為に必要な熱湯をそれぞれポットにより支給、自由使用を認むべきである。

四、刑務所は、冬季間湯タンポ（一回一五円）使用を認めているが、全房暖房にきり替えるべきである。

以上が申入れの要旨であるが、最後に次のことをつけ加える。

現在監者は、一般犯罪者とちがうので、身柄をあずかるものとして充分配慮している。彼等は、現政治状勢の中にあっての被告であるが、今後の状勢の変化によって、どのようになるかについては我々には解らぬ。幸い、風邪の流行期にあっても、この人たちの中から一人の発病者もいない。中に一回の差入れもない者が二名おり、刑務所側が衣類の貸与をしようとしても、「充分です」といってガンとして受付けぬ。従って、我々の配慮についても理解してほしい、と。センターはアンケートによる調査の結果、所持金ナシの人三〇名確認（一月十日現在）、即刻現金差入れをした。酷寒時の在監者のため現金カンパを特にお願いしたい。

（『救援』第九号、一九七〇年一月十日付）

無策な老人対策

「福祉予算」って何？

はじめに、本年度予算を「福祉予算」とよんだ。日本の歴史はじまって以来のことである。結構な話だが、国民は嘘八百を先刻ご承知である。だが、主権者である私たちも、そろそろ「日本の福祉行政」について語らねばならぬ時期にきている。福祉とは、なにも老人のことばかりではないが、「敬老の日」を前に全国百六十万人いるという老人の問題を、軽井沢にご殿を建て親孝行する角さん〔田中角栄首相＝当時〕のことだ、少しは「マシ」になるだろうなど幻想をもつわけにもゆかぬ。

現実にこの八月、広島に原爆孤老が一一〇〇人いると発表された。その中、四人に一人が働いている。多分失対の日雇いであろうが通院しながらだという。現在収容施設を建設中で完成まであと二年かかる。昇天する数を見越したのかと腹立たしい。戦後二十六年にしてこの有様である。

規格老人はまっぴら

中学生にもなると親子でさえ、個室をもちたい。六十年も自分なりの生活を経てきた者が、国の基準である一人二畳四人兼居の生活を強いられ、おなじ食事おなじ衣類おなじTV番組で寝起きを共に、「ハイ、ハイ」と打ち興じている風景、これが老人ホームですとみせつけられれば、老人の自殺者が世界五位だということもうなづける。たたかう老人のデモに二十年前とおなじようにポストの数ほど老人ホームとある。老人に適職をと、それが生甲斐のようにいわれると私はうろたえてしまう。

『恍惚の人』以来、有吉〔佐和子〕さんは「教育の正課に老人施設への奉仕を」（『婦人公論』九月号）とハッパをかける。〈あー、奉仕などという封建的文字はこの世から消えてなくなれ〉

老人は自由な生活を

若年労働者が減って中・高年層からいかに搾取するかと日経連は真剣に考えはじめている。第二の人生という。総評は平均寿命が七十歳になった今日、定年後の中・高年層に見合う生産工程を打ちたてるべきだという。たしかに、老人の転職も大切な問題点である。しかし生甲斐だとか、第二の人生だとかはやしたてられ、定年後もなお、働かねば食ってゆけない賃金体系をどう考えているのか、忘れてもらっては大変困る。白紙のままの日本の老人問題がこのように日経連、総評、知識人と三者一体になって、国の無策をカバーする結果になりかねないと不安を感じないわけにはゆかぬ。落し穴が出来てしまってからではもうおそい。戦後の運動をみれば単なる危惧とはいえないのではないか。

いま、老人といわれる六十歳はかつてない日本の激動の歴史の中を生きてきた。灰色の青春、貧困の中での子育て、そして今日国の施策のひずみの中にひとりポツンと取り残されている。明治以来の老人の課題を、改良ではなく根本的に変えるのはいま、いまの老人に課されたものでもある。

悠々自適の生活できる年金（倍増などケチなことを言うな）、だれからも強制されない自由な生活の場としての老人ホーム、老人が人間としての余生をおくれる、いっさいの権利を得るためのたたかい、それを生甲斐とする老人の運動を、あらゆる組織が、人間の尊重の根源からとらえかえさねば、日本の老人問題はまだまだ不毛である。

［『婦人民主新聞』一九七二年九月八日付］

福祉行政の変革を

婦人民主クラブは「女の老い、女の生き方」をかかえて、アジア婦人会議主催シンポジウムに参加した。クラブは数年前より老いの問題について何回か問題提起をしている。そしてそれが社会保障の枠内でしか解決されぬことに気付きいらだちをもってきた。今回、年代別による何回かの討論をふまえて、老人問題の解決は国の福祉行政の変革を求める運動をという基本姿勢を明らかにした。

加えて、「女」である自分たちが老いを迎えるとき、どのような生き方こそのぞましいであろうかと新しい問題も登場し、熱い討論がくり返された。それらについてはクラブ発行のパンフ『女の老い』に収録されている。ぜひ読んでいただきたい。

シンポジウムにおける分科会でも、みのりある討論がなされた。若い人たちから、「当面の問題があって出席できなかったがどうでしたか」という問い合わせがすごくある。若い人たちの中にも問題意識のあることを知らされた。
年金制度について積立方式より賦課方式へと耳なれぬ話し合いのなかで、出かせぎ農民は厚生年金と国民年金、職場健保と国保との二重支払を余儀なくされていることが報告された。特別養護老人ホーム（地方）より、老人の殆んどが病気持ちであること、治療費が二百円であること、不必要な財産があっても横流しできぬことなどの報告があり、今更ながら官僚制度の「悪」が浮彫にされる。ホームの中で結ばれた老人同士が「生れてはじめてのもえるような恋愛です」とイキイキしたよろこびがしらされるとホッとしたような拍手がわいた。短い紙面ではつたえることはむつかしく、いずれ何等かの形でしらせしたいが、家の中で女が主体的に生きようとするとき、体制的「家」を瓦解させるためどんなに辛棒強い自己内部の闘いをしなければならないか、それをなし得た人の「美しい」としかいい得ない報告に「自信をもって結婚ができる」という若い人の発言があって、「老い」の問題は、もはや「女」の問題としてのひろがりをはじめている。

［『婦人民主新聞』一九七二年十一月十七日付］

三里塚野戦病院の発展ねがい

一口に野戦病院といっても、その内容は多様な活動がある。第一に中心の医師たちである。医療技術の確かさは成田日赤でも認めざるを得ない。闘争時は全国の青医連の医師・看護婦が交替で詰める。また看護助手も大きな役割をもつ。血と泥、その上全身ガスを浴びた負傷者の着替を担当する衣料班。受傷報告を記入、カルテをつくる記録班。傷者を運ぶタンカ班。重傷者の運搬その他緊急事態でとび回る自動車隊。入院者の看護防衛連絡を受けもつ日赤班。情報連絡のレポ。逮捕者負傷者の確認対策をする弁護団を中心とした法対。会計係。事務一切を引受ける雑務。それら要因の炊事を受持つ食対。それらの活動分野もまた多種多様である。レポは終夜交替で野戦の周辺を見回る。食対は朝三時大釜に火を入れる。全体会議をもって一日の総括が終るのは十二時である。このようにして三里塚野戦病院は第一、第二次の代執行をともに闘ったのである。

救援センターが、闘争時における負傷者の応急手当をと、きわめて素朴な発想から出発させた医療救対は原点として野戦病院をとらえ、今中国のハダシの医者にも似た運動として拡げられている。しかしこれに対する権力の弾圧も激しさをまし、さまざまな名目の下に野戦への家宅捜索が行われている。その上リンチは公然と行われ医師を含む多くの要員が、その都度、入院するような重傷さえうけている。医療班のゼッケンをつけた者も平気で逮捕する今日、私たちは更に堅固な体制を考えねばならぬときにきている。それはまさに七〇年代の救援が名実共に闘う姿勢を余儀なく求められているということである。

六八年羽田闘争が、日本の夜明けを宣言し、六九年十、十一月には反戦派労働者が新しい地平をきり開いた。そして七一年三里塚において権力を死に追いやるという更なる地平を大きく開いた。この三年間、東大闘争以後救援の分野も大きく発展、全国的に組織された。資金、物資、差入食品、抗議運動、その活動も多様である。しかし、「ひとりが一個の握り飯を」という広範なかかわりあいをつくることこそが、前述した七〇年代の救援の最大の課題であることを忘れてはならない、と思う。

「もう闘う気力を失った」という三ノ宮君の死をどうとらえるか。彼を孤独に追いやった責任は、また私たちにあったと自覚しなければならない。圧倒的な連帯の層を、闘う部隊でも救援の部署でも、それはどんな目立たない小さなかかわりあいも積み重なる以外には「力」とはなりえない。討論のための討論をいかにきびしく語り得ても、自分の皮膚の色とおなじように浸透した戦後民主主義的体質は決して簡単に箔離しえないことを知らねばならない。討論から「百個の握り飯を創りだすために」私自身一個の握り飯をつくらねばならぬと真実思う。

枯葉の色濃い今日、「酒屋へ三里、豆腐屋へ一里」という東峰の原っぱ、日常的緊張の毎日を、残った若者はどうくらしているのだろう。一匹の犬と猫、輪番制になっている炊事係は、財政難で献立が困ってはいないだろうかと私は心が痛む。すでにあの地に定着し、農民たちが信頼と安心をもち得た野戦病院の今後のために、私たちはさまざまな助言を言おう。それは「救援の中における最大の部署」だからである。長期にわたる生活がビュンビュンと風でうなるテントからプレハブに変ったものの、その環境は人間が生活し得るものではない。集団生活がルンペン化しないためにどうするか、戦士の肉体健康維持のためには、と討論しなければならないことは山積している。「三里塚野戦の医師は看護婦をアゴで使っている」などの類は、むしろ三里塚闘争を傷つけるものとして怒りさえ覚える。二月の第一次、九月の第二次まで、のべ五十日に余る私の野戦へのかかわりは、私自身を大きく変えるに役立ったものであり、学び得たことを更に発展させたいと願っている。

[『救援』第三一号、一九七一年十一月十日付]

三里塚との連帯の道

三里塚岩山大鉄塔をめぐる権力の動きがこのところあわただしい。二・二二緊急現地集会には全国から六千人の参集をみた。一口に六千人といっても、反基地反公害闘争を背負った一人であって背後にあるたたかう何千人かの代表である。駅からの車で、運転手自身五年前の山林を思いだせないという。十年一昔というが、かつての少年行動隊は青年となり、青行の諸君は子の親。童顔だった石井新二君も芝山町議に当選している（同盟は三人が町議に全員当選した）。

鉄塔までの滑走路が完備したからといって、すぐ飛行機がとぶわけではないが、一九七六年の権力は第一、二次の強制執行にまさる物量を駆使するであろうし、勝たねばならぬ同盟の攻防戦も必死であろう。このような状況の中でどのような連帯が最善なのかを思うと真実いらだちを覚える。侵略を盾にかくまで高度成長の日本の国に、いつの間にかのうのうとひたりきってしまった私自身を、今どのように悔恨したとてはじまらぬ、その私に追討ちをかけた青行隊の一言「ロッキードが終らねえば飛行機はとばねえな」。グサリと胸にささった。

国会のサル芝居、いずれは田中〔角栄首相＝当時〕金脈の如く尻切れとんぼかと、斜にかまえたおのれの不遜を一挙にふきとばされた。日本への飛行機の売込みを直感的におのれの闘争に結びつけた大胆な一言、たたかう者の主体性である。ロッキードと三里塚闘争がどのように結びつくのか、原因と結論だけでは問題提起にはならない。この新たな発見に展望をみたとき、私の三里塚への連帯は初めて安全地帯から多少でもはみ出したところで、私自身を覆う火の粉を払いのけるたたかいがはじまるのであろう。月並ではあるが、「力ある者は力、金ある者は金を」。テレビの前から地域の中へ、一地域でたった三人のデモでも、全支部がそれを決行できれば、一人を現地へ送ることにも勝るものではないか、地域で三里塚連帯の意思表示をするということは、まさに安全地帯から出るということであって、勇気を必要とするものである。

〔『婦人民主新聞』一九七六年三月二十六日〕

野戦病院を阿修羅のように守って〔インタビュー〕

郡山吉江さんは婦人民主クラブ初代仙台支部長、〔日本共産党の〕五〇年分裂後上京、日雇いとなり、六八年、救援活動に参加、三里塚野戦病院の炊事係を担当した。このほど、『三里塚野戦病院日記』（柘植書房・一三〇〇円）を、ガン手術後の病床で書き上げた。戦う三里塚の真ん中にいた女性の眼はなにを見たか。東京・清瀬市の市営住宅の縁がわには、赤いシクラメンが風にふるえていた。

「息子に書け書けといわれていたけれど、忙しいんでね。七二年三月に三里塚から家に帰ってきた時、息子がメモだけとっといたらっていうんで〝ハレ曜日〟だけつけ始めといたらそれがこんど、とても役に立って。三里塚野戦（三里塚野戦病院、略称野戦）の資料はどこにもない。救援センターにも野戦にもない。私のところにだけ、ささやかにあるわけ。おととし入院するとき、まとめておいたら、戸村さん（一作反対同盟委員長）にも書け書けといわれたんだけど（声をのむ）。本が出て一ばん喜んでくれる人——息子と戸村さんと松岡洋子さんの三人がもういないのよ。だから、ちっとも嬉しくない」

嬉しくないをくり返す。印税が入るから、おやじ（詩人郡山弘史）の詩集を出すことができると、ボソリという。

「荒畑（寒村）先生に序文をいただいたお礼に、きのう伺ったら逆にはげまされて——。まあ病気したから書けたようなもの。からだが悪くなけりゃ今ごろは死刑廃止運動で全国かけずりまわっているでしょう」

野戦の役割、負傷者のかず、逮捕者のかず、七一年二月から七月の第一次強制執行、九月の第二次を中心に負傷者、逮捕者の総数がまとめられている。五千人の負傷者、二人の失明、毒ガスの後遺症はわからぬという。

「年なんか考えないで、精いっぱいやった。いま病気してみると、よくやったなァと思う。郡山さんも若かったなァっていわれる。五十代は若かったね。六十代はだんだん衰えてくる感じ、七十代でガクンとくる。死ぬまで、仰向けに寝ていたくないなァと思うわね。退院後六カ月、あの状態がいまでもつづいていたら——。ゾーッとする。サシミは二切れ、カツは一切れしか食べられなかった。歯をくいしばって、自分で洗濯をし、食事つくって、一人で暮らしてきたのがよかったのね。いまは大きいカツ半分は食べられる。二月中に詩集の原稿整理、三月の終わりに個人史『冬の雑草』（現代書館）が出る予定。ほんとに書きたいのはね、歌舞伎の〝箕輪心中〟。〽君と寝ようか五千石とろか、なんの五千石君と寝よ——死んだ〔市川〕寿海よかったわね。ウーマンリブのはしりが歌舞伎の中にあるのよ」

〝めしたきからの「野戦病院」の報告は（中略）「過激派」といわれながら、ここ三里塚を支援する労働者、市民、学生たちの、力いっぱいの行動を、ありのまま羅列しただけである。いわば私の「綴り方」である〟（「あとがき」から）

出版記念会の仕掛人が二人、いやだ、いやだというのを、どうやらくどき落としたように見えたが、結局、このはにかみやの勇ましい人をひっぱり出すことはできなかった。

その後へ、かかった電話の主はただ一人の孫娘の未来（みき）ちゃん、郡山さんはやさしいおばあちゃん声になる。「いま六年生、弁護士志望よ。困っている人を助けたいんだって、それからこっそりいうのよ、お金ももうかるしだって。小さい時から貧乏を、いやってほど味わったからなのね」

野戦病院を阿修羅のように守った人は、十年前、第一次代執行前日の駒井野のバス停に降りたった日のように、まっさおに晴れ上がった空をガラス戸越しにながめながら、じっと胸中に湧きたつものをおさえているようだ。

（帆）

〔『婦人民主新聞』一九八〇年二月一日付〕

傍聴席から

一〇・二九東アジア反日戦線に対する判決が、東京高裁にてあった。当日霞ヶ関に降りると改札口付近に私服がいる。このごろは女の私服もいる。楯をもった機動隊にかこまれ傍聴希望の列にまぎれこもうとする私服との小競り合いの一幕もあって、やっと法廷に入ることができた。それにしても一般傍聴席たった十四人。ものものしい警戒である。

一審では死刑〔と〕無期という極刑であったが、これは、天皇特別列車の爆破未遂に対する報復判決であることはいうまでもない。死の商人三菱の場合は、無関係の人に損傷を与えたことを自らの未熟さとつよく反省している。しかし、マスコミはこのことをことさらに報道しない。その報道陣が傍聴席の三分の一を占めるのだから、いつもながらやりきれない。

死刑判決が出たというのに兵士達の明るさはなんということだろう。家族達もまたおなじである。北のはずれから南まで、傍聴人の顔ぶれをみても、この兵士達によせる支援、関心は感動的でさえある。それはこの間、反日戦線の快挙を越える闘争があまりないからであろう。私もその一人である。

ことに〔荒井〕まり子のふっくらとした童顔は印象的である。獄衣であろうか、かざり気のない服装、傍で監視する若い女の獄卒と対照的でさえある。失業時代だ。食えるというなら自衛隊に、警官に、獄卒に、女の進出とはなんとおそろしい世の中だろう。権力に身を売って肥え太るより、飢えて初心を貫くなど今は昔のかたり草かと考えるのは、多分私の老いのせいなのだろう。

人間の生命を左右する裁判官という職業も多分おなじなのだろうが、今日内藤〔丈夫＝裁判長〕の判決は何も解らない。も一度発声法をやってから職についた方がいい。音声は唇の中にこもって延々四時間、まるで鍋の中で芋が煮えるように「グズグズ」としかきこえぬ。大事だと耳をすましても断片しか解らぬ。終りに「家族の方、解らぬことは弁護士にきけ」というまさに月給泥棒。

こんな人に死刑などいわれて引込めるわけはない。大道寺〔将司〕君が叫んだ。「最高裁で死刑判決を粉砕するぞっ」。そして十数人の看守にもみくちゃにされ引きづられてゆく。看守の帽子が傍聴席にふっとんでくる。あわてた看守に心優しい若者が投げかえしている。

帰途、私の心は重かった。その重さの裏にさかんにもえたぎるものがある。あの若者達の年代に、あの若者達と同じように私にもあった熱情を今更によび戻されたからである。東アジア反日の兵士達は、今こうして新しい熱情を人々にもえたたせているのか。すでに暮色の高裁前で尚も執拗に声をあげている。反日の兵士たちが教えてくれたものは何か。確実に引継ぎ「個」が生きている。闘いは健全な精神と肉体で、闘いは緻密で周到な準備で、そして用意はいいか？　の合図を待とう。

私は天皇制支配の司法制度をあくまで拒否する。

〔『救援』一六三号、一九八二年十一月十日〕

「モナ・リザ」スプレー裁判傍聴記

1

「人のうわさも七十五日」とかいわれるが、忘れかけたモナ・リザ事件の高裁での公判が、この三月六日から始まった。昨年十月二十五日、台東簡裁での結審・検事求刑を上まわる「拘留二十五日」の体刑を不服として高裁に控訴したからである。忘れかけた人たちのため、当時のいきさつから。

拘留二十五日の判決

七四年四月二十日、東京上野国立博物館モナ・リザ展初日のこと。その日、米津知子さんは主催者側が「障害者」をしめだして開催したことに抗議して赤いスプレーを吹きかけた。防弾ガラスと鋼鉄で厳重に守られている世界の名画といわれるモナ・リザに対して、なんとささやかな抗議であろうか。知子さん自身、三歳の時の「ポリオ」が原因で、二十六歳の今日まで片足を鉄骨の補装具で支えてきた障害者である。

事件当時、国内の新聞は「精神異常者」というレッテルで報道した。しかし本家のフランスでは、障害者をしめだす日本の文化の水準にあきれはて、一般市民は、そういう日本への貸出しに大いに不満をもらしたという。

米津さんはその場で逮捕、「建造物侵入・威力業務妨害」といういかめしい罪名で、留置所と東京拘置所に十八日間拘束された。そして台東簡易裁判所で、中島通子氏を弁護人として三月十九日から十月二十五日まで七回の公判を通し前述したような結審をみたのである。渡辺裁判長は、世界の名画――を理由に、科料三五〇〇円という検事の求刑を上まわり、軽犯罪では最高の刑罰、拘留二十五日という判決をだした（この裁判長はおよそ文化などとは程遠い）。

当然すぎる抗議

米津さんは自分の肉体的条件を考慮して、将来独立できるコースとして多摩美大のデザイン科を選んだという。冷静で沈着な彼女は在学中リブ運動にであい、己れ自身を見事に開花させた。彼女が抗議活動にでるまでにいわゆる文化庁は、モナ・リザ展開催の時点で予想される混雑を防止するためといって、「障害者・子どもつれ」などの入場を禁止した。この差別強制に対し、障害者側から強い抗議の声があがり、あわてて期間中の一日だけ（五月十日）を障害者デーとして入場無料の措置をとった。五月十日の天候など予測されるものではない。車イスの場合にはどんな困難が伴うか、もちろんおかまいなし。たった一日のチャンスを逃した「ろうあ者」を、平日の時、ついに入場拒否をした。「一日障害者デー」は健全者官僚の逆差別なのである。そしてモナ・リザ展は五十日間で百五十万人、二億六〇〇〇万円の収益をあげた。ルーブル博物館では障害者のためのエレベーターが特設され、さまざまな配慮がされている。米津さんの抗議は当然すぎるほど当然のことなのではないか。

しかし、この当然を認めたのでは、国家の権威が失墜するというわけだろう、恩恵的に入場無料の障害者デーを「かくれみの」にして障害者自身の差別への怒りを封じ、官僚的混雑防止対策の失敗から己れ自身をまもるという、二重の悪がしこさをあらわしている。

半ば睡眠裁判長

米津さんはもちろんすぐ控訴にふみきった。このような日本の政治のごまかしを、決して許しはしないという覚悟が「モナ・リザ」事件で本格的に対決しようというのである。しかしこのような純粋な彼女の決意も、三月六日の高裁はそれを認めようとはしなかった。

台東簡裁における取調方法は違法ではなかったとか、本人の中立は充分に承知しているとか、半ば睡眠で聞き流し、控訴の理由もきこうとせず、再審査する気など毛頭ないらしい。
中島通子弁護士が要請した「障害者しめだし」のカギを握る主催者側の責任者、文化庁鹿海文化部長。博物館稲田館長外五名の証人を全員却下した、いともあっさりと。
私は何回かの高裁の傍聴のたびにいつも思うのだが、高裁とは下級から上級の審理バスを作るだけの閑職なのだろうか。まるで、キップにハサミを入れるだけとしか受取れない審理の仕方、これが高裁の体質なのだろうか。

傍聴に集まろう

だが、私たちは「モナ・リザ」事件を闇から闇へ葬ってはならない。障害者差別をかたる前に私たちもまず抗議の行動をしなければならないのだ。第二回公判四月三日高裁へ傍聴に集まろう。優性保護改悪案を廃案にしたあの国会でのエネルギーを、今高裁にむけてふたたび!!

〔『婦人民主新聞』一九七五年三月二十八日付〕

2

去る四月三日、第二回裁判にでかけた、前回より傍聴人の数がふえ、補助椅子がだされた。中島通子弁護人は前回につづいて重要証人を要請した。私たちは固唾をのんで裁判長の顔を凝視する。例によって検事は機械的反論をくり返したが、けっきょく金子精宏君の証言を認めざるを得なかった。

主催者の反省は

金子精宏君（東京青い芝の会）は、身障者の一人である。昨年ヨーロッパを回り、不自由な身体でその施設の内容をつぶさに見てきている。日本の行政と比較して、どのような差があるのだろう。それは決して予算面だけでなく、為政者のすぐれた知恵があるのかないのか。人間のモラルとはどんなものなのか、そして裁判長はそれらをどのように受け止めるだろうか、など聞かれることであろう。

偶然ではあるが、おりしも英国からの賓客を迎えることで首都は騒がしい。どうやらまたおなじ場所の博物館で英国展が開かれるという。主催者は前年の身障者差別措置によって、ひきおこされたこの事件をどのように反省しているだろうか。そこが最も興味あるところだが、主催者の対策についてはいずれ公開され私たちも知ることができよう。

差別二十年の重さ

ちょうど昨年の五月に、十八日の拘留をとかれ、東京拘置所から米津さんは、差入れの品々の入った紙袋をもって、コトコトと靴音をたてて出てきた。あの顔のなんと明るかったことか。涙ぐんだ私が恥ずかしかった。

「軽率な行動でした」との一言で、問題はカンタンに終ったかも知れない。この童女のような彼女に、どうしてこんな図太い芯があるのだろう。差別されて生きてきた二十年の重さが、彼女をこのように鍛えあげたのかも知れない。いつの公判の場合にも、中島弁護人とともに一貫して、日本の福祉行政の貧困さを追及し、差別するものへの糾弾を執拗につづける。

健全者への抗議

「身障者を差別するな」という活字は氾濫しているが、私たちはどこまで自分の身体の一部として痛覚していることだろう。モナ・リザ裁判の抗訴〔ママ〕にふみきった彼女の真意は、ひとり国家権力のみではない。ひとりひとりの健全者への抗議であり、それらを構築している社会制度――天皇制――への反発ではなかろうか。私たちは、あらためて彼女の抗訴の意義を問い直すべきではないか。
五月十三日午後三時半金子精宏君証言
五月十五日午前十時半米津知子さん陳述
東京高裁

〔『婦人民主新聞』一九七五年五月十六日付〕

五月十三日金子精宏さん（昭和六年生れ一歳半個性マヒの診断をうけ、以来半身と言語不自由。早大大学院卒、専攻は心理学。しかし障害者として専門を受入れる社会がなく、現在電気商として自立、絵画とくに仏画を愛し、今日まで五十回以上も国立博物館で鑑賞見学をしている）が中島通子弁護士の質問に答えた内容の大略である。

3

許せぬ企画者

「私は被告のとった行為のすべてを肯定するものではない。私個人の愛情からいえば、文化財を敬愛する念からしても被告とは立場を異にする。しかし、それにもまして、モナ・リザ展に対する企画者の態度は、被告の行動以上に許せない。私はこのニュースを長男からきいたとき信じられなかった。たとえ型だけにせよ、福祉優先が叫ばれている今日、そんな企画をするはずがないと思った。しかしそれを裏づけるように、一日限定の障害者無料デーが設けられ、キップの裏に障害者入場制限を印刷するなど、世界にもまれな企画者の考えに驚き、このことによって私ははじめて被告が穏健な手段によらず抗議したことの心情を理解することができた。

二年程前、養老院に入るような人は若いころなまけた人たちだといって大臣をやめたことがあったが、もしもこの措置命令が担当の大臣であるとしたら、当然進退を問われるべきものであろう。今まで、混雑を予想される展示会はあったが、決して重大な事故はなかった。混雑を予想される展示に、あえて子連れや老人および障害者が出かけるということは、余程の覚悟をもった人々である、当事者はこのような人々にこそもっと積極的に援助を与えるべきであり、それが福祉優先といえるのではないか。にもかかわらず、なぜ一日限りの障害者デーにすり替えたのか。

近来の高度成長の大量生産方式の悪習は、数の上のみを重視するあまり、人間のもつ感情を極度にマヒさせてはいないだろうか、私は、つねに福祉施設や障害者教育の場で、数のみに固執し回転することのみに専念し、その施設をもっとも必要とする人々の存在を忘れがちであることを知っている。現在、社会共通の目的として、自由と平等を原則に社会保障に基く社会の建設があるなら、こうした不当な差別は許されるべきではない。モナ・リザ展の当事者がそのことに気付き、一日障害者デーなどと問題をすりかえることをしなかったなら、この事件は発生しなかったのである。被告は十八日間の拘置をうけ、なお二十五日間の拘置が課せられている。現代社会の一般通年から離反したモナ・リザ展当事者たちの誤ちは、どのように正されるのであろうか」

そして昨年西欧諸国を見学してきた各国の設備内容があげられた。

福祉は恩恵か

五月十五日、米津知子さんの意見陳述。

「前回の金子さんの証言でくわしく述べられているので、私はくり返しませんが、私自身が調べていることもおなじであり、また海外の友人たちが送ってくれる資料をみても、まったく日本の障害者にたいする配慮は官僚的です。

欧米諸国では公共施設の利用に当っては、障害者のハンディをなくすため、国や自治体が努力しなければならないことを法によって定めています。一番進んでいるのはスウェーデンで、公共建築物ばかりでなく、個人の住宅を含むあらゆる建物は、障害者の利用に応じられるよう最初から決められています。アメリカでは新築はもちろん、すでに建てられているものはつくりかえ、歩道車道の落差まで、障害者の利用できるようにつくることを、約四十州が規定しています。

私は、日本ではどのようになっているかと建設省、消防庁など問合わせたところ、障害者にたいする法律は全くない。あるのは「心身障害者対策基本法」第二二条に「住宅、交通機関、公共施設の利用について地方自治体は配慮するよう適切な処置をとらなければならない」というただひとつでした。

要は、障害者は一般社会人ではないという考え、一般市民とは判然ちがうという差別意識発想の第一歩であるということです。従って障害者にたいしては社会の義務として配慮するか、あるいは恩恵として配慮するかという二者選択をし、現在日本の福祉行政は後者をもって運営されているということです。

だからこそ、国立博物館では主催者が平気にキップの裏に障害者しめだしの印刷をして、なんの反省もしない。それに抗議した私にたいして、日本の司法もまた臆面もなくおなじ発想で法を犯しているのです。私はこのことに大変怒りを覚えます。現在国立博物館の裏口には展示品搬入のための階段のないエレベーターにつづく入口があります。これは一般には使用させないという規則を平然としています。このことは、設備の問題以前に精神の問題ではないのか。障害者行政一般にあてはまる問題だと考えます。私は、裁判長が私を調べる前に、なぜ主催者の考えをきこうとしないのか、そのための主要な証人の要請を却下したのか、甚だ疑問に思っています。金子さんは五十回にも及ぶ博物館鑑賞で、一回もエレベーターを使用出来なかったといってます」

今、日本人である私たちは、さまざまな差別の意識を根底から問われている。己れの自身の変革は己れ自身でしかない。併せて米津さんは「障害者にとって辛い社会とは五体満足である健全者にとっても辛い社会ではないのか」とむすんだ。

［『婦人民主新聞』一九七五年七月四日付］

○○○

六月二十六日、公判に入る前、米津さんは高裁の廊下でこういった。「どんな判決がでるか、昨夜は眠れませんでした。そして、どんな判決なら自分が納得できるだろうと自問しましたが、結局、無罪以外、納得できないと思いました」

この人にしては珍しく興奮していた。昨年から台東簡裁で七回、高裁で六回、公判をつづけて常に冷静さを失わなかった彼女である。車椅子の傍聴者を含めて身障者十五名近く、モナ・リザ裁判を見守る各種団体の人々など、三十席は満杯になって記者たちは立つよう守衛にいわれている。一時間余り、裁判長の主文がよみあげられて判決「科料三千円」のいい渡しがあって控訴審は終った。

米津さんは再び廊下で記者たちにかこまれながら「私はくやしくて、くやしくてなりません、たとえ原審が破棄されたといっても、私の主張は何ひとつ認められていない、こんな裁判なんてあるのでしょうか」。彼女は判決前よりもなお興奮していた。

●○○○

私は彼女の怒りが胸にジンと来てだまっていた。そして、横川裁判長の主文をもう一度想いおこした。

原判決を破棄する。

被告人を科料三千円に処する。

右の科料を完納することができないときは金千円を一日に換算した期間被告人を労役場に留置する。

原審及び当審の訴訟費用は、全部被告人の負担とする。

そして理由として次のようにいっている。国の企画として公開したモナ・リザ展は限られた日数内にできるだけ多数の希望者が円滑に観覧できるよう工夫配慮すべきことはいうまでもない。事実百数十万人に及んだ観覧者であった故混雑を予想しての措置であり、原則として付添いを要する人は遠慮するよう、現に一部そういう人の観覧を断った。これらの人のなかに車椅子を要する身障者などふくまれていたことは否定できない。しかし、身障者の声や世論の動きにこたえ、五月十日を身障者特別日とした。主体者側〔ママ〕にも身障者等に対する配慮が全然なかったわけではない。理想的観点からみると主催者のとった措置は万全のものとはいいがたく、身障者等肉体的ハンディキャップを背負った人達の眼に、不当な差別待遇と映じたかもしれない。欧米諸国では、このような人たちに、その自主自立を主眼とする福祉政策が推進され国民一般の理解支援も強い。わが国でも近時その施策が緒につき、関心も高まりつつあるが、なお立ちおくれがみられることは否定しがたい。ただ、この種の問題は国の意識、生活水準、教養、文化の程度をはなれて一挙に完全な解決を見出すことは困難である。

　被告人が身障者処遇の改善に熱意をもやし納得できない気持ちを抱いたことは察するにかたくない。しかし憲法も、法律も、現実を規制するための規範として、この国の現実を全く無視して解釈することはできない。従って主催者の措置は、個人人格の尊重、法のもとの平等を強調、保障する憲法一三条、一四条に違反するといえるほど不合理なものとは、考えられない。

●●○○

　ああ、しんどい、国側を弁護するいい分がまだつづくのだ。あちらを立てればこちらが立たず、こちらを立てればあちらが立たぬ、双方たてれば我方が立たず、全く横川裁判長の苦悩の程も思いやられる。我が身をたてるために憲法の理念さえ公然と歪曲する教養、文化の低さを自らが立証している。米津さんの怒りは私たち自身の怒り、否、国民の怒りなのである。

　日本の福祉行政の貧困さを糾弾し、生産性を増張〔ママ〕することだけの社会構造をバクロし、そこから身障者をはじきだすことは、いずれは健全者をも淘汰することにつながると警告する米津さん。健全者である私たちは、この裁判にどれだけ手をかしたであろう。健全者であると思っていた私自身、もはや健全者ではない。背骨が曲っておなじ姿勢を五分と保てない私はモナ・リザ展の行列に加わることが出来ず、鑑賞しなかった。身障者差別反対と絶叫するアナタ、人間の権利は平等でなければならないと名文を書くアナタ、彼女が国家権力に向ってたたきつける果し状、最高裁上告の決意を知ってもらいたい。

●●●○

——この判決は、権力が弱者からこの上何を奪い取っても、司法はこれを正当化するだろうというひとつの宣言に他ならないでしょう。健全者と呼ばれる女も男も、老人も子供も、障害者も共に生きられる社会を創ろうとたたかう全ての人々、全てのたたかいを、この判決は侮辱していると思います。

私は、読者のみなさんに「モナ・リザ・スプレー事件」の公判資料および、ともにたたかっている身障者のひとりひとりの決意等、ぜひ読んで頂きたい。健全者が語る「三分間」の言葉を、二十分かかる障害者の、苦渋にみちた訴えに私たちはどのように答えるべきか大きな課題ではないか。

[『婦人民主新聞』一九七五年八月十五日付]

「海燕のうた」から

1

人間を信ずることの　よろこび
凡ては
そこから　創められる

私の身内のものが、死の直前かきのこした言葉である。新年早々、引用するのにふさわしくないが、実はこの一年、人間相互不信のきわみに、たとえようもない苦渋の日々をおくったからに他ならない。

「救援とは何か」と、真剣なあるいははげしい討論が幾度くり返されたことだろう。新しい行動のスタイルもいくつか試みられた。しかし心うつものがない。何かが欠けている。ふり返って一年、欠けているものの存在に気づいたとき、私は前述の言葉を思いだしたのである。

人間の解放とは原点に「愛」がなければならない。このことは決して単なる情緒ではない。にもかかわらず、原点をなくした政治集団が、手段としての方針にのみ埋没し、しかも己れの倫理を強いる傲慢な力の対決、敵をも味方をも見わけがたい偏狭な意識、それにもまして、闘うことにより深まる人間不信の感情、彼等の展望もない犠牲をもかかえこまざるを得なかったひとりの救援者の矛盾はあまりにも暗い。この年を、「不信の年、模索の年」といい、自らを酔わしたのである。この渦の中で私自身、どうすることもできなかった。

十二支に「釵釧金辛亥」という年がある。昨年がその年にあたる。老人を大切にするというならわしがあり、六十年目に一度めぐり来るといううめずらしい年である。私は別に佐藤栄作君に、老人を大切になど希う気もちはさらにないのだが、この六十年目に一度という年に生れ合わせたということを機会に、救援者としての自身の希いを次の四字に託し、年末墨を硯った。

天心童心
テンノココロハ
ワラベノココロニツウズ。

〔『救援』第三三号、一九七二年一月二十日付〕

2

師走といえばなんとなくあわただしい。

終戦直後街中がジングルベルをがなりたて——むなしい想いをしたことは忘れられない。さすが今日このころは当時のような音声の悪いレコードではないがむなしさはまだつづいている。私はあのとき、毛糸とはいえない雑糸で親指だけついた、グローブのような手袋を家族全部のものに編んだ。今色とりどりの美しいスキー手袋が店頭にならんでいる。

昨年、センターの事務局員が、東拘〔東京拘置所〕在監者に手袋を差入れたが「指つき」はダメと断られたという。三年前、府中刑務所在監者全員に正月のプレゼントにと三多摩救援会が手袋の差入れ許可になるまで何回も交渉したことがある。

東拘が指つきでないのならいいというのは一体どういうことだろう。しかしとにかくスキー手袋を入れようということになった。だがセンターはそれ程お金はない。私は差入れ用のセーターの中から肘のきれたものなどをさがしだし、手型をとって何人かと即製スキー手袋をつくった。あの手袋で少しはあたたかく冬をすごしたであろうか。今東拘にはこの冬を越す若者が百名以上居る。今年は早目にと思って、私は着古したセーターで手袋をセッセとつくっている。赤や緑やさまざまで、おふくろがあんだ手袋程のあたたかさはないかも知れない。けれどもこのぶ細工な手袋を両頬に押しあて、冬を越す若者たちの顔が彷彿として浮かんでくる。留置規則で主食の差入が禁止されると現金を差入、差入れやの弁当を食べなさい。その方が栄養的だという人もある。だが毎日握り飯をもって警察の窓口で押問答する。そのように地域の主婦が一年つづけている。またそのことだけで空腹に耐える若者の顔を忘れてはならないと思う。

［『救援』第四四号、一九七二年十二月十日付］

3

刑務所の待遇改善を要求する会が東拘で団交するというので久しぶりに小菅に出かけた。

▼Sさんが永田洋子さんに面会するのに一緒についていった。私はこの人と最初の公判廷で一度会っている。見るからに華奢な感じでこの人が厳寒の山で過したなど到底思えない第一印象であった。その後この人の手紙などからそのグチッポさに少々腹を立てている。もっともそこが人間らしい。緊張ばかりでいては生きられぬという人も多いから、私が意

地悪なのかも知れぬ。

▼さて、この日の彼女はあの腫れぼったい瞳でにこにこしながら元気であった。この前の公判の前夜は喘息の発作ではじめて睡眠薬を飲み調子が悪かったこと。自分の中にはまだまだ甘えがあって、敵にむかって攻撃的になれなかったことを反省していること。母が自分のことで世間に気兼ねしているだろうがもっと胸をはって生きて欲しいこと等々。そして自分は虚弱体質なのでと結んだ。私は冷酷にものを言うたちなのでと前置きして、虚弱体質は病気でないこと。シャバにいる者も現在の医療体質を信頼していぬこと、まして薬害の恐ろしさもあり、所内でどのようにして体質改善すべきかはあなた自身が選ぶべきであって公判廷で倒れたなど伝え聞いたらお母さんに元気が出るはずがないではないかなど、私は調子づいてポンポンいってしまった。彼女は冷静に受けとめ、薬など飲んではいないこと、所内の医療など信じないこと。結石も血だらけになって自然に出したことなど話し、持病の「バセドー氏病」の精密検査を要求しているが、未だ解答ないことなど、伝え聞く話とはうって変わった元気さであった。

▼私はもうこの人はほおっておいて大丈夫だと思った。いや一カ月ぐらいだれも行かず、ひとりに鍛えることこそ何よりの差し入れではないかと思った。その日の団交で永田洋子が要求している精密検査をすぐやるようにと所長代理に再要求した。

〔『救援』第五三号、一九七三年九月十日付〕

4

▼このごろの若い人は大変ドライだ。一口に言って損になることは決してしない。この風潮は新左翼といわれるなかにあって、私のような老人にはしばしば「ドキッ」とさせられることがある。だからといってわたしはそのことが悪いことだなどとはいわぬ。

▼ちかごろ内ゲバのことや戸村選挙のことについてただされることがたまにある。しかし多くは「ただされる」ことではなく、その人の意見を押しつけられる思いがしてならない。

▼一月一四日に破防法弁護団が革マル派の襲撃を受けてから、抗議声明に署名したひとたちの何人かが革マル派から硬軟それぞれの再抗議の電話になやまされていると聞く。顔ぶれを見ると、文化人、知識人といわれる人達が多い。もっとも中にはわたしみたいな者もいるが。

▼若者達のように最初から損することはしまいと割切ってしまえば別だが、日々の生活が害われると、とまどいを感じていられることだろうと思いやられる。

▼破防法は、戦前の治安維持法を上まわる悪法であり、今国会の刑法全面改悪を前にして、どうしても勝たねばならぬ裁判闘争のひとつとして、新左翼総体の問題としてある現

在、この襲撃事件はショックだった。署名人の多くはこのことに重い比重があったのだから損得など考えられなかった。暗い時代、同志である小林多喜二を虐殺されたことも遠い昔、ちょっとやそっとで日常の生活の条件を変えられぬと悟った人は別だが。

▼ドライでない文化人、デリケートな感性をもった芸術家、毎日の無遠慮な心理戦につかれ果ててしまうのも無理からぬ。

▼もっともこの合間にかせぎまくろうという人がいるかも知れない。本物とにせものがはっきりするよいご時世かも知れない。

▼私の職場のなかまは、三日も休んで連絡がなかったら、さわぎだすと言っている。ずぶとくて、行動力のある「庶民」とはいいものだとつくづく思う。

〔『救援』第五九号、一九七四年三月十日付〕

5

天皇訪米が終り、帰国したその日、日本の新聞は一斉に次のような記事をのせた。「東アジア反日武装戦線」が葉山用邸から帰途の天皇の列車を爆破する計画が、地理的にも不可能で断念したのだと。しかもこのことは、のちの連鎖反応を防ぐため訪米が終わるまで発表を控えたのだと。そういえば、五月の逮捕も英国の主賓を迎えた行事の終りをまったていた。

といっていた。「記事解禁」をまつまでもなく『サンケイ』にしてやられて各社があわてふためいたそうだ。今度も『朝日』が訪米中に掲載したが、翌日各社が一斉に誤報だとしていた。

新聞の責務は「真実、正確、迅速」が生命線である。しかし新聞人の自覚なしにはこの「掟」は守られない。権力者の意図が強く作用するとき、しばしば国民はつんぼさじきに置きすてられる。一九二八年三・一五の記事解禁は一カ月後、戦前のことである。戦中は言論の自由が極端に狭められ、戦後はGHQによる言論統制はきびしかった。政令第〇号によるとして「島送り」になった。江戸時代と同じ形相であった。今、「誘拐」事件、はたまた犯人検挙のためという、新聞人や一般人の協力と称するもの、半歩間違えば犯人作りに手を借しはしないかと寒気を覚える。

権力者の統制は明治以前より今も延々と続いている。そしてそれに大多数の国民は挑発され主体性を失ってしまう。権力者が自ら創作した情報を、そのままプリントする昭和世代の新聞人よ、「心せよ」。折しも「新聞週間」である。

〔『救援』第七九号、一九七五年十一月十日付〕

▼歳月も正月も程遠いくらしになって十年余になる。借金も貯えも、何ひとつないまことにサバサバしたくらしである。とはいっても、師走ともなれば、周辺のザワツキには閉口してしまう。こちらがどうあろうと相手にはやはり師走にちがいない。地域社会に生きるには所詮そこに合せるしかすべがないのだ。

▼東アジア反日武装戦線の公判が〔年の瀬も〕おしつまって開かれた。その日肉親を失ったという激しい言葉をきいた。むなしい思いである。この人たちに理解を求めることはむづかしい、だがせめてそういう努力をしなければと思うのである。

「針一本人民のものは取るな」と、中国の思想は徹底している。私も目的のための手段は選ぶべきだと思うが、偶然の犠牲はせめられない。この人たちに報いるにはやはり私たちが初期の目的達成のため斗う以外方法はないのだ。

▼『救援』八〇号に運営委員の柴田喜世子さんが書いている。狭山差別裁判の柴田道子さんのことである。文中に二カ所、救援運動の姿勢にふれている。言うまでもないが、救援活動の基本的立場として――犠牲者の思想、信条、政治性は問わない。一人の人民に対する人権の侵害も全人民への弾圧である――と確認されている。すなわち犠牲者は「公平」にということである。道子さんは闘いの質をみきわめるという真摯な態度でこの「公

平」に疑問を感じられたのだろうと。そしてむすびに――センターの役割ははた目よりはるかに間口は広い。その任務は果さなければならない。しかし「犯罪」行為に隠されている国家犯罪の奥深さを執拗にあばきだそうとしているだろうか――。

私もセンターにかかわって数年、最近この結びの質にひっかかってきた。間口が広くなれば仕事は山積する。仕事の「ナレ」は最も恐い。日常的な弾圧のうしろに仕組まれているもの。そしてそれに対峙する闘う側の質、それらについての討論こそ今最も必要なときであり、七五年以後の救援のあり方を創りあげるときではないかと思うのである。

明治以前からの個人崇拝、上意下達、そして殉死の精神、この構造が今も新左翼といわれる部分に残っている。どうやったらぶっきることができるのだろう。

腰のすわらぬままかかわったセンターの仕事も、もうやめられないところへ自分を追いこんでしまった。思いを新たにしよう。

〔『救援』第八一号、一九七六年一月十日付〕

7

七六年度全国救援活動者会議が八月に長野県松本市で開催される。都外の会議には一度も参加しない私であるが、今年は一緒に行こうと約束した春日〔庄次郎〕さんは一足先に方角の違ったところへ行ってしまった。行かずばなるまいと思うのだが足が重い。会議というものは兎角泡をとばして激論、「異議なし」と合意すればそこでチョン。決議さえすれば、自然とそうなるのだと信じて疑わぬ習慣はいつ頃からできたのであろう。今年はそういう会議ではなく、現実に可能な運動をひとつでも持ち帰れる結論をだしたい。センターでも何回か話合いをしたがよい知恵はなかなかでない。だからといって、このまま流すわけにもゆくまい。今年は思いきって「個の意見」を引き出す努力を強引にしようか。

センターもかれこれ八年の歳月がすぎた。そろそろ日常的な滓もよどんできたのではあるまいか。私などはもはやお役ごめんのときにきている。戦後民主主義などお目にかかったこともない若者が、いいたいことを遠慮なくいって、そうだと思ったらその通り実行してくれればよい。そして一年たったらまた会おうといって別れたい。地獄からでも馳せ参じて聞く。

情勢報告だの方針だの、セクト主義だのと、もうふるい。ふるい。昨日までの情勢は明日からの展望にはならない。昨日までの方針では権力が先を越す。セクトの方針が下部に浸透するまで三カ月かかるようだったら完全にダウンだ。そんな悠然たることが現在通用しないのは当り前だろう。こんなことをかくと、あいつアナーキーだといって罵倒されるだろう。しかし今は男も女も昔のままではない。昭和初期生れが若者だなど明治生れの私でさえ思わない。思考の若さは年代ではない。最初はあぶなげでも、五年も実践すれば確信がもてる。

キャラメルママから始めた私の救援も八年もたてばおくればせながら「救援とはなにか」と再思考をせまられている。ここらあたりで唇を尖し、あるいは茶をすすりながらニヤニヤと、己れの言葉で己れの考えを出し合おう。今年は舌足らずでもまた来年があるさ。

こんなに世の中騒然としているのに我が陣営の闘いはどうなっているのか、火の粉のかからぬところから斜視でみるのはよそう。全国会議では内ゲバの論理など濤々と語るより救援の原点を真摯に探究しよう。


〔『救援』八八号、一九七六年八月十日付〕

8

この号が出る頃は今年の全救活会議〔全国救援活動会議〕も終っているだろう。一三六号で、事務局長の山中〔幸男〕君が書いているように、第一回の会議が大変しんどかったことを思いだしている。

三年前まで出席した私は会議が終わると、「これでいいのか」とその都度焦ちに〔ママ〕かられてきた。総括の印刷物が送られてくると焦ちはさらに深まる。前年の熱心な討議が一年間どう実践されたかさっぱり解らぬうちに、また新しい行動の目標が上手な文章でしめくくられているからだ。「形式は単純に、内容は豊富に」。今年あたりは、全くこの通りやれるところにまで成長しただろうか。

たしかに、目まぐるしい情勢の中にあって新しい課題は次々とでてくる。それらのことをおろそかにすべきでないということを万々承知であるが、「救援の思想」とでもいう「原点」のすそのがどこまでひろがってきただろうか。三里塚を軸に全国にさまざまな反公害闘争がたかまり、労働者への攻撃もじわじわせまり、公然と軍備拡張のための手段が選ばれ、権力はいつだって「憲法」など都合よく解釈し改正する。

そういう表面だけのごまかしを充分知った上での闘争、支援が対応できるものをどうしてつくりあげよう。それはいうまでもない「市民の怒り」を組織すること以外はない。「組織」などと、むづかしい言葉になってしまったが、要は自分自身の生活の中で息ながく続けられる行動、日程がどっしりと根をおろして行くことの大事さである。ことに救援は一発主義では決して実らぬ。

送られてきた『無我利通信』をよんで、運動もここまできたかと思いを新たにした。半紙四枚にびっしり書かれた内容を二日かかってよんだ。反石油コンビナートの琉球弧住民が共同で行った奄美の「枝手久祭」の総括、反核兵器、核再処理の闘いを担う村民の合宿交流である。そこにはアジや、スローガンはない。日常的な話の中にもえる激しい息吹きがひしひしと伝わってくる。この短い文章ではそれを表現できない。しかし、闘争とは、支援とは、と、生身の己れに問いかける苦痛は救援者のだれもがみな同じであろう。今年の全救活の内容が、一年間豊富に展開されることを願うこと切である。

［『救援』一三七号、一九八〇年九月十日付］

9

一九八一年の年頭にあたって。

今年はセンターにとって昨年にも増した闘いの年になるだろう。「刑法改悪」にむけて悪戦苦闘、次第にすそのが拡ってはきたものの、加えて「死刑廃止・保安処分反対」の重要課題も重なりあっている。

人が人を断罪するなど、その理由の如何にかかわらず許されるものではない。それなのに平気でしかも簡単に人を殺す。権力者は「目には目、歯には歯」とこれまた簡単に「死罪」をもって報復する。

人のもつ弱点など数限りなくある。その弱点をあぶりたてるマスコミによって、私達の中にもこの「報復手段」が次第に浸透されてくる。怖しいことこの上なし。この無批判な社会的背景を、私達はどのようにして阻う。

権力をもったものにたちむかい正当な要求をすれば、権力者はただちに「法治国家」をふりかざし極刑をもってする。まさに権力自身の「弱さ」を自らばくろしているだけではないか。命を奪ってしまえば根だやしになるとでも思っているのか。

＊＊＊

私は長い年月平凡に一人の女として生きてきたが、今日この頃の情勢は、何か二・二六事件のときとおなじような危機感をおぼえる。

そんなことは、私ひとりの先走った考えであってくれればよいと念じながら、もしも、もしも、またあの日の繰返しに突然に出逢ったらどう処置したらいいか。

「あの頃はものがいえなかったから、病弱な子をかかえていたから」と、自らを合理化してきたものの、胸の奥にかくされた痛みはながく、ながくつづく。

右にもゆかず左にもゆかず、上手に間をすり抜けたつもりでいても、今日の網の目のような情報から逃げられるものではない。いづれは何等かの「罪則」がまちうけていることは必定である。どうせそうなることなら、今ここで、敢然とおのれの主張を行動しよう。

「天皇制国家による刑法の改悪を断呼として阻止しよう」。それは悔いを背負ってきたこの私を反面教師としてひたすらに願いたい。ただひたすらに願いたい。

一九八一年のはじめに、心新たにして、この国の人々の間に、この「悪法」の意図されたものの裏を勇気をもってさらけだそうではないか。

〔『救援』一四一号、一九八一年一月十日付〕

10

一九五〇年、マッカーサーから警察予備隊（七万五千人）、海上保安庁の拡充（八千人増員）の指令をうけたのが七月、早くも八月には第一陣八千人入隊、五二年旧陸士及び海兵らの幹部候補生、元大佐級の入隊によって「保安隊」となる。五四年までには名実共に、「自衛隊」となって、陸、海、空共に外敵に処するという法案が成立した。わずか四年で、あれよあれよという早業で、現在の自衛隊の基盤がつくられた。

当時、「治安維持法」にかわる悪名高い「政令二〇一号」があり、六〇年「新安保批准」までにこうして万全の網が張られたのである。「刑法改悪」もまた然り、春には国会上程の見透しだという。反対派を制するに「保安処分」を「治療処分」とペンキの上塗り、いかに繕うてみても本質はみえみえである。

野放しの麻薬の売人、行政の不均等で倒産、通り魔だ誘拐だと騒ぎたて「死刑」にして下さい、もっと極刑にして下さいと、家族の声をボリュームいっぱいに宣伝する。極刑があれば犯罪はなくなるのか。

肉親を失って「報復を願う」という思想は、日本の歴史に流されている血の匂いを、そのまま曳きづっている私達の声でもある。

ふり返えるまでもない敗戦後の事実を直視すれば、残念ながら私達はいかに「後手、後手」と廻っていたか判然とする。「刑法」の悪用によって最後の「トドメ」をさされるのか。このむずかしい攻撃にたちむこうには、ただ一人の味方をもわが陣営に加えねばならない。「口角泡」をとばして、「オレがオレの鼻天狗」など「一利」の価もない。おのれの所属する場の行動はおのれの責任で、ひとつの目的に向って四方八方から攻めたてねばなるまい。

センター創立十年をすぎ「刑法改悪阻止」の運動も一昔前のやり方から脱皮せねばなるまい。警察予備隊の存在すら知らぬ若者の世代、いつまでも甘ったれた自我で運動を支離滅裂にしてはならぬ。この単純明快な論理を解らぬはずはない。裾野を拡げる運動は多種多様であってこそよい。あと五年、いやもっと早く「中道」などまかり通らぬときがくる。たとえ少数なりとも、われわれは凝血した爆弾をもとうではないか。

「人間は人間を殺す権利はない。天皇もまた人間である」

［『救援』一五三号、一九八二年一月十日付。

以上は『救援』に複数の執筆者が持ち回りで寄稿する匿名コラム「海燕のうた」より著者分を抜粋］

「蜂の巣」から

「成田」はおやめなさい

三里塚で、まだ空港建設反対がつづいているというのに「ミキリ」発車した「成田」。この二年、不思議なことに天皇一家及び国賓といわれるお歴々はなぜか成田を使わない。

三里塚農民・過激派が何をするのか分からぬからというのだろうか。警護に自信が持てぬというのならそれ程反対運動を重視していることになる。だがこの二年、何万人かの人間が往来していると最近発表があった。一般人ならどんな突発事故があってもたいしたことはないという権力思想なのか。それとも反対派は一般人には危害を加えないという安心感なのか。裏をかえせば、おのれ等の強制施行〔ママ〕を認めたことでもあろう。勿論、一般人に危害を加えるなど思ってもいないし、今公判中の「三菱爆破事件」にしても、一般人に死傷者を出したことは「自らの未熟さ」とはっきり自己批判した上で公判闘争を闘っている

――ただしこのことはマスコミは黙殺して紙上には出さない――。

昨夏、婦民〔婦人民主クラブ〕の老若数名、休暇を利用してカナダにいった。金も暇も充分でない人たちだが「成田」は使わず「羽田」から出発した。羽田～サンフランシスコ経由で、このわずかな旅で次のような計算になった。

搭乗時間は二時間多く、乗替に要した時間は計五時間程、航空運賃では五万円増、今後も「成田」は使わぬという。およそ三里塚にかかわり、あるいは権力に反発を持つ者であれば当然のことであろうが、このことはいかなる理由も無い。

さて、私が十年前、文革中の中国に、「基地を闘う日本婦人代表団」として迎えられた時、三里塚闘争の報告に、「熱烈歓迎断固支持」の万雷の拍手をうけたのだ。

そして今日、この国の代表団はなぜか「成田」を使う。どうにも解らない。まさか、一般代表だからと、軽視しているのではあるまい。

また、最近次々と訪中する日本代表も平気で「成田」から出発する。そんなに時間や金を惜しむなら行かなければよい。訪中団の中には、かつて一緒に血まみれで行動した人もいるのではないか。

たっぷり農民の血の浸みた滑走路から、祝福された新婚のカップル、人気タレントが往来する。成田の空の上に、農民の怨念がさまよっているであろうに。それでも「ハネムーン」はたのしいか。タレントの「人気」が大切なのか。せめて「共和国」という名の国から往復する一般人、どうせ無駄になると承知でも「国のメンツ」に賭けた「第二期工事」が始まろうとしている現在、「成田」は使ってほしくない。ましておなじ日本人の流血の上を、平然ととびたつ「日本代表団」に私ははげしい怒りを持つ。

もち論、今もって「成田」を決して使わぬという文化人、知識人もいることを知っている。

だが、暇も金もない婦民のただの女たちの、「新聞種」にもならないこの行動につづいてほしい。どんなささいな行動も、実を結ぶ。自分のできることを自信をもって行動せず、その時点だけで流されてはならない。

「成田」を使わぬ人達の中にかなり女たちが居ると聞く。やっぱり女は純粋で、種をふやすおおらかな「生き方」を希(のぞ)むのだろうか。

「一方通行」はあぶないですよ。

〔『婦人民主新聞』一九八〇年七月四日付〕

いのちは誰も損えない

昨年春、死刑確定の松山事件斎藤幸夫君の再審が決定されたことを知り、宮城刑務所の面会室で彼とはじめて会ったときのことを思いだした。一九六三年、私は現地調査団の一行に参加し、志田郡松山町の現地から、仙台の拘置所に訪れたのである。国民救援会議長とは、再建された当時の共産党の同志であるが、私はすでに除名されていたので、久しぶりの再会も打ちとけはしなかった。現地ではやけあとの小高い丘で、あらましの説明をき、一本道を下ると農道である。その朝、そこを足早におりてくる村の顔役と会って、「旦那ずい分お早いですね」と声をかけたというおばさんは、そのことがマスコミに報道されて以来、「おら知らねえ」といって前言をひるがえし、もちろん私達とも会うこともしなかった。

幸夫君は農家の不良っぽい青年で、家から米を持ち出して飲み代にかえるなど、いくつかの小さな事件をもっていた。そんな容疑で逮捕したのだろう。顔なじみの駐在さんにごまかされ、同房のチンピラに、「お前、ココでがんばったってしょうがないぜ、裁判の時にはっきりするんだから、ここではいいかげんにみとめた方が得だぞ」ともいいふくめられた。丁度「松川事件」赤間被告の手口と同じである。そして今日まで拘置されたままである。

当時、一家は全員共産党入りして、息子の無実を訴えながら駆け回っていた。十年の歳月とはなんと長いものだろう、兄姉もそれぞれ散り父も亡くなって、老いた母がひとり、仙台地裁の前でビラを配っているという。粉雪の中の白髪の母親の姿を私は彷彿として思い浮べる。

面会室で、「今失対も大変ですね、どうかがんばって下さい」ともの静かに言った幸夫君、何回かの交信も途絶えてしまった。

第一次失対打ちきり、そして原水爆運動の分裂、私は現地調査を終えて帰京、翌日広島へ発ったのである。被爆者をはじき出したままの原水爆運動が、今日までつづいている。私は「誤審」があるから死刑廃止というのではない。死刑とは権力を持った者の報復的な手段でしかないと思うからである。

「法」といえども、切腹から斬りすてごめん、他国の場合をみても、権力者の独裁－王道主義－反革命と、一貫した儒教的思想が貫かれていると思うのである。体制がいかに変革されても、この精神構造がある限り、私は「死刑」を絶対反対する。そして「無期刑」もまたおなじである。死刑及び無期は共に精神的、肉体的拷問である。

例えば今公判中の「浅間山荘事件」にしても、あの行為は私は支持しない。しかし彼等が権力の中に居る間は救援者の立場をくずさない。さまざまにある事件の疑惑、それを明らかにする権利は、決して国家権力ではない。私達人民にのみあるのだ。軽々しく「人民裁判」などと口にしない。社会の体制や環境が悪いのだなどと、あまったれたことも言わぬ、一歩間違えば、「魔女裁判」にもなりかねぬ、私たち自身の思想をさらに問い返すことによってしか、人間を裁くことはできぬと信ずるからである。

今、遮二無二、「死刑」の存続をもくろむ法改正は、強固な権力維持、「邪魔者は消せ」の前時代的な現れである。およそ、人間の平和や、自由を希むものは、「死刑廃止」を自らの手によって闘わねばならぬものと知る。「いのちは、何人によっても、損うべきものでない」


〔『婦人民主新聞』一九八〇年七月十一日付〕

病を得て今……

婦人民主新聞「終航」を読みながら、思いはみなおなじかと思い今も広告欄に載っているパンフ『老い』をつくった頃のことを思い出している。

失対の仲間たちに老いが近づいて、心細さのました頃でもあった。婦人部を中心に「老人問題」をテーマに話し合いがつづいていた最中でもあった。一緒に参加した仲間に「婦民の人達は年齢のことばかり話していて、私達のことなど、何ひとつ解っていない」と痛いことをいわれた。私達の年金は「福祉年金」――現在月二万円、七十歳からである――今ではみんな死んでいる。当時私は六十二歳であった。

私がはじめて年金を受けた時はすでに病いで働けず、福祉を受給してみると、年金二万円は差引かれ実質生活費三万円余の現在である。

「老い」の座談会で私は「幸せとは何か」をテーマにしたかった。だが「幸せって一体何のこと」と一蹴されてしまった。私は舌足らずな説明もできずだまってしまった。出席者の六十歳代はみるからに物質的にもめぐまれ運動として老人ホームの増設をする模様であり、四十歳代の働き盛りの人達は、最終的な理想の場としてのホームを希む程度であった。そしてその理想的なホーム造りに、この十年間運動があったのであろうか。

本誌掲載（一九六一号）で小川すみえさんが書いている。一カ月三万二〇〇〇円の軽費老人ホームで楽しい日々を送っていること、反戦集会にも、三里塚、支部会議等、自由に出席していること。かつて私もここに拠点をおいた。勿論、軽費などではない無料施設である。それでもこの程度の外出の自由などある。自分の肉体の限界を知った時躊躇なくそうしようと心に決めていた。ホーム入りすれば、みんなと一緒にテレビを見、本が読みたけりゃ図書館に行こう。お喋りは長年の現場で免疫になっている。血の通ったホーム等、贅沢なことなどいうまい。仲間たちはホーム入りして、天国だと喜んでいるではないか。これが現体制であればそう思うより他はない。私は戦時、充分な世話もせず姑らをおくっている。「特高」につけ回されている息子に希むわけはない。

常日頃「私たちは世話にはならないから、自分たちのことだけ考えるように」といわれていたが、臨終に「とうとうあんたの世話になったね」といわれた。だからというわけではないが、「世話になる」など考えもしないが、「世話にならない」など言葉にも出したことはない。病いを得た今、私はホーム入りを断念せざるを得ない。「人工肛門」造設の私は周囲の人たちにそれ程気がねをせねばならぬ毎日である。退院も予定より早く帰ったのもそのためである。朝食だけの仕度も煩わしい。ままよ食わずに寝てしまえば翌日はふらふらする。それでも私は介護者などいらぬ。

「金は天下の回りもの」、このふとどきな生きざまはさらに私をふてぶてしくする。

八百屋のクズ箱には、しなびたホーレン草や大根がおしげもなくすててある。古川タマさんに教えられて柿の葉のテンプラをつくる。

カッコよく生きてカッコよく死んでゆく。そんなことどうだっていい。身動きができなくなればいやでも老人病院がある。世間態を気にして、二度とない人生をしびれた（恍惚）親の世話など若い者はする必要がない。

「尻がぬれていようが、悪態をいわれようが、しびれてしまえば関係はない。あとは自然とラクになる」「またそんなことをいう」。八十歳に近いまだ働いている仲間は私にそういって、セッセと毎日のデズラをためている。

私はすでに「献体」の手続きはすんでいる。終わればそのまま病院に納骨される。こんな簡単なことはない。勿体ぶるほどのことでもない。

私のこの一文は暴言であろう。さぞかし、みんなから批難されるだろう。だが、問題はそこまでゆく過程である。老人といわず、人として生きるためにどのようなことが不可欠なのであろうか。砂漠のようなひしめき合う人の群の中で、どれだけ真実の交流がもてるだろう。しびれるまでの人生のわずかな一刻でも、人のふれあいを知ることの出来た私は幸せなのかも知れぬ、「私の幸い」とはこういうことなのだ。

そして、「精神の自由」など、生きている限り得られるものでもないと知った。

〔『婦人民主新聞』一九八〇年七月十八日付〕

〝本気〟で考えてほしい教育の場での変革

小学四年の孫に、作文の問題に「海の詩」がでたそうだ。友達は赤や黄の熱帯魚が泳いでいる様子をかいたそうだが、孫は空と海の水平線もさだかでない海水の中に星クズがいっぱいちりばめてあると書き、先生から褒められたが点は悪かったそうだ。学校というところは常識的にしか点はつけない。尤もなことだ。そういえばこの子の母親は幼い頃から内容や色彩の豊かな絵本を買いあたえていたことを思いだす。

共稼ぎの親、空箱一つもおけぬせまいアパート暮し、「あすの工作の材料はこれ」といわれて帰宅しあわてて材料を揃えるに一苦労だと話している。母子家庭の子は親が残業なのでいつも「忘れた」といい、鼻血がでる程ビンタをうけクラス中にふるえ上がらせるという。それでもこの子の忘れ物はつづくそうだ。真冬コンクリートの廊下に正座させられ膀胱炎を起こした子もいるという。スパルタ式しつけだというこの先生を、軟弱になった都会の子にとって、よいのか悪いのか、もう私の感覚では分からなくなった。だが言えることは、一週間の授業内容とそれに要する資料材料を前もってプリントして渡すことくらいできそうだと思う。

かつて「勤評反対」で地域の学校を走り回った私は、このごろ「主任手当反対」で個人は受取らぬが、学校で積立てているということをきいた。なんとも解せない。総評の槇枝議長が、八〇年代の労使は双方で十分に話合いで解決したいと「柔軟」な方針を発表した。いずれは賃金問題なのだろう。今までと変りない。みせかけだけのストなど、迷惑限りない。こんな「ザマ」であってみれば、子供から大人までしらけるのはあたりまえのことである。今度の自民党圧勝のダブル選挙は、これまでの教育の「最」たるものであろう。それでも全国から集って開かれる研修会では、困難な条件の中で真剣に「教育のあり方」をほそぼそ実施している報告があり、満場拍手だそうだ。感心して帰っても、自校で校長や同僚にどんな働きかけをしているのだろう。大半は、旅費精算書とレポートだけではどうすることも出来ないではないか。

塾に行かぬ子は終日家の中で、大学へは大金を出して裏口から、就職すれば直立不動でレールの上に乗る。なんとも味気ない世の中になったものだ、みのべ〔美濃部亮吉元都知事〕さんだって、朝鮮人学校を許可したのが唯一、遂に都条例も廃止しなかった。任期満了まで稼がなくともいい身上ではないか。老人医療も総花的、今頃ガタガタうるさくなってきた。やりきれない。

教育の給料など戦前は安いものだ。今は食うに困らぬ日教組は、賃金闘争をするななど言わぬが、人間の精神構造の改革を教育の場でどうするか、「本気」で考えてほしいと思うのは老人の私ばかりでない。

八〇年代に展望があれば、「耐えがたきをを耐える」確信が生れてくるのは必定である。

〔『婦人民主新聞』一九八〇年七月二十五日付。

以上は『婦人民主新聞』に複数の執筆者が持ち回りで寄稿するコラム「蜂の巣」より著者分を抜粋〕

全救活へのメッセージ

この会議〔全国救援活動者交流集会〕もすでに十年の歳月がすぎました。今年の会議は、さまざまの問題があり、いずれおとらぬ討論がなされることと存じます。多様な個別の討論もさることながら、私達は問題の根幹ともいうべきものに、余り関心をもたなかったのではないかと思われてなりません。国家権力が、常に一足前に状勢を把握したのに対し、私達は、常にその後からでなければ結論も行動もうちだすことができなかったのではないかと、このごろしきりに思われてなりません。

今、考えてみますと、多少のちがいがあっても、私には一九三〇年前後の状勢と、同じようなものが考えられてなりません。それは七〇年代のさまざまな問題の中に目先のことのみに眼をむけてきたのではないかと、反省させられることが種々あります。

権力は、徐々に着々と、ある一点を射程に全勢力をかけてきていました。どんなに個々の問題点が重要であり、緊急であるかも知れませんが、たとえ、一例の勝利があったとしても、決してその勝利が前例とはならないでしょう。権力は、その一例を例として柔軟な手口で、最も残虐な方法をもちいるであろうことは目にみえています。

それは一九三〇年前後の状勢を充分に知ることなしには、その根幹をうちくだくことができないでしょう。従って、私達は、あせりの余り、目先のことのみに心奪われるといえるのではないでしょうか。

どんな闘争問題でも、どんな地域でも、はげしいたたかい、あるいはそういう芽もある今日、そろそろ根幹にせまるべき争点を議論して頂きたいと希望するものです。

第一に、刑法改悪のたたかい、わけても、死刑判決・長期拘留の不当性、数えあげればきりがありませんが、今年あたりは例年のように具体的な諸課題というよりは一点にしぼって、そこから出発するというときに来ているのではないでしょうか。

それはいうまでもなく体制批判、反対派の運動が、その運動の過程で、階級的な思想の変革なしにはできないと思うからです。個個人が、闘う中で体制の批判を、そして、今日の日本帝国主義、すなわち天皇制のある限り、いつかは「勝利」が「勝利」とはならない、一時の勝利でしかないということを私はいいたいのです。

「もの取り闘争」が、いかにはげしくても結局は権力の尻っぽでしかないということも救援するものの立場として考えなければならない時期とでもいうでしょうか。

「天皇制」「死刑」など〔へ〕の反対は、多くの人々の抵抗は、まだまだ強いでしょう。

しかし、誰かがいつかはやらねばならない。そして拒否反応をする人々が、どのように運動の中味の中で受入れるか。言葉や文字だけでなく、頭の中でなく、重要な課題だと思います。

特に「救援」の中では、「刑法改悪」を軸とする討論が、最大なものと考えるからです。その刑法改悪の裏にかくされているもの、このことをかくれみのにして、天皇制を温存する現下の状勢を分析して頂きたいとペンを取りました。

本来なら、どのような無理をしても出席して、私自身も討論の場に参加、さまざまの事柄を勉強せねばならないのですが、何分、食事からして制限するという身動きならぬ療養の身なれば一筆走らせました。何卒、私の意のあるところをくみとって頂き、人民の総力をあげて決議すべき目標も示して頂きたいと思うのです。では、全救活の成功を祈りながら、新しい運動を創る新人を期待して。

〔『救援』一七三号、一九八三年九月十日〕

IV

詩のほうへ

中国を訪れて

中国の人たちに「救援活動」を理解してもらうにはかなり時間を要する。

六八年羽田闘争以来の、新左翼といわれる学生および反戦労働者の闘争からはじまった救援の報告は、むしろ中国側にとって日本の最先端の運動の実態を系統的に知ったという方が適切でなかったかと今思う。同行の団の人たちも、救援の内容をはじめて知ったということも加えて、救援はかなり重い任務であった。訪中にさきだって私が中国から学ぼうとしたことは大きかった。日本において、革命を志向する若者たちの運動が種々雑多な形態で進んでいるが、権力の弾圧は一点にしぼられ、しかも次第にエスカレートしている。出発前の私は期待をもちすぎたのか「救援」のことで得たものは少い。ここにあらためて、訪中前のやくそくを記してみよう。

一、かつて中国において、長い間つづいた人民戦争のとき、非合法的な救援の活動は、どのようになされたか。
二、社会主義国家となった現中国において、犯罪者とは何か。
三、その犯罪者に対する中国の処遇はどのようになされているか。

端的にいって以上三点である。その他、私個人の最も知りたかったことがひとつあった。文化大革命で大きな役割をしたという紅衛兵運動が、どのように起り、どのようにおわったかということである。私は中国についてほとんど知らない。無知にひとしい、まったくの素人の私が、自分の眼でたしかめたことを中心にこの報告をつづるしかない。

まず第一の点である。私自身の認識不足のせいであった。長征二万五千里という苦難の行程のなかで、闘う者、救援する者の区別のありようはずがない。そのどちらもきりはなしては考えられない全く同一のものだということを知った。私が希望して会った、私と同じ年代の婦人は、おそらく夫を日本軍に殺されたであろうに「日本人民はみな友人です」としか言わない。私はもうそれ以上の質問は出来なかった。上海の都市を占拠した日本軍は昼間のみ行動したそうだ。周辺の農民は夜間、食糧や補修した布製の靴をもって、山村にこもった解放軍に走ったという話や、北京において、バラ線の中で強制的に壕を掘らされ、抵抗した隣人を目の前で射殺されたという人民公社員の話など、きいている私たちの胸をえぐった。

二の点については、いまも思想的におくれた部分にのこっている一般犯罪者と、政治犯とでもいうべきものと二通りあるが、そのどちらもごく少数であるという。

三の点については日本の刑務所に相当すべきものがあるなら見学したい旨申し入れたが、かなわなかった。総じて長い時間をかけ、くり返し思想の再教育を中心とした労働をさせるということにつきる。幸い延安の街頭にて、大字報（壁新聞）が偶然にもその実際のことを知らしてくれた。

窃盗、強姦など。五年、十年の刑。

（四十五歳の男子十五歳の少女を犯したもの。解放軍兵士の妻を犯したもの）

国民党のスパイ　死刑。

（解放軍の銃をうばい解放軍人を射殺）

そのとき、私は通訳氏にすでに劉少奇氏は死刑されたかときいた。答はやっぱり思想の改革を中心に労働にたずさわっているという。言葉通りを信ずるしかない。だとすれば、死刑などということは数少ない例なのであろう。

私が知りたかった紅衛兵については苦労した。ズバリ質問が出来る性質のものでもなし、たとえ質問したところで答はきまっているような気がする。四週間の滞在中、行く先きざきで愚問をくり返した。北京工芸美術工場で、清華大学で、そして舞踊学校や延安の農村に入った若者たち、ことに上海の紡績工場の労働者との座談会など、まことに百聞は一見にしかずとか、帰国までには私なりの結論を得た。しかしここではその報告は必要でないが一例をあげてみよう。

頤和園を見学したときのことだ、清末、西太后がはなやかな晩年をすごしたという、いわば中国の伝統的な建物、日本流にいえば文化財ともいえるところだが、長い廊下のランカンに中国流の絵画や彫刻があった。そのところどころが「ぶざま」に白ペンキで塗りつぶされてある。私は「なんだ」ときくと、迷信に関係ある部分だという。なるほど九頭の竜などであっては子供たちに説明ができないだろう。はげしかった紅衛兵運動の跡である。けれども私は毛主席の次の言葉を思い出し、なんともあじけない気持ちになった。

――外国のよい部分は自国にとり入れ、古典的なあるいは伝統的な文化的遺産はその中から創造的に学ばねばならない――

招待ということはわがままはきかない。最ものぞんだ中国の一般の人との交流はできなかった。会った人びとはいずれも革命委員会に所属している人で優等生だけであった。心残りといえば、最大の心残りである。周総理は聡明な人だけに、私たちのこんな気持ちも知ったのではなかろうか。あなた方が、中国の全部を知ってしまったら再度来ることはないでしょう、何回も中国を訪れ十分理解してほしいと。

全日程を通じて中国の印象は今も社会主義国家の建設の途上にあるという感じであっ

た。人民の生活はきわめて質素である。しかし質素ながら生活の安定はゆきとどいている。衣・食・住・医、その上失業はない、「ゆりかごから墓場まで」まったくその通り何ひとつ国から保障されないものはない。人民は各自学習と体力づくり、勤勉な作業ぶり、それはただ驚嘆にあたいすることばかりであった。解放前の苦しさを知らない若者たちは、義務づけられた毛沢東思想の勉学にいきいきとはげんでいる。世界革命に寄与しようという意志と、すべての人民に奉仕する精神が、広大な中国の僻村にまでつらぬかれている。解放二十年、しかも文革以後だという。侵略にそなえて、都市・農村すべて自給自足の構造と「ハダシの医者」という医療体制、見事な管理が人民によってなされていることへの羨望は限りないものであった。しかし、現在の中国が社会主義国家最高のものであり、完全なものであろうとも思わなかった。このことは、むしろ出発のときよりもさらに疑問が深まった感じである。このことは逆にいって、中国に対する私の新しい期待ともいえよう。

最後に私の疑問のひとつを書いて終りとしよう。切断された手足を縫合することで権威ある上海の病院である。手術の成功者の幾人かに会った。その中の一人中年の農民の言葉が、今も熱く思い出される。彼はその青年時代、地主の下でヌカを常食とし強制的労働をさせられていたのだろう、労苦のしわが深い。一年一元（一六〇円）の医療費で、この大病院のベッドにて一切無料の手術をうけ、しかも考えられなかった右手首の切断が縫合されている。術後二十五日、苦痛にゆがんだ顔で左手の「毛語録」を高くかかげ「毛主席万才、毛主席は親よりもあたたかく、海よりも深い」とさけんだ。団の中から「私も農民です。早く元気になって」と走りよった人がいる。私はただあつい思いがこみあげた。この人にとって毛主席は命の恩人なのだ。しかし、私は四週間の滞在中、「毛主席のおかげ」「毛主席の教え」「毛主席のみちびき」あるいは「毛主席の荘(厳)んなる五・七指示」という言葉をあらゆるところできいた。

中国の革命路線をさらに強化したという七全大会は、「堅持真理・修正錯誤」、自己批判、真理樹立の政治方針の強固な大会であったときいた。そのとき毛沢東思想による中国共産党の路線は確立し、そののちの文革もこの路線を堅持継承されたときく。してみれば、そのとき以来、全く中国共産党の政治方針となって進んでいるであろうに、今もなお、毛主席に表わされる個人的な称賛については私には納得いかない。しかしこれはあくまで日本人の私の感覚であって、中国の人びとの表現については私は知らない。私には、個人崇拝の現象として写り、深い疑問を抱かせられた。

のちに、エドガー・スノー氏が主席との会見記の中でこの問題にふれている。主席はある時期、このようなことが必要であったがいずれ解消されねばならない。主席自身にとっても、煩わしいことだといわれている。

(朝日新聞)

私は自分の感覚も、そうまちがいなかったことを知った。
中国において毛主席とともに闘い、人民の解放をなしとげた多くの人びとに尊敬の念を抱くと同時に、私は日本において、安易な言葉で毛沢東思想をふりかざすべきでなく、また安易な言葉で批判すべきでもないとしみじみ思った。私たち日本人は、日本の革命についておのれの手でしか創りだせぬものだと、しみじみ考えさせられた。私の訪中は一九七一年のはじめ、新しい疑問を大きくもち帰ったというのが実態でもあり、中国の革命がどのような成熟の過程をとるのか、大きな期待でもある。

［パンフレット『基地で闘う婦人代表団　中国を訪れて』
侵略＝差別と闘うアジア婦人会議、一九七一年七月所収］

沖縄を旅して

最近、沖縄の海洋博建設労務者が中学生に乱暴したという新聞記事をみた。じつはこの記事の二カ月程前、少しばかりかかわった久米島の日本軍による島民及び朝鮮人の虐殺者の痛恨之碑建設の運動の課程で、本部村の中学生が建設労務者に売春しているという話をきいていた。本部村は海洋博建設地から車で三、四十分のところである。地元青年の間に抗議の芽もあるということである。本土復帰後の沖縄は、人も知るように復帰前よりも日常の生活がより苦しくなっている。貧しさのための少女たちが売春をしているということは、戦後食べるものに困った一家が、父親がポン引きをし、米兵に娘の身体を売らせ泣き泣き食いつないだというあの時と少しも変っていない。

貧に追われて売春

一九七四年の初頭、たまたま沖縄へ渡った私は、もと売春をしたというひとりのひとに会った。その人はもう堅気の商売をして、きびきびと店をきり回している中年の人である。「沖縄では、今売春をしている人は少ないですよ。戦後生活に困って仕方なしでした。外に仕事がありませんもの。なんとか食ってゆけるようになればみんなやめます。今コザ市にいる人たちは、本島よりももっと貧しい八重山や宮古の人が多いのです。もっとも本土の人も若い人は派手な生活から抜けられないから」

私はこのことがすべてだとは思わないが、識者といわれる人の言うように、根源的には神と共寝する古代の女の感情と、今もひきづついている儒教的思想、「人身御供」の概念が渾然として、まさに皇民化教育が骨の髄、肌の色までしみ通ったと思っている。おんなの解放は百年の計ではなかろうか。「みてくれえ」ではどうしようもないと、私ははやあきらめかけている。どうも叱られそうな気がする。

沖縄の男たちの役目

沖縄の男たちは「墓を造って井戸を掘る」。これを生涯の中にやれば、男の役目は終るのだときいてきた。なるほど山の斜面には自然の地形を利用した亀型の墓が海に向って無数にある。女の腹から生れ腹に戻るという意味だそうだが、浦添ようどれにある旧い尚王・尚徳の二墓の墓形も同じであった。清明節ではないが、多分正月故だろう、花ござと重箱をもった門中（一族）が、そこらあたりで四角い黒い線香をたき泡盛でうたっていた。ここで散った人のためだろうか。浦添の洞穴にはまだ掘り残された住民の遺骨が埋っていた。艦砲射撃によるものだそうだが、一部の遺骨を納骨した四角いセメントの堂の入口も解らぬ程苔がびっしり生えていた。

浦添の周辺の海は、東支那海と太平洋の分岐点だと、案内した三輪さん（元婦人民主クラブ中央委員）夫妻が話してくれた。県花のデイゴの花はまだであったが、原色の色が咲きみだれ、正月の餅を包むという「サンニン・クバ」の香り高い葉も自然なままで、周辺に建つ米軍関係のしょう洒な住宅街とは対照的である。

タクシーの運転手が地代も本土並に値上がりしてきたといっていたが、清明節には墓の中で、六尺棒をもち組踊りができる程の広さだというから、なるほど墓造りは男一代かかるものかも知れない。だとすると、日常生活の負担は当然女にかかってくるのだろう。沖縄の女は働き者だといわれる所以（ゆえん）かも知れない。洗濯たらいの桶を頭上にのせ、老いも若きも僅かばかりの品物をもちよって売る街頭の朝市は見事であった。

米軍の家族住宅用地に代替した浦添も、海洋博敷地とおなじように、もう白いコンクリートで区画された墓地アパートが立ち並び、乾いた風景になってしまった。

飲料水の苦しみ

摩文仁にある黎明の塔は、沖縄戦最高指揮官牛島中将の記念碑である。沖縄では今、どこでも井戸水を飲料水に使用はしない。戦争中、山にたてこもった人々が一番苦しんだのは飲料水であった。少女たちの霊を祭るひめゆりの塔の側に絶えず流れでる水鉢を供えたのも、渇きに苦しんだ少女たちへの思いやりである。

牛島は己れの渇きを癒すために兵隊に海岸までの水汲みを日課として命じた。海辺一帯は米軍船の監視線が敷かれ、夜といえども煌々とライトにてらされている。ひとりの兵隊も見逃さぬ程に。命令を受けた兵隊は自分の渇きを癒したであろうか。それともそれすらかなわなかったか。牛島の壮大な塔は頂上に、そして肉親がたてたであろう本土式の墓石が少数、下座にあった。家族たちは沖縄敗戦の六月二十三日、毎年訪れるのであろうか。

地下水の深い井戸掘が、どんな困難で経済的負担であるかを知ってもらうために書きつらねた。

死者の谷という盆地

摩文仁の近く金城村に玉泉洞という見事な鍾乳洞がある。一九六七年発見されたというが、その規模は東洋一だといわれまだ全貌は明らかではない。私は地下におりるエレベーターの中で、沖縄の人たちの水の痛苦がしみじみと解った。玉泉洞の入口に死者の谷というかなりの盆地がある。その昔の風葬の場所だという。鍾乳洞はこの盆地より、さらにさらに深いのだ。風葬に使ったものが、そのまま散らかっている。素焼の骨壺がそのままころがり、石台もそのままである。およそ観光とは程遠いものであった。見上げるようなガジュマルの枝からたれ下がる根幹、黄、紫、真赤と死者の谷などとは思えぬ彩りである。僅かな樹間から真青な色がみえる、空の色か海の色か、さだかではない。

わずかな旅の想い出である。浜下がりの女解放の日、権力も及ばなかった「毛遊び」、大胆な歌人恩納ナベ、天才的歌人吉屋チルのハンストによる終末、悪政の犠牲となった久部良割の妊婦たち、沖縄の神話や民話には女の怨念や性の自由、神への生贄など渾然とある。あの大粒な黒い瞳の女たちに心ひかれ、その昔社交場であったという「ヤガマヤ」「アシヤギ」は、今どんな風に受けつがれているのか、私にはつきない興味を覚える。

[『婦人民主新聞』一九七五年一月一日付]

無名詩人とは何か

詩人でもない私に『原詩人』から何か書けといわれることは私にとって辛い。それは亡くなった私のつれあいが詩人のはしくれだったからであろうが、今私の知っていることは詩について何もない。

『原詩人』が今後、無名詩人の掘りおこしをやるということだが、無名詩人とはいったい何だろうと思う。一度も活字になどならなかった詩人達のことだろうか、それとも「詩」を本業として生活の糧を得ることとの出来ない人達なのだろうか。

小熊秀雄全集発刊にあたって、中野重治氏が、——小熊の詩と詩集の運命とは、日本の人民の経て来た苦痛と運命とをさながらうつしている——とかいているが、詩をかくことによって食えることが出来るというのは、ごくごくまれではなかろうか。そのことは昔も今も同じではなかろうかと思う。生活の糧を別途にもち、詩をかきつづける人が、何かの偶然で「〇〇賞」とやらを受ければ、それで無名詩人ではなくなるというのか、私には解らない。

今、自費出版が三〇万もあれば出来るそうだ。三〇万といえば、一回のボーナスを棒にふればともかく一冊にすることが出来、自分の作品をたれかれと親しい人に読んでもらえる。ほんとうによいご時世になったと思う。

昭和初期、作家同盟はなやかなりし頃、プロレタリア詩というのがあった。あの頃かいていた人達は今どうしているのだろう。登口義人というワセダの学生だった人はたしかペンネームであった。佐野嶽夫、和子という夫妻は実名だったのだろうか。一田アキという名でかいていた人は中野さんの妹で早く亡くなり詩集が出たような気がする。遠地輝武、木村好子夫妻は、生前に比翼塚ともいえる詩碑を小平に建立している。新井徹さんは妻君で詩人の後藤郁子さんが二人全集を世に出している。北山雅子のペンネームでかいていた佐藤さち子さんは、一人ぐらい詩集を出さぬ詩人がいてもよいではないかといって、まだ一冊の詩集も出していないらしい。たまさかに活字で見る人は大江満雄さん位しかいない。

石川啄木同様、小熊秀雄も、死後三十年も経てその業績を問われている。彼もやっぱり無名詩人だったのかと思うと、私は何か心に重いものが残る。もしも今日、彼は生きていたら、日本共産党に籍をおいたであろうかとふと思う。革命詩人だった小熊について、共産党員の詩人たちはどのように思っていたのだろう。それ程に『赤旗』紙上に載る現在の詩はヘタクソだと私は思っている。

ついでに言ってしまえば、『原詩人』に載っている詩も、あの当時の詩とそうへだたりがないような気がする。「詩における政治と芸術性の諸問題」とか、「政治性の中の抒情の問題」とか、さかんに言われたことを記憶しているが、そのことが、現在詩の中にどれ程生かされ、進歩があるのか、私はふと、あの当時とさっ覚さえ感ずる。素人の感情である。

言葉を凝縮させて、そこから無限の創造を発展させる詩句、「詩人」の作業はどんなに辛く苦しいものだろう。

昔、映画で知ったのだが、ヨーロッパの国々の街角で、ただの市民が即興で詩を唱っていた。それは心温る場面で、なんでもないのに涙が流れた。日本でも古代は即興の恋歌や詩歌があった。今酒宴で即興で詩でもやりだしたら、座がしらけるだろう。やっぱり「北の宿」の方がよいのかも知れぬ。

それでも詩人と名のつく人たちは、おのれの選んだ道をただ一筋に歩いている。

［『原詩人』第八号、一九七八年春季］

抒情と変革のプロレタリア詩
野口清子詩集『出逢い』

野口清子詩集『出逢い』がおくられてきた。私は、彼女とひょんなキッカケで知り合ってからまだ一年もたたぬ、それなのに旧知の間柄であるような気がする。それは亡夫の詩友遠地輝武夫妻が私と彼女の間にあるからである。遠地夫人の木村好子さんは、婦人民主クラブ創立当時の中央委員であり、また詩人でもある。

野口さんは好子さんの病床中の話や、遠地氏の最後をみとった時のことなど、淡々と私に話をしてくれた。

『出逢い』は、彼女の第三詩集である。そして、そういう言葉が今も通用するならば、正真正銘のプロレタリア詩である。あとがきに――プロレタリア詩は、問題への斬り込み以前の、テーマ主義によって堕落の傾向をあらわしたという反省の立場から――(秋山清)とあるが、戦前のプロレタリア詩に当時いささか反発を抱いていた私にとって『出逢い』

は、長いみちのりをやっと越えたという思いがする。

彼女の作品はこれまでも、そして今度も、花にかかわるものが多い。冒頭から花が出てくる。花々は、「けし」であり「バラ」であり「彼岸花」などなどである。

花の香気はむせるように読者につたわってくる。けれどもその香気は決して甘く芳醇なものとは少し違うような気がする。それは、メコン川を流れる血の匂いであり精神病院霊安室につづく工場の廃棄ガスの匂いであり、カボチャの花の天ぷらを揚げるあまり上等でない油の匂いである。

彼女は言う。「私の詩は、詩のすきな人ばかりでなく、たくさんの人によんでほしい」と。私も全く同感である。よい詩は、論文でほめられることだけではなく、また賞の対象だけではない。よろこびやかなしみを共有し、新しい人間関係をつくるひとつの「てだて」としての役割をもっているのではないかと、素人の私には感じられるからだ。野口清子詩集『出逢い』は、詩のもつ抒情と、それ自身の変革とかさね合わせたものを感じとれる。未知への可能性に心はずませるものとして感銘が深い。

〔『婦人民主新聞』一九七六年三月五日付。

『出逢い　野口清子詩集』新日本文学会詩人叢書、新日本文学会出版部、一九七六年一月刊〕

幸せな旅のにおい
戸石あや子『月とおこじょと山男』

正月の準備など、何年も前からかかわりなくなった私は、今年の元日もいつものように一杯の飯と一わんの汁、ひきわり納豆と梅干で朝食を終えた。窓ガラスを通して少し見える空は青く、まずもって小春日和というべきか。

年末に贈られた『月とおこじょと山男』をよむことにした。著者自身のカット、たしかなデッサンに心ひかれたのだ。

読む程に、いつか私はメルヘンの世界にさそいこまれ、カーテンの裾からあいらしいおこじょの顔がひょいとみえる。全くの偶然であったが、一九二〇年代の仙台で、著者がめぐり逢ったという「青い花」の章で、おさげ髪の私が谷間の姫百合といった「すずらん」をさがして湿った枯葉の中を歩いた自分と重なる。七十年など、ほんのつかの間。

生物学教師である著者が、朝鮮から日本各地の山々を歩き、そしてそのときどきの空気や雲や草や花や、そして黒い土、ああ、幸せな旅のにおいが全頁を埋めつくしている。

すっかりひきこまれて頁を閉じた時、外でカラカラという乾いた音がきこえる。遊び場のない子どもたちのローラースケートの走る音だ。テレビとプラモデルにあきた子ども達、正月だというのに、凧もない羽根もない。なんと殺風景なことか、私は現実へ戻されてしまった。こどもだけではない、おとなといえども、何とあくせく同じような日々を忙しくくり返しているのだろう。——もっとゆっくり、そんなにあせらずに……とはいっても、現代社会のめまぐるしい変貌を知れば、そうもいえないのだ。

ところどころ、句で結んだしゃれた小品集である。だが、かつての林道はコンクリートのみちになり、心なごませた日本の野草のかれんな花々はきえていることへの著者のいたわりが、その童話風なやさしい文章の中でするどく問いつづけていることもたしかだ。子らに、孫らに、語りつたえたい心情がこの小冊子にあふれているではないか。

私はかきぞめに用意した墨をすることも忘れ、この一冊との出逢いをたのしんだ。そういえば、私は今年、「いろはにほへと・新しき年・わらべとなりて」とかくつもりであった。

一九八二・一

［『婦人民主新聞』一九八二年一月二十九日付。戸石あや子『月とおこじょと山男』は発行人を著者自身として一九八一年十二月刊］

『郡山弘史・詩と詩論』あとがき

一九六六年、郡山の通夜の席であった。おいで頂いた中野重治さん、栗栖継さん達に、息子が次のような話をした。

「父は二度目の上京後、詩作について大変悩んでいました。生活の基盤でもあるによんの詩をいくつか書き、少しは自信がもてたのでしょうか、栗栖先生を通じて中野先生に批評をお願いしました。その原稿が『新日文』(『新日本文学』一九五四年四月号)に掲載されていますが、それをみて父は大変ショックを受けたようです。それは原型をとどめない程改作されていたので、それ以来父は詩をかきませんでした」

中野さんはその話に大変おどろかれた。その原稿を中野さんはみていなかったのである。そして私もそのことはその夜はじめて知ったのである。そのいきさつについて栗栖さんのハガキが四通残っている。

一九五三年十二月四日、中野さんが旅行中なので文学会の方に郵送したこと、卒直にいってあまりいいものとは思えないこと。

同年、十二月三十一日、編輯部の桧山君に会ったが自分と同意見であるが、現在あまりいい詩がないので掲載したいこと。

一九五四年一月十八日、二月号にはのらなかったということ。

同年三月二十三日、四月号にのった作品をみて、記憶がうすれていたが少し変だと思ったこと。芸術作品に対して作者の了解もなしにこういうことはすべきでないこと。以上である。

郡山は長い間中野さんに対して、尊敬と信頼をもっていたので、中野さんの意見で改作されたものと思ったのかも知れない。その時直接中野さんに会えばよかったのにと、私は残念でならない。当時、日本共産党の五〇年分裂問題で『新日文』の編輯担当者は武井という全学連出身の若者であった。私はこの一冊をまとめるためはじめて原作と照合したのだが、これは改作などではない「改ざん」だと思った。ここに改ざんされたものを記す。

にこよん詩抄

1

雨がふる　雨がふる

びっしょびっしょの雨
雨は垢だらけのうなじをながれ
風太郎はびっしょびっしょ
雨はむくんだ頬からしたたり
風太郎は夜をあるいている

2

雨がふる　雨がふる
ひとところ光ってふっている
風太郎はその燈の電柱にかけよる
電柱燈はあんなにあったかそう
凍えた手はとどかない
その乳いろの円光のなか
雨は羽虫のようにむらがり
ふるさとの顔
いもうとの手まり歌
戦死した倅の軍服

風太郎はみまわす

3

どぶにそって
まい日移動する
おいらはおいらをアヒルとよぶ

アヒルはどこからきたか
来歴を口にしない

ジョレン
シャベル
鼻うた　わい談
漫才はだしのおしゃべりでどぶをかく
大都会東京の臓物
かけばかくほど臭い

どぶは血管のよう
うら長屋の露地
ビル街の地下道
あるものはほそぼそと
あるものは醜くくずれ
あるものはあふれてまがり
あるものは潜る
はねっ返る薄板の下
ぶ厚い造石の下
臓物は腐りつづける
アヒルたちがやってくるまで
その臓物どもは
掻けばかくほど臭い。

作品はたしかにいいものではなかったのかも知れない。ただ、中学の頃から死の年まで五十年、詩を志ざした男の生涯を思うと、かえらぬくり言ながら編輯者の思い上った権限を許せない気がする。

通夜の席で、遺作集をだす時はいつでも相談して下さいと、中野さんに言われた。だが私の手におえるものではない。子は遺作集など家族がだすものではないという。そして原稿、日記、原載誌〔ママ〕などしまいこんだままの一個の茶箱を子のもとに移した。しかしその子も七三年に他界し、茶箱は再び私のところに帰ってきた。この茶箱は、一九三一年、私との共同生活の間、十七回に及ぶ転居の度に持ち歩いたものである。

死の年の正月であった。今年こそ精いっぱい仕事をやるといい、何よりも念願の詩と詩論をまとめたいといった。彼はその時地域の芸術研究会の会員で、ブレヒトの勉強をしていた。そして翌二月発病、三カ月の闘病生活ののち死んでいった。

丁度死の三週間前、四月十四日午前二時、目をさました彼は大変気分がよいといって仕事の話をした。もう声もかすれて聞きとりにくい。話がひとくぎりついた時、つかれたといってウトウトした。私は看護室に入ると話の内容を大急ぎで走りがきした。その中で彼は次のように言っている。

――河上肇は党員ではないが、日本の青年達に今日も残るようなものを残していった。おなじ頃の櫛田民蔵は、おなじマルクスの勉強をしながら、ほんとうの苦痛を知らなかったらしく表面だけのもので、今青年をゆり動かす何ものも残っていない。こういう勉強の仕方をうけたものとうけないものでは全然ちがう。また自身で悩んだものとそうでないものとのちがいもある。例えば文学の面でいうなら中野重治は立派な詩人であると同時に政治家でもある。宮本百合子の場合もおなじだが彼女は政治の仕事より文学の仕事に重点をおいた。早死にしてもあれだけのものを残している。中野は詩をかかない何年かを政治の仕事で引廻しされた。その間、中野の苦痛はどんなものであったか、俺にはよく解る——広島で峠三吉が「中野さん、あなたは詩をかかなければ駄目です」といった時、中野は「僕は詩をやめてはいない」といった。その時の中野の苦渋にみちた顔を峠は忘れないといっていた。どんなに中野は苦しんでいたか。

しかし党の三十周年記念にかいた中野の詩は、十年かかないでいても尚かつ日本の詩人の一級品をかいている。俺は中野を絶対に尊敬している。日本の党は何をしているのだ。政治のこと以外、中野を使い道がないとでも思っているのか——

そういった彼の表情はきびしかったが、病室の弱い電灯でも涙がにじんでいたことを私は忘れはしない。そしてこの時が、仕事について彼と話した最後である。

一九三〇年代、発禁、発行停止、偽装誌、日本浪曼派の内情、そして戦後の党の文化政策への批判等々、日記の文面からうかがい知ることはできても、文学に無知な私にはそれらを選ぶこともできない。ただ年代順にならべたにすぎぬ。「もう十年、生きて仕事をせねば」と死の瞬間までいいつづけた彼に、生き残った私のできることとして、ためらいながらこの一冊をまとめた。

　心を許した数少い詩友とも早く別れ、その晩年は似つかわしくないにこよんの労働に身をおき常に孤独であった彼。プロレタリア詩以後の「詩の課題――思想と芸術の統一――」をどう越えるかと苦悩し、遂に越えることができずに死んだ無名の彼の作品を、これまた無知な私の粗雑な作業でこの一冊が成る。「もしもあと十年生きていたら」というはかない私の願望であるかも知れぬ。


　一九三〇年という世代は、今、あらゆる分野の問い直しをせねばならぬのではないか。このことなしに新しい展望もまたみえぬのではないか。しかしこの一冊がそのことに役立つなどと大それたものは持っていない。孤独であった彼に、手さぐりの私の作業はふさわしいのかも知れぬ。私は今、これでいっさいが終ったとほっとしている。

　とはいっても、多くの友人達のはげまし、ことにウニタ書舗の遠藤忠夫さん、柘植書房の今野求さん、この二人の助けなしには出来なかったのです。共に同県人である。ありがとう。

　一九八二年十一月

［郡山吉江編『郡山弘史・詩と詩論』、同刊行会発行、一九八三年四月刊。本書では引用詩のタイトルが「にこよん詩集抄」となっているが、初出の『新日本文学』一九五四年四月号に関して「にこよん詩抄」と訂したほか、いくつかの誤植も修正し、省かれているルビを加えた］

V

冬の雑草――自伝的エッセイ

冬の雑草 〔『救援』版〕

第1回

一九四五年十月十日、疎開中でもある郷里にて、政治犯釈放の記事を朝刊で知った私はうろたえてしまった。旧い友人の内野壮児君が宮城刑務所にいたなどとは想像もしていなかった。いかに戦争中とはいえ、親しかった人がおなじ空の下に住んでいたのにと、苦汁を呑むおもいであった。とにかく迎えにゆかねばと、子を背負って、走った。

その日、宮城刑務所をでた人は五名であった。前日土方〔与志〕氏は帰京、春日庄次郎氏は病気療養中で、病院に移ってしまったので、内野君の他に作家同盟時代の知人でもある伊豆公夫氏と、その日初めて会った竹中恒四郎氏、竹田主郎氏、朝鮮人である金さんという人たちであった。思ったようにだれにも迎えの人はなく、刑務所側が用意した自動車でひとまず私宅に落ち着いてもらった。その夜のうち揃って帰京するというわずかの時間、勤務先である学校から急いで帰った夫と共に私たちが東京を離れてからのさまざまなはなしとともに、宮城刑務所には八名勾留され、前述の二名の他に市川正一さんが敗戦間際に獄死されたことを知った。

それから間もなく日本共産党が再建され私達夫婦も加盟した。獄死した市川さんの遺体をさがして刑務所と何回か接渉〔ママ〕したがその行方はわからなかった。そしてその翌年、全く偶然のことから市川さんの遺体を発見することができたのである。医大の学生が卒業するための必須条件に遺体解剖がある。そのため身元引受人のない遺体は大学内のアルコール水槽に保存されてあるらしく、その年の卒業生のために数少なくなった遺体を水槽の底から出されたのが市川さんであった。たまたま卒業学生の中に朝鮮人が居り、解剖台の上で胸にかけられてあった木札によって、留置番号と氏名を見て即刻党事務所に知らしてくれたのがキッカケであった。党から駆けつけたとき、すでに頭頂部が切られてあった。その学生は、間もなく帰国してしまった。

白い棺桶の中に、アルコールによって小さく引きしまった肉体、ことに鋭利な刃物で切られた頭頂部はうすい赤身さえおび、縦横に交錯する白い線、私は呆然としてしまった。棺の端に手をかけ、別れの言葉をのべる春日氏の写真も今、ここにある。こうして獄死した市川さんは死亡時には二十六・三キロしかなかったという小さな遺体が、さらに小さな骨つぼに入り、弟という人と一緒に上京したのである。

東京で盛大な党葬があったときいたが、私はもはや「人」とは思えぬ遺体を前にして行なわれた戦後最初の解放運動犠牲者追悼会の席上できいた春日さんの話を、今も忘れない。いや、忘れるどころか、私の人生の後半はこのことに支えられて生きてきたといっても過言ではない。

刑務所の病室で、春日さんは市川さんと同じであったという。戦争はすでに敗色の濃いことを自信をもってかたり、はげましあい、それまではどんなにしても生きねばならぬという、実に凄絶な日々であったという。市川さんは腸結核によって消化機能がひどく犯され、垂流しに近い下痢の状態であったらしい。勿論起きあがる気力などすでになく、横臥したまま枕元に運ばれる椀の飯を全歯が欠けてしまって噛食することができず、麦と豆の入ったポロポロの飯粒を指でつぶしながら食べていたという。「敗戦は近い。それまで何としても生きねばならぬ」というその執念、指先は糞尿と飯粒でコチコチにこびりついてしまっていたという。

今、私達はこの凄惨な状態を思いうかべることができるであろうか。

私はあまり追憶を好まない。しかもあの暗い時代を、親しい友人と同じ街に居ることも知らずに過した私、何等かの妥協なしには生きることが不可能であった時代を生きてきた私にとって、追憶とはまさに過去の亡霊でしかない。したがって亡霊の「ものがたり」などなんの価値があろう。私はセンターから依頼をうけたとき、ためらいがあった。けれども、この市川さんの遺体確認をした人々が次第に散り、数少なくなっている今日、治安維持の悪法化にあって、このような生き方、あるいは殺され方をした市川さんの事実を知ってもらい、「刑法改正」にもりこまれた治安維持法にもまさる悪法との闘いに自身決意することこそ、恥多い人生の後半の支えとなったそのことへの自己批判であると考えたからに他ならない。

〔『救援』第三八号、一九七二年六月十日付〕

第2回

そのころ、私は童話をかいていた。赤い鳥の全盛期ですぐれた郷里の童謡詩人の懇切な指導をうけていた。少女期のおわりである。そしてまもなく変身した。

赤いラシャ紙の表紙、××の多いところどころ頁の切ってあるその詩集を古本屋で発見したのである。帰途、誰れかにつけられているようで胸をドキつかせた。内容はもう覚えていないが、四角張った活字、なんの情緒もない楽しくない詩集、それまで読んだどんな本とも全く異質なその詩集に、なぜか心ひかれ私は教科書のようにくりかえし読んだ。そして、作家同盟より独立した『プロレタリア詩』という小冊子に出合ったのはそれからすぐである。

私は投書がキッカケになってひとりの学生を紹介された。学生は中流家庭である自宅を出て、なぜかカフェの女給さんと同棲していた。私はたまたま依頼され、雑用の手助けをするにすぎず、その他のことは何も知らない。やがて学生は、いろいろの意味で、『プロ詩』の受入れが困難になったといってまるで当然のように私にその仕事を引継がせてしまった。

私は友人がやっている同人誌に関係したり、自身ローカル紙に投書などしたり〔していたこともあって〕、「アカ」の仕事にかかわっていることを極度に気をつかっていたのに、ある日突然ガサいれに合ってしまった。その驚きはまさに青天の霹靂である。外出先から帰ると、まちうけていた従兄にひったてられ、夕やみの濃くなった街なかを蹌踉として歩き、はじめてK察の門をくぐった。署内はすでに退庁後でガランとしていた。担当刑事が帰ったので明日来るようにとすごく簡単に言われた。私はホッとした。刑事は私の頭から足先までジロジロと不審気にみる、こんな小娘がなんで大それたことを、と言いたげな顔付であった。全く私は、何も知らない小娘にすぎずただオロオロと従兄のあとにつづいた。そしてその翌朝家人のスキをみて出走、家出してしまったのである。

私がアカくなったことに最初に気付いたのは母である。母は漢学者の父をもち、寺子屋から明治の学校令によって最初の校長である父の学校に入学した。その母は新聞の政治欄などかなりくわしく読んでいた。私が、気付かれぬよう入念にかくしていた持物を、これまた私が気付かぬ中いつの間にか灰にしてしまったのである。従ってガサいれによって疑わしきものは何ひとつ発見されなかったが、少女期から青春にかけて心情を託したいっさいのものが何ひとつ残っていない。けれども、このガサいれこそ、それまで漠然とかかわっていたにすぎぬ体制変革の指向を決定づけた、いわば私の生涯の分岐点となってしまったのである。私がこのように、長々と自身の来歴をかいたのには、少々理由があってのことである。

私がK察から明日来いと簡単に帰されたのは平凡な小娘だと言うわけばかりではない。そのころ前述した学生と同棲していた女給さんのように、運動にとって彼女たちは重いかかわり方をしていた。従ってK察は逮捕する女たちを、良家の子女、あるいは賤業婦として区別し、その取扱いをしていたのだ。多分留置規則なのであろうが、一般家庭の子女は宿泊留置せず、女給さんたちは宿泊させ取調べを行っていた。酔客を接待する職業というだけで、一般社会でも彼女たちを賤業婦と差別していた。彼女たちは貧しい家庭というだけの理由で、自ら選んだ職業が社会からべっ視されていることを知っている。貧富の差のない社会を建設するという青年たちの情熱に卒直に共鳴し危険な運動の同伴者になったことは当然のことではないだろうか。彼女たちは青年たちから伝言を託され、連絡場所を引きうけ、あるときは青年たちをかくまった。その上、青年たちに心をよせ、全生活を荷負って同棲していた。それらのことがK察権力に知れたときの彼女たちに対する処置は過酷なものであった。一方良家の子女といって昼間取調べをうけることがあっても、ことに地方のK察はそれ程のこともなかった。一方賤業婦として区別された彼女たちに対しては熾烈な拷問がなされ、それはもはや取調べの域をはるかに越え、権力を楯に彼等の獣的な野心のはけ口だけであった。

男のもっているあらわな獣的な欲望、それを満たすためにのみ行なわれた淫猥な手段、私は今、考えるだけで恥辱に栗立つ怒りがもえたぎってくる。私はそのことを決して許さない。

取調べと称して宿直刑事によって全裸で引き出される。「メモ」をどこかにかくしたといって責めたてる。膣部に鉛筆をねじこむ、まだ言わぬかといってローソクの灯で陰毛を焼く、それに椅子の上に起立させ、満水のコップを何時間ももたせ、あるいはローソクをもったまま、流れる熱蠟に指先がやけただれることと、決して比較するものではないが、女にとって、このような恥辱はいかに耐えがたいものであるか、この屈辱的な拷問を受けた彼女たちの心情を思うと、日本の革命の歴史の中に、ただ一片も記されないことへ、私は憎悪をもって告発する。それは日本革命運動の先駆者として、歴史の中にその全生涯が神格化されとどめられた丹野セツさんと比べようなどとは思わないが、およそ革命を志ざす人々の中に、肝に銘じて忘れてはならないこととして、私はここに記録する。

このように残虐な拷問を、何によって耐えたのであろう。私はそれらについて知らない。彼女たちはその拷問の残酷さについても語らない。ひとりの男を愛するということだけだったのか。しかしこのように耐え抜いた彼女らの愛は実らず、結局は結ばれずに終っている。それは一体なになのであろう、女の愛情を利用する男のエゴだけであったのか、今も私は解らない。

私が生涯の分岐点となったとかいた最初のガサいれになって家出した。それは決意などというカッコよいものではない。女であることによってうける恥辱に、到底耐え得ぬ自分をさとったからである。その恐怖をのり越えられる思想などありようはずもない。そのときどのようにして舌をかむかと、必死でしがみついた私が、明日来いという束の間の安どに、一気に家出を決行した。無謀な手段である。しかし私はその後、彼女たちのもった素朴で強靭なこころ、多分、生臭い愛憎の生涯をおくったであろうそのことに学びたいと願った。そして今も。彼女たちの雑草にも似た強靭な生き方、雑草は理屈抜きに枯れはてることはない。ことにあの暗い時代、真冬の雑草は茶褐色に枯れたけどもその中に萌黄色のやわらかい新芽がかくされていることを誰もが信じていた。春になればと。春は毎年やってくる。そして雑草は年毎に地下茎を太らしてゆく。このまぎれもないよろこび。私は日本のどこかの土に眠るであろう名もない彼女たちに限りない尊敬をささげるのである。

［『救援』第三九号、一九七二年七月十日付］

第3回

上京した私にとって、二回目のガサいれは子を生んで五十日目である。理由は朝鮮の学生をかくまっていたからである。なぜ私が朝鮮人学生とかかわりがあったのかここでまた少し私の来歴をかかねばならない。無謀な家出をした私は、当時の『プロ詩』の編輯人で偶然にも同郷の詩人である人と結ばれた。勿論、家とは断絶のままである。その私がうかつにも妊娠したことに気づきあわてふためいてしまった。子を生めない情勢でもあり、ある決意もすでにでき自分の生き方に自信がもてそうになっていたとき、子を生むなど、どうしてできよう。なんとか堕胎せねばならない。私たち（もう私だけではない）は看護婦の知人を頼って労働者街の診療所にでかけた。しかし断られた。

都バスで一日中ゆられやっと流産したという話、間借りの二階を数十回登り降りしたという話、度重なる中絶によって半ば病身になり手足がしびれるという友人、堕胎罪があった当時のこととて、生命をかけて苦心したそれらのことにゾッとする想いがする。しかし躊躇すべき場合ではない。私もその中のひとつを選んだ。酢に卵の白味を加え攪拌したものを多量に呑んだ。咽喉から胃にかけては焼けるような強い刺激、一夜の疼痛にもかかわらず失敗した。おりあしく上京した義妹に看破されクリスチャンである両親に知れてしまった。

万事休す。私たちは少額の生活費の仕送りをうけていた。私の最初の挫折である。二人目の子はそれから十年、戦争をさかいに生んでいる。私は挫折の度に子を生むのか。では私にとって「子」は生甲斐だったのかと今も自問する。しかし己れ自身の挫折感を子に転嫁したことへ、すでにとり返しがつかぬ今となって、身の不甲斐なさを恥じるばかりだ。今、中絶禁止法が国会で問題になっている。私はそのことに満身の怒りをもって反対する。

筆は横道にそれてしまったが、私と同棲する前の彼はわずかの期間朝鮮の京城で教鞭をとっていた。私はそのころのことについて深く知らない。しかし一九二七年京城で第一詩集を出版していることを思うと、それまでの彼の抒情詩への訣別ではなかったか、とも思う。ともあれ朝鮮における日本の植民地支配に抵抗運動があったことは歴史が教えてくれる。年表によると一九二五・四・二二、治安維持法が公布され、同年五・八〔ママ〕には朝鮮、台湾、樺太に施行〔する〕の件〔……〕公布とある。日本の悪法はこのようにして隣国をも侵したのだ（カット写真は、一九二七年朝鮮共産党事件の公判京城裁判所前のものである、当時義妹のつれあいが大阪朝日の特派員であったのでそこからの入手であろう。彼の遺品の中にあった〔印刷の状態が悪く本書では割愛〕）。当然彼の学校でも何等かの動きがあったのだろう。ストライキがあり首謀学生は次々と日本に渡った。そして彼も最後の玄海灘を渡って帰国しまもなく『プロ詩』へかかわったのであろう。そういう彼のところへ学生が集ったのは当然のことであろう。しかし若かった私にとって国情の違う食事の仕度には全く閉口してしまった。ガサいれがあった時は私の出産のこともあって少し離れたところに家を一軒借りていた。刑事は最初私を下宿屋のお主婦（かみ）とまちがえた。私たちも偽名であったからだ。留守だというと帰ったがすぐにまた来た。そのときは私たちの素性も洗われている。私は荷物もそのままですでに逃がしてしまった学生の家を教えた。そして翌朝私たちも移転した。けれども引越しの車のナンバーを家主がかきとったのでその夜の中にまた引越しせねばならぬ破目になった。運転手が屑屋をしている金さんという朝鮮の人である。私は首の据わらない赤ン坊を背負い、乾かぬオムツを風呂敷につつみ、二度と踏むまいと思った郷里に身をよせねばならなかった。

　このようにして、執拗なまで移転し逃げ回ったのにはそれなりの理由がある。当時、朝鮮人に対する拷問は一段と過酷であった。しかも逮捕すべき根拠等どうでもよかった。五指の間に六角形の鉛筆をはさめ、剣道や柔道で鍛えた刑事が力をこめて握りしめる。弓の紘で背中を打つ、両手を頭上にくませ下腹部をける。そして何回も発言しにくい濁言をくり返させゲラゲラ笑う、聞くだけで目がくらむ思いの体刑に耐えてフラフラになって深夜訪れる、考えられない程の虱が坐っている畳の上にコロコロと落ちている。私たちはどうしてやすやすと権力に知られてなるものか思ったからだ。治安維持法は「悪法」などという表現は妥当ではない。正に残忍そのもの悪魔の化身、いや悪魔そのものである。私は生まれたばかりの赤子を栖に黙秘できるかどうか、またしても自信がなかった、上京時と全く同じである。同郷の青年が追われて同居していたのを幸い荷物といえる程でもない家財を託し、私は婚家に居候し、彼は詩人の遠地輝武氏の家にころがりこんだ。食うや食わずの中を三カ月も逃げ廻った。もうその遠地夫妻も今は亡い。夫人の木村好子さんの素朴な詩情、メーデーによせた「洗濯デー」の詩など感動的である。

一九七二年、治安維持法にかわる破防法の攻撃を、私たち総体のものとして受入れないということは考えられないことである。明治刑法の改正のねらいは次の点にある。一、破防法、二、入管法、三、保安処分（精神衛生法）少年法、四、監獄法を軸として仮借ない弾圧体制を強化しようとしている。七一年十二月の被疑者留置規則の改悪はその尖兵としてある。

私が生れた一九〇〔ママ〕八年、累犯摘出のためといって受刑者に指紋法を実施している。幼い頃、シベリア出兵によって姉は婚約者を失っている。米騒動から震災、戦時戦災、戦後の動乱と、いくつかの激動の中に生きてきた私も一九七二年の今日、いかに自信がないといっても引返すべき場所は何ひとつない。捕虜でもない岡本公三君が民主国家というイスラエルの軍事法廷に引きだされ、セイロンの民主国家がいわれなく一万六千人の青年を監獄にぶちこんでいる今日、日本の刑法改正が「公害日本」の増長をどこで食いとめるか、その決定的「鍵」となっている。なぜなら、被害者である人民はもう黙ってはいない。闘争は新左翼セクトの専売特許ではない。体制変革の道はけわしくきびしい。いたずらに他派を罵倒することによっての勝利はないのだ。

最後に一九一一年死刑になったアナキスト幸徳秋水の言葉を引用して筆をおく。

——田中正造翁程の傑物が、足尾の鉱毒問題を二十年間国会で叫んだ。しかし足尾労働者の三日間の暴動はそれを乗り越えたのである。

［『救援』第四〇号、一九七二年八月十日付］

私の未来図

今こそ綴る

「家族」

血縁によって結ばれ生活を共にする人々の仲間で、婚姻に基づいて成立する社会構成の一単位。「家」の旧制度の下で戸主の統率した家の構成員、原則として戸主の親族でその家を構成する者及びその配偶者。

「戸籍」

戸（家）ごとに戸主や家族の続柄氏名年齢性別など記載した公文書――十世紀には廃絶、明治維新後復活――戦後、「家制度」の廃止に伴い、夫婦を単位として編成される。

以上は辞書による解釈である。そうすると、私は現在戸主であり世帯主であり「公文書」には私以外何一つ記載されていないので、私にとってもはや「家族問題」をかたる資格はない。

家族と縁がきれて十五年、しかし、私自身それで解放されたと思ったことは一度もない。家族や血縁から解放されたいと念願してはや五十年以上の歳月がすぎたというのに、戦後の「新憲法」のおこぼれによって、かくなることになったというのに、私の「家族解体」の念願はいまだかなえられず、心底では常にもやもやした鬱積が尾を引いている。そして今、すっかり諦めの姿勢になっている。なぜだろう。

ひとつには、自身が積極的にそういう運動に身をおかなかったこと。そして最も大事なことは、「家族からの解放」後の形態とは、どのようなものが望ましいのか、どのような生活圏こそが、最も人間を自由に生きる場としてあるのかを具体的に自分自身で把握しきれなかったこと、要するに、私自身に未来図がなかったことである。そしてこのことは決定的なことである。

この欠落した未来図を、遂に持ち得なかった私は、自分の生涯を「負け」であったと述懐することは、くやしい限りである。

「二十年おそく生れて来ればよかったのにね」と、さりげなく笑い話をする私、しかし胸の奥には熾烈な炎がもえさかっている。

一九八〇年代を迎えようとしている今日、周辺を見廻してみても、それなりの個の闘いに挑み、創造に身をおいて自らの「生」を切りひらく努力はさまざまにある。それらに、私は常に勇気づけられてはいるものの、それは「現在」を生きる姿勢であっても未来図ではない。そして、それが花開く期があるとしても、あと十年や二十年の歳月を要することであろう。

私はそれを、どこで、どのように知り、見ることができるのか。これとてもわからない。私が、家、家族、血縁について、どのような考えをもってきたか、一度も語ったことがない。三十年以上共に歩いたつれあいも、それぞれ離れていった子供達も、知ることはない。

病後、おのれのむなしい想いを綴ろうと思いたったのはこのごろである。勿論、発表する意思など毛頭なく、いずれ紙くずとなることを知っていても、私の悔いは、こういうかたちでしか発散することが出来ないからである。

そうして筆を取り始めてみたものの、精神（こころ）も肉体（からだ）もそれについてはゆけない。一枚の原稿用紙を埋める辛さはたとえようもない。めまいがする、手がふるえる、視力は衰える。まことに「ぶざま」としかいいようがない。

折も折、『女・エロス』から、「家族問題特集」についての依頼があった。少しは刺激になるかも知れない。そう思ったものの、文才のない私が、そこだけひきだして書くことはむずかしいことである。

前書きが長くなってしまったが、これは決して「問題提起」でもなく、七〇年代の運動への批判でもない。「負けの人生」を送った一人の女の愚痴である。強気で生きたつもりの私が、生涯でただ一つの愚痴である。もしも反面教師の役割が果たせるなら、それは何にもまして幸甚の至りである。

以上のようなわけで、冒頭に記したふたつだけにしぼって書くことにする。

血統意識に抗って

戦前は、〝住民登録〟など必要としなかった。戸籍簿に本籍地と現住所が記載されるだけで日本全国どこに住もうと、どんな氏名であろうと通用した。私はあるキッカケで上京、それ以来偽名で通したが、不幸にも妊娠し、堕胎法に阻まれ生まねばならなかった（このことは他にも書いてあるので省略する）。健康な男女から生れ出る子が病弱であるなど、想像もしなかった。

一九三二年といえば暗い時代であった。さかんに「治安維持法」がまかり通って、文化運動の下っぱである私たちも、そう安易な日常ではなかった。非合法運動などと、気負いたってはいなかったが、それでも用心して何もかも偽名で通していた。万一のことがあっても、子はなんとか育ってゆけるだろうし、そんな人間関係もまだ残っていた。婚姻による入籍も、子の出生届なども考えたこともなかった。だが、子が生まれると郷里の両親が心配した。

男の両親が、舅が、私の生家に行き、入籍の話合いをしたらしい。生家の母は、「族籍・士族」というたった四文字のため、骨肉のはげしい争いをつづけたのであって、「私生子」については多分承諾せざるを得なかったかも知れぬ。非国民であるアカの娘も、こんなわけで「勘当」が解けたわけである。舅は早速入籍出生届はしたものの、意識してかくしたわけではなかったが、私の名前を偽名で出してしまった。その頃の「出生届」は一週間以内であったので、問い合せなどでおくれて子の出生月日は一ヵ月おくれになってしまった。そんなことについても無関心であった私達に、悪い時には悪いもので産後二カ月、肥立ちが悪くて臥っていた私の家に、かくまっていた朝鮮人学生の逮捕が来た。折よく私ひとりであって、下宿のおかみが寝ていると思いこんだため、デカがまた来ると帰っていた。丁度その時、郷里を追われて来た青年もいたので、すぐ二人は逃してしまったのだが、二度目に来た時はすでに私たちの身柄も洗われていた。翌朝早く引越しを、その翌日また引越し、まだ紙おむつなどない時代のこととて、赤ん坊のおむつにほとほと困ってしまった。

私はこうして、生後二カ月、まだ首の据わらない子を背に、ぬれたおむつをかかえて郷里に一時帰った。そして帰郷の最中、子は吐血した。今の時代なら医療も進み、治療の方法も多くあったであろうが、病名も「自家中毒」という、病気の原因も看護法も解らぬまま、何回目かの借家のやっと帰ることができたのは、十二月になってからである。医療費も、親に依存せねばならぬ状態で、気心も知れぬ婚家の日々は辛かった。

由緒ある血系をという、おちぶれた武士の娘である生家の母の、血で血を洗う争い事を幼いころから見続けてきた私が、それら一切のものから逃れたいという心の中を、まだ整理のつかぬ中に、このようにして婚家を頼ることになった思いは、最初のつまづきでもあった。その上にも、原因も不明なまま一年に二度三度吐血する病児をかかえ、妊娠初期、何回か試みた堕胎のことを考えると、おのれをさいなむ後悔も大きく、どんなことをしても健康な子に育てねばという思いもはげしかった。くり返しくり返し入院、輸血と、夢中ですごしてしまった。子が成人してから、私はそのことについて子に詫びた。子は、「父さんや母さんが、自分のやりたいことを犠牲にしてくれたおかげで自分の今日がある。感謝こそすれ、母さんは重荷にすることなどない」。そういって明るく笑ったが四十歳まで病気のくり返しの中で、おのれの選んだ道に徹したとはいえ、どんなにか辛かったであろうと、今も悔む私は無知で愚かな女でしかない。

戦時を境に、婚家の両親をおくり、やっとそれぞれ独立した子も去ってから、これからはじめて初心の仕事を始めようとした時、つれあいはその年わずかの期間で病死した。そして十五年、病弱だった子もつづいて死に、今年の五月は、七年目になる。

二人の子はそれぞれ個の家をもち、私ははじめてひとりの生活に入ったのだが、それまでおのれの肉体を千切り取った血の続きであるという意識から、すでに〝他者〟であると割りきってはいても、親という私自身ことごとに子に対する心配ははなれがたかった。まして病弱のまま引続いて入退院をくり返す子には、私の心配は日夜つづいた。そして、そういう自分にほとほと厭であった。私は余り人を差別したりする性格ではない。何度もうらぎられて人間不信となり、そしてまた人を信じ裏切られるという、性根の坐らぬ日常がつづいていた。

病気が、誰であっても、その心配は当然のはずであるのに、我が子といえば「身も細る」思いで、せっせと病院に足を運ぶ、そういう自分を考えることはたまらなかった。なんとか、そういう自分を変革したいと考えつづけた私の晩年である。

私は生母の死を知らない。日雇いになったことで、また生家と縁のきれた私には、母の死の知らせがなかった。それればかりか、腹違いの兄妹七人、その死もその子の結婚も、何人の縁つづきがいるのかさえ、今なお私はしらない。

婚家では両親が去り、一人の義妹がいるが、これとて一年二度の挨拶状の交換、それも私は忘れることが多い。しかし、そこには何がなし、あたたかさが通じている。子との縁も、それとおなじように割りきれば、私が嫌う家族や血縁の問題も、さわやかな関係でつづけることができる。そして、さまざまの私の知人たちと同じように、裸のままですごすクールなつきあいが出来るというものを、私はそこまで徹することができなかった。

ひとつの試み

あれはつれあいが死んで二年一寸(ちょっと)すぎ、どうしても家族などというわずらわしい関係のない「生き方」をしたくて、私はひとつの試みを実行に移した。

田舎者の私は東京を去る決心がつかない。日雇いの手帳は全国共通であるから、どこへいっても食いはぐれることはないはずなのに、そういう勇気をもたない私は、最も身近なこの東京でと、ある家に住込の女中に入った。

『婦人民主新聞』に載った求人広告、これなら確実だろうとそこに住込になった。相手方がどんな人であるかなど一向わからず。でも快く受入られて私は一安心した。

その人は一人の子を持った「反戦活動家」で、奥さんは文学をやっていた。ずい分と貧乏はしたが、他人の飯を食ったことのない私、それでも一生懸命いわれたことを忠実に守った。買物に子を背負って外出すれば、途中の遊園地に立寄り、たっぷりと太陽にあてて遊ばせる。

「ああ、今ごろは私の孫は陽のあたらない保育園のベッドにいるだろうに」

またしても私はそんな思いにとらわれてかなしかった。大変気に入られて、子供が大きくなっておばさんはおんぶが大変でしょうから乳母車を買いましょう、週に一度は休んで下さい、個室を作ってあげますからといって、大工さんが下見に来た。私には勿体ない位であった。

奥さんは日常、子の側でペンを取る。その間私は台所や掃除洗濯をするのだ。ああ、勉強とはこうしてするものなのか、たとえ病児であっても、私の若い日々の生活はなんとだらしないものであったろうと、心の中で後悔しながら、個室をもらったら、少しずつ勉強をはじめようとひそかに期待した。

私は住込の際、少し事情があって働きたいので、私宛の電話などあっても「居ない」ということにして下さいと頼んで、くわしいことはいわなかった。子供達には「少しひとりになりたいから足のむくまま旅行にでる、決して心配しないように」と一方的に電話でいったのであった。しかし、私はうかつにも住込先へ本名をいってしまった。まさか、解りはしまいという思いだったから。私の電話をきいた長男はそれからどのようにしてさがしたのだろう。

最後に『婦民』の求人欄を片っぱしから電話したという。

夕方、今日は鳥ごはんにしましょうということで、私は張切って台所に立った。もう出来上って食事をはじめようとした時、「リン」がなった。

「郡山さん、電話よ」。私はあっけに取られた。

「いきなり、郡山ですが、母を一寸出して下さいといわれて、私なんともいえなかったの」

若い奥さんはすまなそうにいう。

やっと仕事にもなれ、心の落ちつきもとり戻し、これからは、ほんとうに自分だけの世界に生きようとしたのに、十日足らずで見事に失敗してしまった。

だからといって、どういうわけではない。私はこんな幼稚な手段しか選ぶことが出来なかったのである。六十歳の時である。

「女」とは子供も老人も

ふたたびひとりぐらしのアパートに戻り、日雇いの生活がつづいた。そのころ、羽田闘争があり、国際反戦デーで新宿事件があった。

私は「婦人民主クラブ」の「デモ」でこれに参加したのだが、新宿でのガス弾は強烈であった。目にも鼻にも、息を吸うことさえ出来ぬ程、広場に充満したガス、警棒をもった警察官に追い廻され、相乗りのタクシーで家に帰った時、「騒乱罪」適用のニュースが流れた。

翌朝、メチャクチャな逮捕者の中から二人の市民被告が有力なキメ手とする形相がみられた。私はこの二人の市民被告がどんな人か知らないが、この救援をはじめようと心に決めた。まだ「救援連絡センター」が創立される以前のことである。それから一年の未決拘留の間を、月に一度ずつ二人の面会や差入れをつづけた。これが私の晩年を支えた救援活動のキッカケである。

このこと以来、若者達の間に急激に新しい行動が目立ってきた。「リブ新宿センター」の運動を、女たちのだれもかれもが注目しはじめた。

「親子の断絶」「未婚の母」「入籍反対」——あれよあれよという間もなく新しい言葉が氾濫した。そして「嫁姑の問題」も堰をきったように噴出した。それは日本の長い封建制に酷使された女たちの怨みを、一方に背負ったように若い女たちによって語られた。

丁度その頃、私は自分が所属する日雇いの組合の中で「老人問題」を扱っていた。私達の年代の男も女も、二度の侵略戦争、震災、原爆、空襲、飢餓、不景気による失業地獄をくり返し、生き残った人々であった。身寄りもなく、病気になってからの心配、戦後の混乱でヒロポン中毒になった子をもつ悩み、結核の娘に仕送りをつづける親、まさに日本の貧困な政治の縮図ともいえるものであった。

「働けなくなったら、せめてみんなで身を寄せ合っていこう」

このことだけが、当面の最大の関心事であった。私は、母の死を知らなくても、母を看取った姉がいた。まがりなりにも婚家の両親を望む墓地へ葬った。ただ自分自身が、家族や血縁と別れてひとりになりたいと願う心は、私自身の利己中心なのかと幾度自問したろう。

しかし、女の自立をめざして闘う発想はすばらしかった。「優生保護法」改悪に反対する女達の論理は、総評や、政党の女議員などよりはるかに勝れて確固たるものがあった。いや、国際婦人年事務局長、シビラ女史のメッセージを超える視点さえ、そこには含まれてあった。

ある日、私は聞いたことがある。

「貴女が働いている間、貴女の子供達はどうしているの」と。「おばあちゃんがみている」

私はハッとした。「女」とは、生まれたての赤ん坊から老人まで女ではないか。なぜ、なぜ働き盛りの「女」だけが自立し、理想に燃えるのだろう。子供も、老人も「女」からきりすてられていいものだろうか。しかし、そんな私の疑問など押し流される勢いで、七〇年代の「女の運動」は燃えた。

私はその頃、「東京こむうぬ」にかなりの期待をもった。女が居て、男が居て、子供がいる。女は母であり、男は父である。ああここに老人もいなければいけない。私はそう思うと、こんな都心ではいけない、ここには「生産」もなければいけないと考えた。私の「未来図」、それに近いものをやっと発見した喜びで、私は「東京こむうぬ」に熱い思いをよせた。

しかし、ここでは男は、子供を遊ばせ、おむつの世話をし、散歩につれだし、風呂に入れ、それは「生活」とはいえなかった。

先を急げば、「東京こむうぬ」はやがて解散し、それぞれの場所で「生活」のある小規模なものに移っていきそれなりの成果をあげている。しかし、そこには「老人」はいない。

死界での創造はたのしい

家族と同居している私の仲間たちは、遊びを知らない。本をよむことも余りしない。土曜日曜祝祭日と、休みが多くなると、もう子守りをする孫達も大きくなって、家にいることが辛いという。勿論老人の個室などない。そんな時は「急行電車」に乗るのだという。「電車はいいよ、一番いい席に坐って一区間のキップを買って終着駅まで二往復すれば、結構時間つぶしになる。冬は暖房、夏は冷房、ウトウトしながら、まるで天国だ」という。

私が、「車掌にみつかったらどうするの」というと、「そんなときは眠ってしまった、ここはどこだい、今度とまったら降りるよ」という。私はケラケラと笑ってしまう。庶民の生活の智恵である。そして私も試してみた。けれども度胸のない私には、「天国まで」には行けなかった。

一九七〇年、当時出発したばかりの「アジア婦人会議」の「シンポジウム」で、私は老人部会を受持った。出て来る議題は、「年金の引上げ」「老人ホーム」の増設位であった。女の自立は独身でと、多分確信しているだろう若い女達から、「私もいずれ老人になるんだから、老人問題しっかりやってね」と幾人かにいわれた。せめて土地があったら、土地代だけでもあれば、あるいは私の念願の一部でも基礎造りになるかと思い、「貴方達、退職金を前借りして出してよ」

といってはみたが、応ずる人はだれもいない。あれから十年、そろそろ自力で「マンション」を買ったという噂が流れて来る。

「東京こむうぬ」の子供達も学齢期、やっぱりおばあちゃんの助力で学校へいっていると聞く。なぜ、自立や、解放をのぞむ女たちは、祖母や、青年たちを安易に利用するだけしか考えないのだろう。

さまざまのプロセスがあったにせよ、「原始女は太陽であった」と、自ら未婚の母をある時期まで通したらいてうさん、「みほとけは」と官能的な歌で世論をあびた晶子さん、「新しい村」の武者小路さんに共鳴した女たち、その他さまざまに現在の女たちに注目され評価されている今は歴史上の人ともいえるこの人達を、八〇年代の今日、女たちはどのように超えるのであろうか。

考えてみれば、私は母ともいえず、妻でもなかった。ただぼんやりとすごした私は、そんなおこがましいことはいえないが、滔々たる「女解放論」「女自立論」を活字の上で視るとむなしい思いがつのる。しかし一方ではどこかにそれを実践している「草の根」的存在を信ずる。そういう信じかたをしなければ、いかに「負けの人生」とはいえ、私自身救われない気がする。

今、肉体的に消耗した私は、万一の時の入院用の紙袋を枕元に、鍋底の飯粒を庭先に蒔き、ついばみに来る雀を待ち、木陰にねそべってじっと私をみつめる野良猫をみる。夜になればかつて息子と一緒に観劇した歌舞伎の録画を見、貧乏人を責める悪代官をやっつける『遠山の金さん』を見て笑う。眠れぬ夜は、つれあいや息子が愛した「巴里の屋根の下」や「巴里祭」のカセットを聞く。身の廻りのことどもがなしえなくなれば一巻の終りである。次から次へ訪れてくれる友人知人、男、女、子供、老人……。

「郡山さん、毎日ではなくても、こうしてみんなが来るというのは、郡山さんの願っていた共同体の一部でしょう」

ほんとうに、新しい野菜が三里塚から、添加物のない食品を生協の若い人が、子供達はワアワアとたわむれ、台所にたって、何か食物を作ってくれると、思わず食欲が出る。「そら、食べられるでしょう」といわれる。私の食費は日々五百円を超えてはならない。それなのに、なんの心配もない。このひとりの生活。私は頑強にこれを続ける。

その形態は創り得なかったが、家族、血縁を超えた間のふれあいをもつことが出来た私の幸せである。

すでに十五年前、私の献体はすんでいる。むしばまれず健康で生きることは決して生易しいものではない。しかし、私の精神状態は健康である。せめて最後位、家族、血族などとははなれて、と阿修羅の如き生き方をしている。

私は家族の墓などには入らない。解剖後、引取人のない人々は、病院内に眠っているという。この世で果し得なかった私の念願が、その石の下にあるかも知れない。骨片がサラサラと音をして、あたたかくふれ合いながら、生者と共にこの日本の未来を論ずる。そんな、たのしい夢を私は持っている。それは私の理想かも知れぬが、私にはそこにしか未来図はないのだ。

「せめて死顔が、しわくちゃだらけにならないように」と、チョッピリ色気も持っている。

書き足りないことは重々承知である。なんの役にもたたない迷いごとかも知れぬ。しかし、三十歳半ばのサラリーマン夫婦が、子育てを終ったら、「年金」で安心して老後を等ということをきくと、私の心は泡立つ想いである。

［同編集委員会編『女・エロス』第一三号、社会評論社、一九七九年九月］

生命終りのときに
遺書にかえて

1

徴兵は命かけても阻むべし母・祖母・おみな牢に満つるとも

一九七八年九月十八日、朝日歌壇に掲載されたものである。よみ人は七十五歳の老女、「有事立法を聞いて」と添え書きがある。

この時、私は全身に電流が走ったかと思うほどの衝撃をうけた。折も折、再び動けぬ病気にとりつかれ、来る日も来る日も寝たままで、七十年のすぎた日々の生きざまを、とり返しのつかぬ後悔にさいなまれていた。

あの日の教訓が、七十五歳の老いし人をこのように決意させたものは何か、それは言葉や文字でつたえることは、たった「三十一文字」にすぎぬであろうが、あれから三十年の歳月の重さが、おなじ世代を生きた女たちに胸かきむしられる怨念となって、まざまざと想い起させはしないだろうか。まして私自身は、まがりなりにも反戦の思想をもちながら、たとえ四面楚歌の中にあったとはいえ、極めて消極的にしか生き得なかった今、あと、どれほどの日々が残されているのか、それを前にしてふり返るおのれの生涯を、おのれ自身の手で、なんと都合よく合理化してきたであろうことに、やっと気付いたのであった。

それで免罪されたなど思う程、堕落したつもりはなかったが、それにしても、人は死の瞬間まで気付かずにいること、その罪悪さえも判別できぬものか、かなしいまでに思い知らされていたのである。

2

戦死の公報がきた時、「あの子もお国の為に役立ってさぞよろこんでいるでしょう」と健気にかたったという多摩の農婦が、誰もいぬ部屋の中で、死んだ子のうつり香の残った衣類に顔を埋めて号泣したことを、どれ程の人々が知っているだろう。

「母は来ました今日もまた」と、縁もゆかりもない肥えた女が、豪華な衣裳で舞台でうたうと、場内はしんと静まり、やがて万雷の拍手が湧く。この「虚像」。しのびがたきをしのびとラジオから金属音の流れたあの日、二重橋前で割腹したという青年は、同じ時刻、皇居内で妃の良子が糖分のたっぷり入った菓子づくりをさせていたことを知っていたであろうか。

すべてが「忘却」の彼方に流れ去ってしまうものであれば、女たちの「明日」に何を希めよう。

ものかきでない私が、ものをかくという行為は、自分自身の生き方の点検である。いってみれば明日への反省のあかしでもある。それなのに、かき終えてみるとどこかに「うそ」がある。何もかも、裸のままをさらけだす以外、自身をみつめることが出来ぬと知りながらいまだにそこに到達できぬあさましさ、そして私は七八年十二月、七十二歳の誕生をむかえた。

3

数年来、次第に侵されている自分の健康に気づいていた。そしてそのままなげやりにしていた。それは「生」への希望をすでに失っていたのである。かつて「癌」を患った経験のある私は、病状が進むにつれ、つかれ果てた私の生涯にも、やっと終りが来たのかとなぜかホッとした。私も人の子、他人の手をわずらわしながら生きねばならぬことを思えば、癌はいっときの苦痛に耐えればよいので一種の安堵さえもったのである。休みの多くなった私に職場の仲間たちは心配して、早く診察を受けるようにすすめる。私は「栄養失調」だよと茶目気に笑いながらそれを拒んだ。そしてひそかに身辺の整理をはじめたのである。

その頃、私が最後の生き甲斐としていた三里塚芝山空港反対闘争が、愈々「ヤマ場」をむかえ、四月開港阻止の活動は活潑化していた。なんとかそれまでもちこたえたい、この眼で開港阻止の闘いを見据えたいと、それは私の執念でもあった。

そして三月の二十六日の集会があった。

或いはこれが私にとって最後の集会かと思いながら、若い人にたすけられながら前夜三里塚にむかった。私は三里塚で、第一次強制執行当時から野戦病院の飯炊きをやっていた。自分の健康がもちこたえられないと知って、すでに若い人にバトンタッチをしたばかりであった。

集会は雲ひとつない蒼い空に陽光がまぶしくかがやいていた。会場では久しぶりの出逢いの人々に「元気だね、元気なのね」といわれ私は「うん、うん」と答えた。だが苦痛はたえがたいものであった。

もうそろそろ終りに近づき、デモ出発の準備がはじまる頃、消防自動車のサイレンがけたたましく鳴り、何事だろうと思った。その時、壇上から「管制塔占拠」のアピールがあり「やったあ」という歓声はどよめきとなった。私は反射的にケガ人が出ると思い、すぐ野戦病院に戻った。すでに前夜から一通りの準備はいつもの通り出来ているのでそれ程あわてることもなかった。毛布やふとんを多少増やしたり、医療器具の消毒の追加をやったり、ガス弾を浴びるので沐浴の湯を三つの風呂にじゃんじゃん沸した。拠点は他にもあったので早めに夕食の用意がはじめられた。

私はテレビの前に陣取って電話番をしながら息を呑んだ。全身火だるまになった青年がころげ廻っている。やがて権力側の医院に運ばれたとレポが入ると、即刻他病院に移さねば生命があぶない。私にその交渉へ行くようにと野戦の医師に指示されたが行きかねた。私は歩けなかったのである。この忙しい最中、途中で万一のことがあっては二重の困難がおきることをおそれたのである。この重大な任務が出来ないのかと、心の中で泣きながら深夜帰宅した。

翌日、開港延期の決定を知り思わず「快哉」をさけんだ。もう何も出来ない、思い残すこともない。これでいっさいが終ったのだ。二十八日はじめて病院の門をくぐると、「即刻入院手術」、思った通りである。この痛みから逃れるには手術以外ないといわれ私は観念してしまった。思えば、思えば不覚だった。

なぜあの時、わずかばかりの「生」の苦痛を耐えようと思わなかった。かつて、拷問の苦痛に耐えた幾人もの人々に思い及ばなかったのであろう。生への希望をすでに失ったという自分は、それも「うそ」でしかなかったのか、強いていうなら、「術後二カ月もすれば働けますよ」という医師の言葉を信じたのか。またしても私は、生きのびたことを合理化しようとしている。

現代の医学は、回復不能であっても暫しの「生」を保障できるものらしい。それが「医の倫理」だという。おのれの意思を伝えることが無力になっても、苦痛の極限にあっても、「医の倫理」は非情に存在する、忌まわしい限りである。

医師らみな　成功せしとはげませば
術後のわれがとまどいてきく

この下手くそな歌に、私の心情は託されている。術後になって、はじめて身動き出来ぬことを知ったのである。私は今、よろよろしながら身辺のことどもをやっとなし得るのみ、すでに術後十カ月に近い。

あれ程の情熱をかたむけて馬車馬のようにひたすら走りつづけた七十年の終末が、このようなものであるということの、なんと侘しい限りであろう。まだ思考もさだかでない今、こうして私はペンを執っている。そしてこれもまた「虚構」なのかと独り言する。

4

私が生涯おのれの劣等感としてもちつづけたものに「無学」がある。「学問」をまなび得なかったものの悲しさは、何事につけ物事を科学的に理論づけることが不得手である。勿論（もちろん）学問とは学歴などではない。おのれの指向を論理的に構築することを知らない。従って確固たる展望も持ち得ない。謂（いわ）ゆる基礎知識がないのである。若い日々をうかうかとすごし、すべてを「感性」に頼ることしかしなかった。自分の肉体を通してしか善悪を判断しなかった。おのれの願望をどのようにすればそこへ結びつくのか、その接点を求めて長い長い道程を模索しながら歩いて来た。私はたえず前方に杭を打ち、そこまでたどりついたときまた前方にあらたな杭を打つ。笑い話にもならない原始的な方法でしかおのれを律することができなかったのである。しかし、今考えてみると、一体私はどの辺に杭を打ったのだろう。安易な場所を選びながら、杭打ちをした私であったから、こうして生き恥をさらしているのではないか。

たしかに、戦前も戦中も、「売国奴」「赤化危険思想」といわれた日々は辛かった。まして戦中は逃げ場もない。病弱な子があったから、今頃ただひとりの反乱など百害あって一利なし。はね上がることで周囲に迷惑をかけ、尻込させる結果になるのではなかろうか。等々、言いわけは色々と言えるものだ、けれども私はやっぱり逃げたのである。殺されることから逃げたのである、そして「逃げ」の口上をさまざまに合理化し、何くわぬ顔で戦後の運動に加わって来た。悔んでも悔んでも、くやみ足りない。その上にも最近まで、「逃げた」ことにすら気付かずにいたのである。

人はひとりで生れひとりで死ぬ。子は病弱であれ健康であれ、生れ落ちたときからすでに他者である。介護者が居ようが居まいが生ある者は生きそしていつか死す。七十歳にもなってそのことにやっと気付く愚かしさ、あの時死ぬべきであった。殺されるべきであった。堅固に初心を貫くためには命を賭けることは当然のことである。「命を賭ける」その言葉は知っていても「生ま身（なまみ）」の悲哀とでもいうべきか、人はそのチャンスをいつも見失う。水はたくみに低いところに流れてゆく。流れはいかに美しくみえても、低きに従って浅く汚れてゆく。そして私も。

居てもたってもいられぬ程の慚愧の想いにかられている最中である。

徴兵は命かけても阻むべし母・祖母・おみな牢に満つるとも

という歌に接したのである。

5

「ここが私の死場所」と、戦後、治安維持法にまさるとも劣らぬ占領政策の中で、私は日本共産党に入党した。そしてあっさり除名になった。除名のいきさつについては、あらまし他のところでもふれているのでここでは繰り返さない。このことは私の生涯の中でも最大の打撃であった。当時も党が決して完全無欠なものではないと思ってはいたが、私はここより他に行くべきところがないと心に決めていた。私は除名されるような裏切りは何ひとつしていない。このことは今もって変りない。

私は最初に癌を患ったのは除名後間もなく、精神的にもかなり動揺していた。あの時夢うつつの中で、たとえ除名になっても私は共産主義者に変りないと、ひとり繰り返し自身を納得させたのである。耐えがたいものであった。

今日、「ゆりかごから墓場まで、党によってまもられている幸せ、党の中にあってこそ迷いはない」と誇らしげに言う党員の言葉を私ははげしい憤りで聞いている。

食うための仕事として私は「日雇い」を選んだ。自分の体力にくらべて決して似つかわしい仕事ではなかったし最初は途方にくれてしまった。しかしこれとて党からの指示があった。私も選んだ以上徹しようと必死であった。

当時、共産党は除名党員から職業まで奪った時代である。あの失業時代の最中で私が今日まで日雇いをつづけることが出来たのは自分でも不思議な位である。いかに共産党といえども国の「失対事業」から首切ることが出来なかった。しかし私はこの三十年、ことごとに悪罵や嘲笑の中にあった。だが私は決して孤立しはしなかった。

一日二四〇円の賃金で一家族が生活せねばならない当時の日雇いの状況はすさまじいものであった。私が登録した職安は三千人を越える労働者数であった。全国登録者数十六万千人に対して就労枠は一日平均四万千人。一人の平均稼働は一カ月十六日。一カ月の半分はあぶれるのである。

勢い食うための闘いは熾烈であった。次から次へと生活を維持する要求が出てくる。「雨天就労」「日曜就労」「あぶれを出すな」「賃金をあげろ」「あぶれた者に生活補給金を区で出せ」等々、当時の日雇いの闘いは日本の労働運動に新しい息吹さえ湧きたたせた。最底辺に生きる者の闘いとはこういうものなのかと、私には何もかも驚きであって、その中に身をおくことに生き甲斐を感じたのである。だからこそ、党のいやがらせなど歯牙にもかけず、最初の術後、足を引きずりながらその闘いの列からはなれなかったのである。私にとって、はじめての労働運動なのであった。

ことごとく党の方針にさからい、しぶとく居なおったつもりであったが、党は遂に権利闘争をしなかった。全国にさきがけて期末手当を勝ち取れても、「退職金制度」の要求をいつも流した。仲間たちは目前の要求に心奪われ、私たちは今日現在、三十年も働いたのにやめてしまえばその日から一銭の収入もない。所詮は「ものとり闘争」に終ったのである。

「ものとり闘争」はいかにはげしくても個の変革にはつながらない。日雇いの組織が、「革命」の主体になるとは思ってもいなかったが、こんな風に選挙の一票にしかなり得なかったのか、私は一体何をしてきたのだろう。しかも党はそれを評価する。

　前述したように私はおのれの肉体を通してしか知ることの出来ぬものであれば、日雇い三十年の歳月は私自身を大きく変革させたのである。党員には期待しなかったが、仲間たちは私とおなじ、少しは事物を通してその考え方も変るだろうと希みを託していた。だが今にして思う、おのれ自身が三十年の歳月の中で、やっと「ほんものとにせもの」の見分けがつく程度、そんな私が仲間たちを変える力など到底なかったのである。まことまこと思い上がりといおうか、不遜極まりなかったのである。私は、仲間たちによって、はじめて「真偽」をたしかめ得る眼を育ててもらったのである。

　広島で全国代表者会議のあった折である。私は日雇いの中の被爆者が、どんな状態で就労しているのか、気がかりで仕方がなかった。一緒にいった執行委員の一人が、「郡山さんは、被爆者のことをしなければ死んでも死にきれないと言っているから、なんでも話して」と言って笑った。茶の接待をしている健康そうな仲間が、盛夏、街路清掃などで日光にさらされると全身に紅い斑点が出る、とそっと言った。驚いた私は次から次と、被爆者であっても平常変りなく一般就労者とおなじ作業だと聞いて言うべき言葉もなかった。市側に特別措置の交渉をしようと提案したが幹部が頑として応じない。地元がやるからよい、というのだ。それ程に被爆地広島の運動は風化されてしまったのか、いわずと知れた原水禁運動の分裂の結果である。

おなじように鹿児島での大会の折、私は「狭山事件」の石川被告について発言を求め、運動への協力を求めた。下部の仲間はよろこんで握手を求め、カンパも集った。しかしその夜、幹部に叱られた。「寝た子をおこすようなことはするな」と。ここの幹部は松本治一郎傘下の人たちである。なんとも言いようのない苛立ち、日雇いの運動もすでに斜陽化して長い。

6

一九七〇年をさかいに私は救援の仕事にかかわった。六八年新宿騒乱事件で起訴された二人の市民被告への差入れが契機である。

その頃のことである。私が尊敬していた若い活動家に次のように言われた。

「私たちが党を離れたのは、郡山さんのような単純なものではない。討論に討論を重ね、批判に批判を重ね、そして遂に離党を決意した」

私はこの内容について言うのではない。この人の年齢から推察すると、入党したのは六〇年頃ではなかろうか、五〇年問題の分裂から何年かたっていたろう。五〇年当時から党の誤謬はかなり鮮明であったはずなのに、このすぐれた人でさえあの頃の党より他に行くところがなかったのだろうか。私はなんとも言いようのない重い気持ちであった。「勿体ない」。このようなすぐれた若者達でさえ、党の体質を変えることが出来なかったのかと。今、新左翼といわれる運動の中に、日本共産党の最も悪い部分をひきずっている。いつの日、若者たちはこれを乗り越えてくれるだろう。

病気以来、いろいろ訪ねてくれる人々によって、はげまされなぐさめられている。私のような市井のおんなに、まことと冥利につきる。

先日、ある組織に加わっている人が訪ねて来て、やっと女たちの新しい組織をつくったと苦労話をきいた。私もその結成の会に呼ばれていたが、こんな状態になってしまってと言いながら、私は次のように言った。

女の解放というひとつの目標がありながら、どうして女たちはそこに結集せぬのだろう。考え方の相違は誰にだってある。それぞれの方針も持っているだろう。だが、体制が変ったからといって一挙に女の解放があり得るだろうか。女であることへの差別はあらゆるところに根深く居据(すわ)っているのではないだろうか。

こんな自明の理に気付かぬはずがないのに、女同士でさえ差別し合っている現在の状況に希望があるだろうか。差別の最深部にある女たちの解放なくして、人間の解放なんて考えられない。

そして私が十年程前、訪中団の一員に加えてもらい、はじめて社会主義国家のたたずまいをこの眼でみた。しかし、あんなにもひたすら願望しつづけた私に、かつてソビエト・ロシアが樹立したと知った時の燃えたつような感激がすでになかった。あの胸おどらせてきいた若き日の情熱はすでにない。

私が生への希望を失った最大の要因は、このことにつきるのだ。すべては単なる幻想でしかなかったのか。私は真実「自由」がほしい。久しぶりで一気に喋った私は、多分涙ぐんでいたのかも知れない。

――貴女(あなた)のように、現在に希望がもて、情熱をそそげる仕事のある人はうらやましい――。

その時、彼女は毅然として言った。

「私も、自分の生きている時代に理想が実現するなど思ってはいない。また現在の方針が永久不変だとも思っていない。あるいは幻想で終るかも知れない。だが今日、現在に自分を賭けるしかない。日々に情熱をもやすこと、それ以外何があるだろう」と。

私はハッとする思いであった。そうなんだ、それでいいんだ。日々に情熱を賭けることのすばらしさ、屍にひとしい私の身内にうずくような痛みを感じ、女たちの明日に新たな希みを知ったのである。

それにしても私は安楽に死ぬことなど出来ぬであろう。おのれの生きざまを幾度も点検しなければ、女たちの明日を求める資格はない。

今、私の身内を大きくゆり動かしているもの。それは次のふたつのことだけである。

――ダガネ、将来の自分を生かすために、現在の自分を殺すことは、私には断じて出来ないのです――

金子文子裁判記録　獄中自殺。

徴兵は命をかけても阻むべし母・祖母・おみな牢に満つるとも

瞳をつむると、この文字が鮮烈な映像となる。

（一九七九年一月記）

［もろさわようこ編『女たちの明日　ドキュメント女の百年』6、平凡社、一九七九年四月］

きまりすぎた悲しさ——郡山吉江さんを悼む

田中美津

郡山さんの柩を見送ったその夜、見知らぬ人から電話をもらった。「郡山さんの晩年で一番楽しかったことがアレだったのよ、本当にありがとう」

アレというのは、今年の七月十八日にあたしが言い出しっぺになって開いた、「郡山さんとお昼ごはんを食べる会」のことだ。そうアレ、本当にメチャクチャ楽しい集まりだったね。あんまり笑ったんで酔いも手伝って、最後にはいったいナンで集まったのか、判然としなくなる程で、そこがよかった——。

だってあたしたちは、エライ女、スゴイ女の郡山さんに会いたかったのではなく、一人の魅力的な先輩である郡山さんと楽しくやりたかっただけなのだから。そう郡山さんの横でアッハハハハと笑いたかった。ウソでもいいから楽しくね。ウソでもいいから……。

郡山さんは〝目にモノ見せてやらん〟の気概で生きたヒトだった。弱音を吐かない、屈しない。とりわけ権力の不正義に対しては容赦なかった。三里塚野戦病院における彼女の奮戦ぶりは、今だに語り草になっている。一途な、意地のあるヒトだった。あたしはそういう彼女が好きだった。

人間なんて、意地のある、なしで決まってしまうもの。自分にどれくらい高い値札を付けられるか、でさ。意地のある女、ちょっとムリしてる女、ウソでもいいから、いい女ぶりで生きようとしている女——ああ、郡山さんもあたしもズイブンと「可愛いい女」だわ。いわばその可愛さで、あたしたちつながっていたんだなぁと今おもう。

むろん、違いはあった。ある時あることから、あたしは最小限必要な意地だけ残して、その他のなくてもすむと思える意地は捨ててしまった。目にモノなんて見せなくていい、時にアホでいい、ミーハーでいいと心に決めた。

難破船が積荷を捨てるように、あたしは過剰な自尊心や、ひたむきさを捨てたのね。美徳も過ぎれば悪徳なんだと知った時から少しずつ……。

以来、なるべく他人（ひと）から期待されないように、気をつけて生きている。なまじファンなんて持つと、ファンの分まで生きなきゃならないハメに陥りそうで、それが怖い。律気な人ほどそうなりがちで、熱演につぐ熱演の果てにみんなが賞めてくれる「立派さ」は、しかし当人にとっての「不幸」だわ。

人間のエネルギーには限りがあるもの。いい男と、闘いの、その両方が欲しいのに、とかく大義の前には「私」を殺しがちで、気がついたら〝清く正しく美しく〟反権力バッカリ印で生きていた、ナァーンてあたしはイヤだ。

そんな風に警戒するのは、実はひと一倍いい女ぶりたい気持ちがあるからで、その弱点に気づいた時から、当たり前の女になろうと心に決めた。

郡山さん、あなたやあたしみたいな女は、あたり前の女になろうとしたって、なり切れるハズのない、そういう〝生れつき〟だったんだから、ダリアみたいな明るさで、安心して当たり前の女を目指してもよかったんだよ。

郡山さんは反権力のヒトだった、と人はいう。それに異存はないけれど、彼女みたいに美しい人が、浮いた噂ひとつなく、身も心も「清く正しく美しく」最後まで生き抜いたという、その立派さがせつなくて……

人生、なにごとにも「その時」がある。生き時があって、死に時がある。

もう死んでもいい人間の鼻にクダをさし込んで、ムリヤリ生かしてしまう。そんな非人間的な世の中に尻をまくって決然と、あなたは自らに死を選びとった――。

郡山さん、「死に時」に見事に死んで、最後まであなたは〝キマッテ〟いたね。だけどあたしはそれが悲しい。キメなくていい、ただ生きてるんでいいから、もう少し生きていて欲しかった。
今はただ、ホロホロと悲しいだけだ。

［『婦人民王新聞』一九八三年十月七日付、
のち『かけがえのない、大したことのない私』インパクト出版会、二〇〇五年十月に収録］

解説にかえて

1

本書は、戦後三十年を日雇い労働者として生きながら、数々の社会運動にくわわった郡山吉江（こおりやまよしえ）（一九〇七―一九八三）という女性の文章を集めたものです。

かの女は、晩年に三冊の著書を刊行しています。『三里塚野戦病院日記』（柘植書房、一九七九年十二月）は、一九七一年二月から九月にかけて、成田空港建設に反対する人びとと起居を共にしながら、まかないなどの支援闘争に従事したさいの記録です。この三里塚闘争の去就は、反天皇制運動とともに、その後の郡山吉江にとってとても重要なテーマでした。『冬の雑草』（現代書館、一九八〇年五月）は、かの女の半生を綴った自伝的エッセイで、当初は救援連絡センターの機関紙『救援』に三回にわたって掲載されたのち（本書に収録したのはこの文章）、一九七六年から七八年にかけて、雑誌『情況』や『新地平』に断続的に発表された連載をもとに構成されています。『ニコヨン歳時記』（柘植書房、一九八三年十月）は、かの女の生前に『日本読書新聞』に連載され（一九八二年五月三十一日号〜八三年八月八日号）、没後すぐに刊行されました。敗戦直後に日雇い労働に従事するようになって以来三十年にわたる労働現場での闘争やエピソードが綴られています。

本書に収録した文章は、二篇をのぞいてこの三冊には未収録で、すべて社会運動の機関紙か、『女・エロス』『思想の科学』などの雑誌に収録されたものです。テーマ性のつよい既刊書とはちがって、そのぶんかの女の活動の幅広さが見わたせる内容になっており、運動や労働の現場から発信された肉声といえます。

しかし、郡山吉江という名前は、いまでは遠くなってしまいました。一九八三年九月の突然の死から数えても、四十年が経とうとしています。そのあいだに世界や社会はあまりにも大きく変容してしまいました。元号が二度も代替わりし、いわゆるバブル経済の隆盛と崩壊がありました。その後をおそった深刻な経済不況は現在もなお続いています。バブル経済と入れ替わりに出現し、もはやそれなしには文化的な生活がおくれないほどわれわれを囲い込んでいるのが、パソコン、携帯電話、クレジットカードなどのウェブ資本主義です。これら電子機器文化を梃子にして、奇妙なかたちでナショナリズムが勃興し、「ネトウヨ」「新自由主義」「差別排外主義」などの跳梁をゆるすことになっていますが、郡山吉江はこれらのすべてを見ることなく、世を去ったのでした。

こんな世の中では、いくら三冊の著作を残しているとはいえ、ひとりの日雇い労働者、ひとりの社会運動家として生きた個人が忘れられてしまうのも、無理からぬことかもしれません。ましてウェブによる個人情報の一元管理が推し進められる以前のさまざまな情報は、だれかがもういちど掘り起こし、ネット文化用に再情報化しなければ、小さな人間の生の記録など、永遠に失われたままになりそうです。

かの女がかかわった活動やそれにまつわる問題は、本書の目次やそれぞれの小見出しだけでも通読すれば一目瞭然です。とても六十代の仕事とは思えないほど精力的でパワフルで多彩です。しかし、没後四十年という時間が経過しているのに、なおほとんどの問題は、わたしたちにとって負の歴史でしかありません。元号ひとつ自分たちの力でなきものにすることができていないのです。だから、たとえ社会が大きく変容してしまっても、なお忘れてはならないこと、引き継がねばならないことがあるのではないか。それが何なのかということを、郡山吉江というひとりの女性の歩みと闘いをたどることで学び直してみたいというのが、誰から頼まれたわけでもなく勝手にかの女の文章をかき集め、一冊にして世に出すことにした編者の意志です。あらゆる現場、あらゆる領域で〝反権力〟を闘うかたの手に届いてほしいと願っています。

本書に収録する文章を選択するにあたっては、一、女であること、二、反天皇制、三、終戦後から一貫して日雇い労働者として生きたこと、四、とりわけ一九六六年の夫の没後、数々の社会運動の一翼を担っただけでなく、国家権力との闘いによって逮捕された人びとの救援活動に従事したこと、この四点を柱にしました。これらがいずれも日本の現代史を考えるうえで最も重要なテーマである、というにとどまらず、われわれの生きるこの世界を底辺から考えることになるのではないか、と思われるからです。

この本に収めたほとんどの文章は、細かいエピソードとしては重複をはらみながら、かの女の実人生や実際の経験に根ざしています。抽象化され記号化された理論やカタカナ語に依拠せず、自分が語りうる言葉でのみ語っていますが、それでもこの四十年という歳月は、けっして短いものではありません。さまざまな制約や条件もあり、編者に調べがついたかぎりではありますが、かの女の声を新しい読者が受けとめられるように、多少の補助線を記載しておくことにします。

2

郡山吉江とはどういう人だったのか。伝記的には単行本として刊行された自伝『冬の雑草』が最もくわしいのですが、そのほかにはほとんど資料がなく、一介の編集者には調べる手段もありませんでした。『冬の雑草』は、その第一章第一節が「血縁との別れ」と題されているように——おそらく意識的にでしょう——固有名詞などの具体的な記述に乏しく、語られている年代も時系列とはいえないのですが、そこで語られている内容は、検証しえたかぎりでは、かなり事実に忠実でした。

郡山吉江は、一九〇七年十二月二日に仙台市で生まれました。この誕生日にも異説があり、本人が書いたものでは「十二月二日」なのですが、没後にもたれた「郡山吉江さんを追悼するつどい」で配付されたリーフレットには、「一九〇七年二月十六日」と記載されていました。どちらが正しいのか、いまは判断を保留するしかありません。

かの女が詩人の郡山弘史と結婚するまでの本姓も不明でした。『冬の雑草』では「××」なので、わずかな手がかりをもとに仮説を立てて、『仙台人名大辞書』（同刊行会、一九三三年二月）、高橋ふみ「藩学養賢堂の指南役　男澤抱一のことども」（『仙台郷土研究』第二三九号、一九八七年六月）などの資料を参看した結果、以下のようなことがわかりました。

郡山吉江の曾祖父である男澤権太夫（おとこざわごんだゆう）（諱（いみな）は眞精、一七九三？―一八三九）は、仙台藩唯一の学問所である養賢堂の助教や評定所の役人を経て、町奉行に就任した藩士でした。その子で、吉江の祖父にあたる男澤抱一（ほういち）（諱は眞成、一八三六？―九六）もまた学問に通じて養賢堂助教となり、戊辰戦争のさいには藩主伊達慶邦を説いて、藩論を主戦から恭順に転換させた勤皇家だったそうです。維新後は、仙台で初めて創立された小学校の一つ立町小学校の校長となり、さらに内閣修史局（現在の東京大学史料編纂所）に勤めています。著書に『反正録』『瑞穂蒙求』などがあり――というように、かの女の生家は典型的な旧家で、没落士族とでもいえる家系でした。

吉江の母親の初音（はつね）（初枝か。一八七一？—？）は、男澤抱一の長女です。吉江が小学四年生のときに夫と別れ、菓子屋を営んで二人の娘を育てました。吉江の姉の春江（一九〇一—八七）は、一九三二年頃からこけしの制作をはじめ、仙台鉄道局編纂『東北の玩具』（日本旅行協会、一九三七年一月）に「男澤ハルエ」として紹介されているほか、深澤要『こけしの微笑』（昭森社、一九三八年八月）には、「こけし絵と女性」として春江の作品が図版入りで掲載されるなど、数少ない女性のこけし職人として戦前から知られていたようです（詳細はウェブ「Kokeshi Wiki」参照）。本稿の調査中に編者が入手したこけしには「春江／71才」との署名があり、戦後も長く活躍しました。なお、春江の長男である男澤一（はじめ）（一九二五—二〇一七）には教育者としての著作が数冊あるほか、晩年に自費出版の小説を何冊か刊行しています。そのうちの一冊『ポプラ並木は涙いろ他』（小説選集Ⅲ、一歩会出版部、二〇〇七年三月）に、郡山吉江をモデルにした「叔母」のエピソードが点描されています。

十代の吉江の足跡については、仙台の小学校を卒業後、タイピスト学院に進学。自動車販売会社に勤めたことしかわかりません（カレンダー『姉妹たちよ　女の暦2005』ジョジョ企画より）。手許にある最も古い資料は、本書の冒頭に掲出した詩「母」です。「男澤よしゑ」名義で、仙台の文芸同人誌『さゝやき』第四号（さゝやき詩社、一九二五年十二月）に掲載されました。十八歳のときの作品で、同誌の奥付には「特別会員」として「男澤好江（マヽ）」の名が記載されています。翌第五号（一九二六年二月）には未掲載ですが、四号には「男澤さんの御紹介で『さゝやき』の愛読者になつてゐましたが」云々という読者の投稿が掲載されているので、以前から同誌とは関係があったようです（編者が確認できたのは四号、五号のみ）。

この「母」という詩は、銀の編み棒によって編まれてゆく娘の母にたいする愛情と信頼とが、はかなく酷薄で静謐な時間のなかを流れてゆく佳品だと、編者は考えています。

しかし、この詩「母」の作者が、その半世紀後には「私は生母の死を知らない」（「私の未来図」）と書きつけるほどに、家族や血縁への嫌厭感情を吐露することになります。「「族籍・士族」というたった四文字のため、骨肉のはげしい争いをつづけ」（同）、後述する生家への家宅捜索のさいには、「私が、気付かれぬよう入念にかくしていた持物を、これまた私が気付かぬ中いつの間にか灰にしてしまった」（「冬の雑草〔『救援』版〕」）というこの母との関係はのちに暗転してしまうのですが、母娘の関係にまで介入して破壊してしまう家族（イエ）制度への不信が、かの女にとっては国家権力なり天皇制なりに抵抗しつづける原点となったのではないでしょうか。そう考えると、この「母」という作品はいっそう重いものとして読めるのです。また、本人が語ろうとしなかった家族のことを、赤の他人の編者が詮索しているのも、こうした背景を抜きに郡山吉江について語ることができない、と判断したからにほかなりません。

このように、童話雑誌や同人誌に吉江の作品が掲載される機会を得たのは、鈴木三重吉による児童雑誌『赤い鳥』（一九一八年七月創刊）の影響によって全国的に拡大した童話や童謡雑誌の文化が、仙台にも普及しつつあったからでした。遠藤実『仙台児童文化史』（久山社、一九九六年四月）などによれば、とくに重要なのは、一九二一年三月にスズキヘキ（鈴木碧）と天江富弥によって創刊された同人誌『おてんとさん』でした。この雑誌が七号で廃刊になったあとも、その残党である天江富弥によって『青きつね』（一九二六年八月創刊）が、鈴木幸四郎、スズキヘキ、石川善助らによって『童街』（一九二八年四月創刊）などの童謡雑誌が創刊され、一九二三年四月には宮城県立図書館内に仙台児童倶楽部が結成されるなど、ジャンルを超えた文化運動として拡がってゆきます。

一九二八年六月には仙台でもＪＯＨＫ（ＮＨＫ仙台放送局）が開局し、ラジオ放送が始まると、仙台児童倶楽部で活動していた天江富弥、スズキヘキ、石川善助らによる童謡の朗読、仙台児童倶楽部の子どもたちによる歌唱や合唱が放送されました。先述の吉江の甥にあたる男澤一の小説「ポプラ並木は涙いろ」には、「叔母は、近所の子どもを集めて、踊りや劇を教えていて、ときに仙台放送局からラジオドラマを放送したり、仙台歌舞伎座で、踊りの発表会をやったりしていた」とあるので、この時期の仙台の児童文化運動に、十代後半の吉江もまた積極的に参加して、自分の活動の場にしていたのでしょう。ちなみに、天江富弥はこけしの蒐集家・研究者としても著名で、自費出版した『こけし這子の話』（一九二八年一月）は日本で最初のこけしに関する研究書として知られ、これには武井武雄、白鳥省吾、尾形亀之助、石川善助が跋文や画を寄せています。

吉江の詩「母」が掲載された『さゝやき』第四号の奥付には、仙台市内の「さゝやき社事務所」のほかに、「さゝやき社支部」として福島や埼玉、東京など六つの個人名と住所が記載されていますが、さらに数年後、高田三九三の童謡雑誌『しゃぼん玉』第三十七号（シャボン玉社、一九三二年三月）にも、「仙台支社」として「男澤芳枝（ママ）」の名を見ることができるので、かの女の児童文化への関心は長く維持されたようです。

ところが、つぎに吉江の痕跡を文献にみとめるとき、わたしたちはかの女が左傾していることを知ります。「そのころ、私は童話をかいていた。赤い鳥の全盛期ですぐれた郷里の童謡詩人の懇切な指導をうけていた。少女期のおわりである。そしてまもなく変身した。〔……〕作家同盟より独立した『プロレタリア詩』という小冊子に出合ったのはそれからすぐである」（「冬の雑草」〔『救援』版〕）

『プロレタリア詩』は、当時隆盛をきわめていたマルクス主義系の若い詩人たちによるグループ「プロレタリア詩人会」の機関誌でした。この雑誌は一九三一年一月に創刊号を刊行後、三二年三月までに二回の欠号をはさんで全十二号を刊行しています。童謡雑誌時代に出逢った学生との婚約とそれにともなう自殺未遂、婚約破棄を経験していた吉江にとって、プロレタリア文学運動とのめぐりあいは、新しい生をうながすものだったはずです。この雑誌に「磯木朝子」の名義で寄稿した作品が、ようやく『プロレタリア詩』誌上で言及されたのは、一九三一年七月号でのことでした。「たゝかひの中から（他六篇）」が、十数名の作品とともに「投書作品について」という欄の組上にのせられましたが、しかし、これは「如何に革命的な言葉を駆使されようと、一向作品そのものが革命的なものとなつていない」云々と、こてんぱんに叩かれたのでした。この批評を書いたのは、署名は記されていませんが、一九三一年三月号から十二月号までの八号を「編輯発行兼印刷人」として担い、同誌の全責任を負っていた仙台出身の詩人、郡山弘史でした。

郡山弘史（ひろし）（本名＝博）は、一九〇二年七月十一日、横浜市生まれ。クリスチャンであり東北学院の教員だった父の郡山源四郎にともなわれ、幼少時から仙台市で育ちました。自身も東北学院中学部を経て、東北学院専門部文科を卒業していますが、この時期に最も交流があったのが、詩人の石川善助でした。弘史と善助は一九二二年ごろに知り合い、以後、何点かの同人誌を出すなど、肝胆相照らす仲となりました。郡山弘史は専門部を卒業後の一九二四年四月に京城第一高等学校の教員として朝鮮半島にわたります。郡山弘史と男澤吉江は、ふたりが実際に出逢う数年前から、石川善助たち詩人グループを媒介として、おなじ仙台でおなじ空気を共有していたといえるでしょう。

かれは京城（現在のソウル）で詩誌『亜細亜詩脈』などを主宰する詩人の内野健児（新井徹）やその妻でやはり詩人の後藤郁子、内野健児の弟である壮児たちとの濃密なつきあいを通して、当初の象徴詩的な傾向からプロレタリア詩に近づきます。そして、生前最初で最後の詩集となった『歪める月』（L・M・S社／亜細亜詩脈社、一九二七年一月）を出版したあと、一九二八年三月に日本へ帰国します。郡山弘史と男澤吉江が出逢ったのは、弘史が日本でプロレタリア文学によって自立しようと模索していた時期でした。

郡山弘史との出逢いによって、男澤吉江は自分のまえに立ちはだかる二つの大きな壁に直面します。一つめは、『プロレタリア詩』の頒布に関与したために、自宅に警察のガサ（家宅捜索）が入ったことでした。前述したように、この事件を契機として母との関係が悪化し、仙台の実家と訣別します。ガサ入れの翌日、一九三一年十月二十六日に上京し、郡山弘史との同棲生活に入るのですが、そのことは、しかし女としての自覚をうながされる、もう一つの壁と向き合うことになりました。つねに警察や憲兵の監視下にある貧しいプロレタリア詩人との生活上の困難から、中絶を希望し、そのための無理まで重ねたにもかかわらず、やむなく出産するしかなかったのです。妻として、女という性を生きることを選択したのに、堕胎法に阻まれて出産の自己決定権がないという現実が、かつて詩をこころざした女性のその後の生活と家族観を、大きく変えることになります。

3

ここまでは、ほとんど具体的に知られていなかった郡山吉江の初期の歩みをたどってきましたが、以後の足跡については、『冬の雑草』『ニコヨン歳時記』などの著書からうかがうことができます。

一九三二年に長男の勝利（かつとし）が生まれた郡山吉江は、病弱な子どもを抱えて、一九四〇年に仙台の夫の実家に戻ります。一九四三年に二男の太平（たいへい）を出産。敗戦をその地で迎えるとすぐに日本共産党に入党し、翌四六年三月に婦人民主クラブが結成されるといちはやく参加して、初代の仙台支部長に推されています。残念ながら今回はこの時期の吉江の文章を見つけることができなかったのですが（本書中で戦後最も古い文章は、一九五一年六月の『婦人民主新聞』に掲載された「太平のおくりもの」です）、戦後という時代を懸命に生きつなごうと試行錯誤していたその息づかいが、自伝などからは伝わってきます。

党への不信、夫の失職、長男の進学などが重なり、一九四八年に上京したものの、党の関係者に仙台の実家もうばわれたかの女は、収入の方途をさぐります。そして党から示された、一、全国をまわって子ども会をオルグ（党への勧誘）、二、新宿周辺で立ち退きが迫った朝鮮人経営の屋台の引き継ぎ、三、失業対策事業、という三つの生計案のうち、失業対策事業を選んだのでした。

失対事業自体は戦前からあり、失業者や農閑期の小作農民のために行政が斡旋する賃労働のことで、都市部では自由労働者、立ちん坊、ドカチンなどと呼ばれた日雇い労働や都市雑業がもっぱらでした。郡山吉江はつぎのように書いています。

「日給が二百四十円であるところから、〃にこよん〃と安易に呼ばれてきた日雇労働者は、本来は「あくまで失業者が再就職するまでの間の一時的な就労の場を提供する趣旨」（労働省職業安定局失業対策部編『失業対策事業二十年史』）で設けられた制度であった。それを理由にして賃金も民間ベースよりはるかに低く抑えられていた。当初、復員兵、戦災者等の帰村農民を対象に始められたが、やがて都市周辺の失業者群の間に定着し、年とともに年齢も高齢化していった。それは「再就職するまでの間の一時的な就労の場」ではなく、低賃金を押しつける構造的な失業の吹きだまりに転じたのである。弱者切捨てという一貫した政府の政策の結果である。しかし、弱者がただの弱者ではないことは、わかめのおばさん〔本書「わかめのおばさん」参照〕ひとりみてもうなずけるであろう。そのほか、はだかのおばさん、かっぱのおばさんなど異色の人物がいくらも生まれたのである」（『女の一生　ドキュメント女の百年』1、平凡社、一九七八年五月）

失対事業で郡山吉江が自家の活計を立てるようになった翌年の一九四九年六月十一日、東京都が公共職業安定所の斡旋で働いた労働者の定額日当を二四五円と定めました（地域によって異なります）。一〇〇円札二枚と一〇円札四枚の意味で「ニコヨン」と呼ばれ、それが日雇い労働者全体を指す言葉として拡がっていきました。今井正監督映画『どっこい生きてる』（一九五一年公開）を観ると、当時の労働手配の状況がよくわかります。「ニコヨンといえば態（てい）のよい乞食位にしか一般の人は考えていない。男も女も着たきり雀、占領軍の通達で労務者全員頭からＤＤＴ〔殺虫剤〕をふっかけられた頃である」（『ニコヨン歳時記』）。そういう存在として、かの女もその後の三十年を生きるのです。本書の第Ⅰ章に収めたのが、ニコヨンとしての自分をテーマにした一連の文章です。

ニコヨンは高齢化とともに女性の占める割合が高くなり、『失業対策事業二十年史』(労働省職業安定局失業対策部編、労働法令協会、一九七〇年)によれば、一九五五年現在の対象者二九万四五三一名のうち、女性は一〇万六二三一名で三六・一パーセント、それが十四年後の一九六九年には五四・一パーセントとなり、男性を上回ります。女性対象者の平均年齢も、一九五五年の四十三・九歳が、六九年には五十四・三歳まで上昇しています。高度経済成長期にあって、男性は一般企業への再就職機会も少なくないのに、郡山吉江のような単身女性ないし母子家庭の場合、歳を重ねるだけ就職や再雇用など困難だったのです。

就労の現場では、占領下にあっても行政と組合あるいはヤクザとの癒着による不正が生じるし、当時の池袋は「無法地帯」で、暴力も頻繁に発生しました。そこからいかにして自分たちの就労機会や権利を獲得してゆくか。『ニコヨン歳時記』にくわしいのですが、当初は大八車の牽きかたもわからない徒手空拳だったかの女が、ひとりで行政やヤクザを相手に立ち向かい、声をあげ、闘う姿が詳細に描かれています。区域の清掃や河川改修、公園整備などが主な仕事とはいえ、猿江公園の整備のために戦死者の遺体を発掘する、という凄惨としかいえない場面もあります。朝鮮戦争で戦死した米兵の遺体を本国まで空輸するための内臓処理、という仕事についても風聞として描かれていますが、文字どおり都市底辺の労働を担ったのでした。

〔……〕男達は戦争でもあればよい、戦争になれば景気もよくなると平然という。喉元すぎればでつい先頃の戦時の事など忘れてしまうのだ。けれども女達は決して戦争になればよいなどとは言わなかった。〔……〕「女ドカチン」と小学生にまでさげすまれても毎日働いている。暮らしが困れば男達は戦争へ逃げ場を求め、女達は男のいない毎日の中でおのれの肉体のギリギリまで働く。これは一体どういうわけなのだろう。「女の解放、女の自立」など、論理として私同様解るはずのない女達。男が居ようが居まいが、子を育て、ただひたすらに働く。かつて、いや今も、食えないとなればただつれあいに泣き言しかいわぬ私は、まさに日本の封建的女の見本なのか。くやしい限りである。私は三十年に及ぶニコヨンの日々で、仲間の女達に生まれ変わるように訓えられたことの有り難さを改めて思う。そしてまだまだ「生まれ変わり得ない」ことへの屈辱も心の奥深くにある。

（『ニコヨン歳時記』）

しかし、革命戦略方針の違いから日本共産党が「所感派」と「国際派」とにまっぷたつに割れた一九五〇年のいわゆる「五〇年問題」のさいに、敗戦直後から「国際派」の春日庄次郎と親しかった郡山吉江は、党を除名されます。これは、たとえ関係者から自宅を収奪されても党を社会変革のためのよりどころにしていたかの女にとって、決定的な出来事でした。その渦中にある一九五一年七月、体調を崩して医師の診断を仰ごうにも、当時は国民皆保険ではなく、日雇い労働者には職域保険も整備されていませんでした。何度も福祉事務所に足を運んでようやく診察を受けたところ、子宮がんで即日入院となりました。

翌一九五二年四月末、放射線治療の必要もなくなって労働現場にもどった直後の五月一日、「血のメーデー事件」が起こりました。メーデーに参加すれば出面（デヅラ）（日当）がもらえる（！）と参加したニコヨンの女たちも逮捕されたため、すでに除名されていたにもかかわらず、組合の党細胞から支援要請がきました。郡山吉江は病後の身を駆って、差し入れや各所への連絡などの活動を始めます。それだけではありません。八日には早稲田大学構内でメーデー参加者を調査していた私服刑事の存在が学生に発覚し、大規模な抗議活動になりました。このとき早稲田大学に進学していた長男の勝利も逮捕されたのです。勝利が拘留二十一日で釈放されるまでの救援活動が、かの女にとって初めての救援活動でした。

4

一九六六年五月、夫の郡山弘史が胃がんのために満六十四歳で亡くなります。しかし、郡山吉江のあらたな人生は、ここから始まりました。一九六八年十月二十一日の国際反戦デーに参加していた二男の太平が逮捕されると、「10・21市民を守る市民の会」にくわわり、救援活動を開始します。「ベトナムに平和を！市民連合」に参加し、一九六九年には結成されたばかりの「救援連絡センター」の協力会員となりました。七三年五月には、出産にいたる経緯もあってとりわけ愛情を注いでいた長男の勝利が病没します。それでも敗戦直後から参加していた「婦人民主クラブ」のほか、「侵略＝差別と闘うアジア婦人会議」「リブ新宿センター」などの女性解放運動に精力的にかかわり、社会運動や救援活動を実践していくのです。それはニコヨンとしての生活から学びとった知恵や勇気、経験を総動員したものだったはずです。本書の第Ⅲ章に「救援の現場から」として収録したのは、そうした活動のごく一部です。三里塚での成田空港建設反対闘争、東アジア反日武装戦線支援闘争、「モナ・リザ」スプレー裁判支援、そして死刑廃止運動まで、一九六〇年代末から七〇年代に世に出た新しい〝反権力〟を、一貫して応援しつづけました。

自宅を持たず、思いがけず夫と長男に先立たれ、がんの再発という不安を抱えていたかの女は、日雇い労働者としての自分の将来と老人福祉とについて考えざるをえませんでした。一九七三年九月十三日付『読売新聞』朝刊には、「老人リブ巻き起こそう」「年輪重ねた一人の女性として」「仲間と共同生活を追求」といった見出しとともに、ほぼ全七段のスペースでかの女のインタビューが大きく紹介されています。それによれば、婦人民主クラブのメンバーを中心につくった「老人問題を考える会」で都内に家を借り、現行施設にも血縁にも老人ホームにも頼らない共同生活（コレクティブ）を試みたいとのことでしたが、これはさまざまな理由で実現しなかったようです。

一九七八年三月、成田空港開港阻止闘争に参加した直後のこと、郡山吉江は今度は直腸がんの手術を受けるのですが、この時期のかの女にとって重要な課題は、自分の子の世代である一九四〇年生まれの女性史家、加納実紀代からもたらされました。「銃後の女たちは戦争に協力することで、解放の幻想をもっていたのではないか」という加納実紀代の問いが、郡山吉江の戦時下の生き方の再検証を迫ったのです。郡山吉江と加納実紀代がいつ初めて出逢ったのかわかりませんが、国際婦人デーにあたる一九七六年三月八日、「侵略＝差別と闘うアジア婦人会議」主催の集会「女性解放と天皇制」にゲストとして参加した加納実紀代は、以後のかの女の仕事を貫流するつぎのようなモティーフを語りました。

「私たちが、あの戦争を考えた場合、侵略戦争であり、日本人全部がアジア民衆から見て加害者であったことは一目瞭然だと思われるし、戦争を推進したウルトラ的な天皇制については、対内的にも対外的にも支配・抑圧の装置であると思っていたが、少し調べかけた中で、これは〝誤解〟であった気がしている。客観的には事実だが、あの時代を生きた女たちには、必ずしも抑圧機構ばかりに捉えられなかったからこそ、戦争に加担させられることになったのではないか。〔……〕そして、戦時体制や天皇制は、それらの矛盾の中で最も差別抑圧を受けている人々に、一種の解放幻想を与えたのではないか」（パンフレット『女が天皇制にたちむかうとき』侵略＝差別と闘うアジア婦人会議、一九七七年二月）

この発言を聞いた郡山吉江は、「私は可成りのショックをうけた。戦時、私がどのような生き方をしたかなど言ったところで、今日このように生きながらえているということは事実であって、それは私自身の弱点であり、日和見であり、決して偶然などではない。従って、彼女のこの指摘は、私たち世代の者たちへの告発であろう」（同前）と応じました。

高名な思想家や文学者たちとちがって声高に転向したわけでもなく、子を育てながら、「アカだ」「非国民だ」と言われて肩身を狭くし、それでも懸命に社会の一隅で生き抜いた自分の戦時下の生活は、あれは「解放」だったのか？　そのような批判は、恵まれた戦後的状況のものであって、当時の実情を知らないのではないか？——そうとまどいながらも加納実紀代の問いを正面から受けとめた郡山吉江は、戦時下の自分の生きざまにたいして「それは私の恥部である」とつよい言葉で批判したうえで、「しかし書かねばならない」とつづけたのです。そのため、本書の第Ⅱ章に収録した反天皇制にかんする文章のほとんど、そしてそれ以後の原稿の多くが、先の加納実紀代のモティーフに応えるものとなっています。それは、自身の半生を総括する三冊の著作にもつながってゆきました。

5

本書では多くの問題が扱われていますが、四十年前は問題として焦点があたっていなかったけれども、現在では問わずにはいられない論点も含まれているはずです。たとえば、天皇制に反対しているのに「昭和」などの元号を使っていることも、そのひとつです。

あるいは「私のエロス」（第I章）には、女性の同性愛を疑っているような描写がみられます。そしてもうひとつ、本書とは直接には関係ありませんが、『女・エロス』第十五号（一九八〇年十月）の「編集後記」に記された、以下のようなエピソードを思い出しました。
――「〔一九八〇年七月に都内で開催された〕郡山吉江さんの出版記念会で、活動家の男の「当時、双璧をなした女性活動家の一方が郡山さん、もう一方はブスの〇〇さん」との声に、女たちは総反撃。人が光るのに美人もブスもあるものか。くらしの抱え方で活動が光るのだ。女のほめ方もしっとらん」

これが「女のほめ方」の問題ではなく、外見で中身を判断する（それもおそろしく幼稚な）差別であることは明白です。郡山吉江自身がこのときどう応じたのか、この短い編集後記からはうかがえません。しかし「活動家」界隈にかぎらず、郡山吉江が長く身を置いてきた労働の現場でも、こうした発言が頻発した時代だったのでしょう。〝目くじらを立てて非難するなんて大人げない〟というような言葉でやりすごすことが〝大人の対応〟だったのかもしれません。だから、「活動家」たちですらこういう言葉をなんのためらいもなく吐くことに違和感をおぼえる、というだけではないのです。この発言の会場でも、女たちの総反撃がなされるまえに、くだんの「活動家」に雷同してニヤニヤと、あるいはガハガハと笑った男たちがいたのではないか。そしてそのとき自分がこの場にいたら、はたして即座にこの「活動家」を批判できただろうか、と立ち止まらざるをえないのです。

傍に立ったまま、見て見ぬふりをしてヘラヘラしていたのではないか。傍観者のふりをしつつ、しかし確実に存在する差別や権力関係のうえに労働運動や救援活動やわたし自身が成立してきたのだとしたら、この現在とはなんなのでしょう。つまり、自分の恥部を突きやぶり、乗りこえ、「しかし語らねばならない」のは、ほんとうはこちら側なのです。編者にとって郡山吉江の文章を読むということは、このエピソードから気づかされるような無自覚を装った自分に痛烈な反省を突きつける、そういうものなのです。

一九八三年秋、『郡山弘史・詩と詩論』の編集や、『日本読書新聞』の連載「ニコヨン歳時記」とその単行本化にあたって書きおろされた「あとがき」を書き終えた郡山吉江は、九月十三日、この世界で生きることを断念したのでした。直接の理由やその前後の事情についてはまったく知りません。かの女がこの世界で生きることを止めたのではなく、その後を生きているわたしたちが、郡山吉江から棄てられたのでしょう。

第Ⅱ章に収録した「なかなか見えない天皇制」という文章は、一九八三年五月十四日、闘病中の郡山吉江が亡くなる直前に出席した集会「許すな拷問！　うちやぶれ大弾圧！全人民集会」での発言ですが、そのなかにつぎのような一節があります。

「私は今、七十七歳ですけれど、もし病気でなかったら六十歳の仕事をします。それができないことが悔しいのです。ですから皆さんには、私のやりたかったことも背負って、がんばって闘ってほしいという思いがいっぱいです」

＊

ここまでの記述は、郡山吉江さんについての、ほんの一面にすぎません。不備や事実誤認などがあれば、編者までご意見やご批判をお寄せください。

本書の刊行にあたっては、多くのかたに有形無形のお力添えをいただきました。お名前を記して感謝の気持ちとさせてください。順不同です。

深田卓さん（インパクト出版会）。菊地泰博さん（現代書館）。救援連絡センターの山中幸男さん、菊池さよ子さん、宇賀神寿一さん。作業をはじめた最初の段階で菊池さよ子さんから頂いたご配慮は、その後も調べをつづけるうえで励みになりました。婦人民主クラブのみなさん。荒井訓さん。男澤暢之さん。大橋由香子さん。太田雅子さん。亀田旬子さん。追悼文の転載をご快諾いただいた田中美津さん。そして、郡山吉江さん本人の与り知らないところでこういう本を出版することへの編者の躊躇にたいして、「郡山さんなら理解してくれると思うよ」と背中を押してくださった池田浩士さん。

郡山吉江さん、郡山弘史さん、郡山勝利さん、郡山太平さんに。

下平尾直（共和国）

二〇二二年九月

郡山吉江

Yoshie KORIYAMA

一九〇七年、仙台市に生まれ、八三年、清瀬市に没する。

小学校卒業後、タイピスト学院に通う。童話雑誌の同人となり、『プロレタリア詩』への寄稿を通して詩人の郡山弘史を識る。一九三一年、実家を出て上京。

一九四五年の敗戦後、仙台で日本共産党に入党（五〇年に除名）、婦人民主クラブの初代仙台支部長となる。一九四八年に再上京、ニコヨンとして家計を支える。

一九六八年、国際反戦デーの新宿騒乱を機に救援運動にかかわる。以後、救援連絡センター、侵略＝差別と闘うアジア婦人会議、婦人民主クラブなどの会員として精力的に社会運動に従事する。

著書に、『三里塚野戦病院日記』（柘植書房、一九七九）、『冬の雑草』（現代書館、一九八〇）、『ニコヨン歳時記』（柘植書房、一九八三）がある。

しかし語らねばならない——女・底辺・社会運動

二〇二二年九月一〇日初版第一刷印刷
二〇二二年九月三〇日初版第一刷発行

著者 郡山吉江（こおりやまよしえ）
編者／発行者 下平尾直
発行所 株式会社 共和国 editorial republica co., ltd.
東京都東久留米市本町三‐九‐一‐五〇三 郵便番号二〇三‐〇〇五三
電話・ファクシミリ 〇四二‐四二〇‐九九九七 郵便振替 〇〇一二〇‐八‐三六〇一九六
http://www.ed-republica.com

印刷 モリモト印刷
ブックデザイン 宗利淳一
DTP 木村暢恵

本書の内容およびデザイン等へのご意見やご感想は、以下のメールアドレスまでお願いいたします。naovalis@gmail.com

ISBN978-4-907986-90-2 C0036